KB094809

헌신

인내력

의리

해리 포터 시리즈

읽는 순서:
해리 포터와 마법사의 돌
해리 포터와 비밀의 방
해리 포터와 아즈카반의 죄수
해리 포터와 불의 잔
해리 포터와 불사조 기사단
해리 포터와 혼혈 왕자
해리 포터와 죽음의 성물

라틴어로도 읽을 수 있는 책:
해리 포터와 마법사의 돌
해리 포터와 비밀의 방

웨일스어, 고대 그리스어, 아일랜드어로도 읽을 수 있는 책:
해리 포터와 마법사의 돌

함께 읽을 책
신비한 동물 사전
퀴디치의 역사
(코믹 릴리프와 루모스를 돕고자 출간되었음)
음유시인 비들 이야기
(루모스를 돕고자 출간되었음)

이 세 권은 또한 다음의 시리즈로 출간되었습니다:
호그와트 라이브러리
(코믹 릴리프와 루모스를 돕고자 출간되었음)

일러스트 에디션
짐 케이 일러스트
해리 포터와 마법사의 돌
해리 포터와 비밀의 방
해리 포터와 아즈카반의 죄수
해리 포터와 불의 잔

올리비아 L. 길 일러스트
신비한 동물 사전

크리스 리델 일러스트
음유시인 비들 이야기

J.K. ROWLING

해리포터

HARRY POTTER

아즈카반의 죄수

1

J.K. 롤링 지음 | **강동혁** 옮김

HUFFLEPUFF

🅾🅾 문학수첩

HARRY POTTER & THE PRISONER OF AZKABAN

First published in Great Britain in 1999 by Bloomsbury Publishing Plc
This edition Published in October 2019
Text © J.K. Rowling 1999
Cover and interior illustrations by Levi Pinfold © Bloomsbury Publishing Plc 2019
Wizarding World is a trade mark of Warner Bros. Entertainment Inc.
Wizarding World Publishing and Theatrical Rights © J.K. Rowling
Wizarding World characters, names and related indicia are TM and © Warner Bros.
Entertainment Inc. All rights reserved.
Korean translation copyright © 2022 by Moonhak Soochup Publishing Co., Ltd.

저자와 일러스트레이터의 저작인격권이 보장되어 있습니다.
이 책에서 등장하는 모든 인물과 사건은 허구이며 실존 인물과 사건을 연상시키는 부분이 있더라도
이는 저자의 의도와 무관합니다.

이 책은 저작권자와의 독점계약으로 (주)문학수첩에서 출간되었습니다.
저작권법에 의해 한국 내에서 보호를 받는 저작물이므로 무단 전재와 무단 복제를 금합니다.

스윙의 대모

질 프루잇과 에인 킬리에게

HELGA
HUFFLEPUFF

헬가 후플푸프

CONTENTS

HUFFLEPUFF

후플푸프

♦ 소개 ♦

"어쩌면 후플푸프가 될 수도 있겠지.
공정하고 신의 있는 자들이 사는 곳,
인내심 있는 후플푸프 사람들은 진실하고
고생을 두려워하지 않는다네."

기숙사 배정 모자

맑은 날이건, 궂은 날이건 후플푸프는 믿어도 됩니다. 해리 포터가 3학년이 되었을 때 열린 첫 퀴디치 시합에서 후플푸프가 놀라운 승리를 거둔날은 날씨가 아주 궂었지요. 슬리데린 퀴디치 팀이 그리핀도르와 예정돼있던 시합에서 교묘하게 빠져나가고 후플푸프가 그들의 자리를 대신했을때, 그리핀도르 학생인 프레드와 조지 위즐리는 상대편을 이기는 건 식은죽 먹기일 거라고 예상했습니다. 하지만 후플푸프를 과소평가하는 건 위험한 일입니다.

후플푸프의 새 주장은 아주 빠르게 방향 전환을 할 수 있는 유능한 수색꾼으로 사람들 사이에 큰 동요를 일으킵니다. 특히, 여학생들 사이에말이지요. 세드릭 디고리는 비가 몰아칠 때조차 스타 기질을 보여 줍니다. 그가 스니치를 잡으러 경기장을 빠르게 가로지르면 이 후플푸프 학생이 호그와트에 자신의 자취를 남길 거라는 사실이 분명하게 느껴집니다. 페어플레이 본능은 후플푸프 기숙사 구성원들의 특징입니다. 세드릭은해리가 빗자루에서 떨어졌다는 것을 알고 재경기를 제안하지만 그리핀도르 주장 올리버 우드는 패배를 인정합니다. 후플푸프는 많은 사람이 학교 최고의 팀이라고 생각하는 팀을 상대로 공정하게, 정정당당하게 승리를 거둠으로써, 해리 포터가 그리핀도르 수색꾼으로 활약하면서 세운 연승 기록에 종지부를 찍습니다.

식물학에 탁월한 실력을 지닌 스프라우트 교수가 돌봐준 덕분에 후려치는 버드나무는 작년에 위즐리 씨의 날아다니는 자동차와 부딪친 불행한 사건 이후 후려치는 능력을 되찾았습니다. 이 난폭한 나무는 리머스 루핀이 호그와트에 입학한 해에 심은 것으로, 이는 다른 학생들이 악쓰는 오두막으로 이어진 비밀 통로를 찾지 못하도록 하려고 신중한 고민 끝에 선택된 방법입니다. 루핀은 한 달에 한 번씩 늑대인간으로 변신할 때마다 악쓰는 오두막에 숨어 있었습니다.

후플푸프 기숙사는 타인에게 이로운 일을 하는 데 인생을 바친 수많은 마법사들의 집이기도 합니다. 후플푸프 출신인 두걸드 맥페일이 마법 정부 총리로 재임하던 시절 약자와 미성년자 들을 위한 긴급 교통수단의 필요성을 인식하고 나이트 버스를 도입한 덕분에 해리는 다이애건 앨리에 안전하게 도착할 수 있었습니다. 이 마법의 버스를 만들어 낸 기숙사만큼 매우 믿음직스러운 나이트 버스는 아주 편안한 교통수단이라고는 할 수 없지만, 곤경에서 빠져나갈 길을 확실히 보장해 줍니다.

나이트 버스

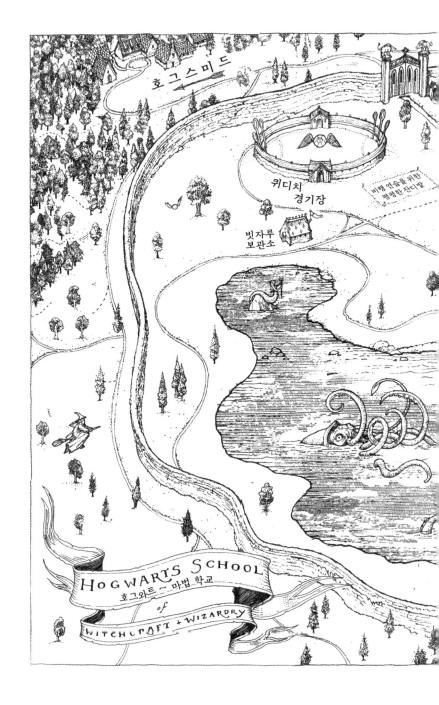

금 지 된 숲

해그리드의
오두막

후려치는
버드나무

온실

호그와트 성

호그스미드역

1장

부엉이 우편

해리 포터는 여러 면에서 아주 특이한 소년이었다. 일단 그는 1년 중 어느 때보다도 여름방학을 싫어했다. 또 정말로 숙제를 하고 싶어 했지만, 어쩔 수 없이 한밤중에 몰래 해야만 했다. 그리고 그는 마법사이기도 했다.

이미 자정에 가까운 시간이었다. 해리는 침대에 엎드려 이불을 머리 바로 위까지 텐트를 치듯 끌어당긴 채 한 손에는 손전등을 들고 커다란 가죽 장정 책(바틸다 백숏의 《마법의 역사》)을 베개에 기대 펼쳐 놓았다. 해리는 작문 숙제에 도움이 될 만한 내용을 찾아 이마를 찌푸리며 독수리 깃펜 끝으로 글을 훑어 내려갔다. "14세기에 이루어졌던 마녀 화형은 전혀 무의미한 일이었다. 이에 관해 논하시오."

깃펜이 쓸 만한 문단 앞에서 멈췄다. 해리는 동그란 안경을 콧등에서 밀어 올리고 손전등을 책 가까이로 가져간 다음 내용을 읽어 보았다.

중세 시대에 (일반적으로 머글이라고 알려진) 비마법사들은 유난히 마법을 두려워했으면서도 그것을 제대로 알아보지는 못했다. 드물게 진짜 마법사를 붙잡더라도 화형은 아무 소용이 없었다. 그 마법사는 스스로에게 아주 기초적인 화염-동결 마법을 건 다음, 속으로는 부드럽게 간질거리는 느낌을 즐기면서 고통으로 울부짖는 척했다. 실제로 '괴상한 웬델린'은 화형 당하는 일을 즐겨서 다양한 변장을 하고 최소 마흔일곱 번이나 잡히기도 했다.

해리는 깃펜을 입에 물고 베개 밑에 넣어 둔 잉크병과 양피지 두루마리로 손을 뻗었다. 그리고 아주 조심스러운 손놀림으로 천천히 잉크병 마개를 열고 깃펜을 살짝 담근 뒤, 가끔씩 소리를 들으려고 멈춰 가면서 글을 써 내려가기 시작했다. 더즐리 가족 누구라도 화장실 가는 길에 깃펜이 사각거리는 소리를 들었다가는 아마 남은 여름방학 내내 계단 밑 벽장에 갇히는 신세가 될 게 뻔했으니까.

프리빗가 4번지의 더즐리 가족은 해리가 여름방학을 전혀 즐기지 못하는 바로 그 이유였다. 해리에게 살아 있는 친척이라고는 버넌 이모부와 피튜니아 이모, 그들의 아들인 더들리뿐이었다. 머글인 그들은 마법에 대해 매우 중세적인 태도를 갖고 있었다. 해리의 돌아가신 부모님도 마법사였는데, 더즐리네 집 지붕 아래에서 그들이 언급된 적은 한 번도 없었다. 여러 해 동안 피튜니아 이모와 버넌 이모부는 온 힘을 다해 해리를 짓밟으면 그에게서 마법사 기질을 없앨 수 있을 거라고 생각했다. 그러나 그들 입장에서는 분통 터지게도 그 일은 성공하지 못했고, 이제 그들은 해리가 지난 2년을 대부분 호그와트 마법학교에서 보냈다는 사실을 누가 알게 될까 봐 두려워하며 지내고 있었다. 요즘 더즐리 가족이 할 수 있는 일이라고는, 여름방학이 시작되자마자 해리의 마법 책과 마법 지팡이, 솥, 빗자루를 벽장 안에 던져 넣고 문을 잠근 뒤 그가 이웃들과 이야기하지 못하게 하는 것뿐이었다.

호그와트 교수들이 엄청난 양의 방학 숙제를 내주었기 때문에 마법 책을 빼앗기는 건 해리에게 큰 문제가 아닐 수 없었다. 작문 숙제 중에서도, 해리가 가장 싫어하는 선생인 스네이프 교수가 내준 수축 마법약에 관한 숙제가 특히 걱정스러웠다. 해리에게 한 달 동안 방과 후 징계를 줄 핑계가 생긴다면 스네이프는 무척 즐거워할 게 틀림없었다. 그래서 해리는 방학 첫 주에 찾아온 기회를 얼른 잡았다. 버넌 이모부와 피튜니아 이모, 더들리가 앞뜰로 나가 이모부의 새 업무용 자동차를 구경하면서 (온 동네 사람들이 알아차릴 만큼 굉장히 시끄러운 목소리로) 감탄하는 사이, 해리는 아래층으로 살금살금 내려가서 숨겨진 열쇠를 찾아 계단 밑 벽장문을 열고 책 몇 권을 집어다 자신의 침실에 숨겼다. 이불에 잉크 자국만 남지 않으면 더즐리 가족은 그가 한밤중에 마법을 공부한다는 사실을 결코 알 수 없을 것이다.

지금 이모와 이모부는 이미 해리 때문에 기분이 좋지 않은 상태였으므로 해리는 되도록 그들과 부딪치지 않기를 바랐다. 방학이 시작되고 1주일 만에 해리의 마법사 친구에게서 전화가 걸려 왔기 때문이었다.

호그와트에서 해리와 가장 친한 친구 중 한 명인 론 위즐리는 가족 모두가 마법사였다. 이 말은, 론이 해리가 모르는 것을 많이 알고 있긴 하지만 전화는 여태껏 한 번도 써본 적이 없다는 뜻이었다. 대단히 불행하게도, 론의 전화를 받은 사람은 버넌 이모부였다.

"버넌 더즐리입니다."

때마침 그곳에 함께 있었던 해리는 수화기를 통해 들려오는 론의 목소리를 듣는 순간 얼어붙고 말았다.

"안녕하세요? 저기요? 들리세요? 해리, 포터랑, 얘기를, 하고, 싶은데요!"

론이 있는 힘껏 소리를 질러 대자 버넌 이모부는 화들짝 놀라면서 수화기를 귀에서 30센티미터는 떨어뜨리고 분노와 경계심이 섞인 표정을 지으며 눈을 부라렸다.

"누구냐?" 그가 전화기에 대고 소리쳤다. "너 대체 누구야?"

"론, 위즐리요!" 론은 버넌 이모부와 축구장 양끝에 서서 이야기하듯 마주 소리치고 있었다. **"해리의, 학교, 친구예요."**

버넌 이모부의 작은 눈이 그 자리에서 꼼짝도 못 하고 있는 해리에게 홱 돌아갔다.

"해리 포터란 애는 없다!" 버넌 이모부가 으르렁거리듯 고함을 질렀다. 그는 폭발할까 봐 겁이라도 나는지 급기야 수화기를 든 팔을 쭉 뻗고 있었다. **"무슨 놈의 학교를 말하는지 모르겠구나! 다시는 연락하지 마라! 내 가족 근처엔 얼씬도 하지 마!"**

그는 독거미라도 떨어뜨리듯 수화기를 전화기에 쾅 내려 놓았다.

그리고 어느 때보다도 야단스러운 윽박지름이 이어졌다.

"감히 우리 집 전화번호를 그런 사람들한테…… 너 같 은 사람들한테 알려 주다니!" 버넌 이모부가 해리에게 침 을 튀겨 가면서 버럭버럭 소리를 질렀다.

다시 전화를 걸지 않은 것을 보면 론은 해리가 자기 때 문에 곤란해졌다는 사실을 알아차린 게 틀림없었다. 해리 의 또 다른 호그와트 친구인 헤르미온느 그레인저에게서 도 연락이 없었다. 해리는 론이 헤르미온느에게 전화를 걸 지 말라고 말했을지도 모른다고 생각했다. 그렇다면 정말 안타까운 일이었다. 해리의 학년에서 가장 머리가 좋은 마 법사인 헤르미온느는 부모님이 머글이었기에 전화 사용법 을 완벽하게 알고 있었고, 아마도 호그와트에 다닌다는 말 을 하지 않을 정도의 분별력은 충분히 갖추고 있을 테니까.

그래서 해리는 5주라는 기나긴 시간 동안 마법사 친구 들에게서 어떠한 연락도 받지 못했고, 결과적으로 이번 여 름방학은 작년 여름방학만큼이나 견디기 힘들어지고 있었 다. 단 한 가지 아주 조금 나아진 점은 있었다. 해리는 어떤 친구한테도 절대 편지를 보내지 않겠다고 맹세한 다음 밤에 올빼미 헤드위그를 밖으로 내보내도 된다는 허락을 받았다. 하루 종일 새장에 갇혀 있으면 헤드위그가 소란을 피웠기에 버넌 이모부가 어쩔 수 없이 항복한 것이었다.

해리는 '괴상한 웬델린'에 관한 이야기를 다 쓰고 잠시 숨을 죽인 채 다시 귀를 기울였다. 집은 어둠에 휩싸인 채 침묵에 잠겨 있었다. 비대한 몸집의 사촌 더들리가 드르렁드르렁 코 고는 소리만이 멀찍이서 들려오며 그 침묵을 깨뜨릴 뿐이었다. 시간이 아주 늦었을 게 틀림없었다. 피곤해서 눈이 따끔거렸다. 아마도 이 작문 숙제는 내일 밤에 끝내야 할 것 같았다…….

그는 잉크병 마개를 닫고 침대 밑에서 낡은 베갯잇을 끌어당겨 손전등과 《마법의 역사》, 작문 숙제, 깃펜과 잉크를 그 안에 집어넣은 뒤 이부자리에서 나와 그것을 침대 밑 헐거운 마룻바닥 아래 숨겼다. 그런 다음 바닥에서 일어나 기지개를 쭉 켜고 침대 옆 탁자 위의 야광 자명종 시계로 눈을 돌려 시간을 확인했다.

새벽 1시. 이상하게 속이 뒤틀렸다. 그는 어느새 열세 살이 되어 있었다. 알아차리지도 못하는 사이 한 시간이 통째로 지나간 것이다.

해리의 또 한 가지 특이한 점은 자신의 생일을 거의 기대하지 않는다는 것이었다. 그는 태어나서 지금까지 생일 카드 한 번 받아 본 적이 없었다. 더즐리 가족은 최근 2년 동안 해리의 생일을 완전히 무시했다. 이번 생일이라고 딱히 기억해 줄 리가 없었다.

해리는 지금은 비어 있는 헤드위그의 커다란 새장을 지나 어두운 방을 가로질러 가서는 창문을 열고 창틀에 기댔다. 오랫동안 이불을 뒤집어쓰고 있던 터라 얼굴에 닿는 시원한 밤공기가 기분 좋게 느껴졌다. 헤드위그는 오늘 밤까지 이틀째 돌아오지 않고 있었지만, 예전에도 이런 적이 있었기에 걱정이 되지는 않았다. 그래도 해리는 헤드위그가 빨리 돌아왔으면 하는 마음뿐이었다. 이 집에서 해리를 보고 움찔하지 않는 살아 있는 생명체는 헤드위그뿐이었으니까.

지금도 나이에 비해 작고 마른 편이긴 했지만 해리는 작년에 키가 몇 센티미터 자랐다. 반면 칠흑 같은 머리카락은 언제나 그랬던 것처럼, 해리가 아무리 어떻게든 정리해 보려고 해도 고집스러울 만큼 늘 어수선하게 흐트러져 있었다. 안경 너머의 두 눈은 밝은 초록색이었고, 이마에는 머리카락 사이로 선명하게 보이는 가느다란 번개 모양 흉터가 있었다.

이 흉터는 해리가 가진 그 모든 특이한 점 가운데서도 가장 특이한 것이었다. 더즐리 부부가 10년 동안이나 속여 온 것과 달리 이 흉터는 해리의 부모님이 교통사고로 돌아가시면서 생긴 추억의 산물이 결코 아니었다. 릴리와 제임스 포터는 교통사고로 죽지 않았다. 그들은 지난 100년을 통틀어 가장 두려운 존재였던 어둠의 마법사 볼드모트 경에게 살해당했다. 해리도 그때 같은 공격을 받았지만 이마에 흉터만 생겼을 뿐 살아남았다. 볼드모트가 날린 저주는 해리를 죽이는 대신 그 자신에게 되돌아갔다. 볼드모트는 간신히 목숨만 건진 채 도망쳤다…….

해리는 호그와트에 들어간 이후로 볼드모트와 마주친 적이 있었다. 어두운 창가에 서서 지난번 볼드모트와의 만남을 떠올리자 열세 번째 생일을 맞이한 것만으로도 행운이라는 걸 인정하지 않을 수 없었다.

그는 아마도 칭찬받으려고 부리에 죽은 쥐를 대롱거리며 돌아오고 있을 헤드위그를 찾아 별이 총총한 밤하늘을 훑었다. 멍하니 지붕 너머를 응시하던 해리는 얼마 지나지 않아 자기가 뭘 보고 있는지 깨달았다.

이상하게 한쪽으로 기울어진 웬 커다란 생명체가 황금색 달빛에 윤곽을 드러내더니 매 순간 점점 커졌다. 그 정체 모를 생명체는 해리를 향해 퍼덕거리며 날아오고 있었다. 해리는 그 생물이 점점 더 아래로 가라앉는 모습을 지켜보며 가만히 서 있었다. 해리는 손을 걸쇠에 올려놓은 채 창문을 닫아야 할지 말아야 할지 아주 잠깐 망설였다. 그때 그 기괴한 생물이 프리빗가의 가로등 위로 솟구쳐 올랐다. 해리는 그것의 정체를 알아보고 옆으로 펄쩍 비켜섰다.

창문으로 올빼미 세 마리가 날아들어 왔다. 그중 두 마리가 의식을 잃은 듯 보이는 나머지 한 마리를 양옆에서 부축하고 있었다. 올빼미들은 해리의 침대 위에 부드럽게 '털썩' 내려앉았다. 가운데의 큰 회색 올빼미는 곧바로 뒤집어지더니 쓰러져서 꼼짝도 하지 않았다. 녀석의 다리에는 커다란 꾸러미가 묶여 있었다.

해리는 의식을 잃은 그 올빼미를 단번에 알아보았다. 그 올빼미의 이름은 에롤, 위즐리 가족의 올빼미였다. 해리는 부리나케 침대로 달려가 에롤의 다리에 감긴 끈을 풀고 소포를 떼어 낸 뒤 녀석을 헤드위그의 새장으로 데려갔다. 에롤은 한쪽 눈을 게슴츠레하게 뜨고 힘없이 부엉부엉 소리를 내면서 고마움을 표시한 다음 꿀꺽꿀꺽 물을 마시기 시작했다.

해리는 다시 나머지 올빼미들에게로 고개를 돌렸다. 그

중 크고 새하얀 암컷이 해리의 올빼미인 헤드위그였다. 헤드위그도 소포를 갖고 있었으며 무척 자랑스러운 듯 보였다. 해리가 소포를 떼 주자 헤드위그는 부리로 해리를 다정스럽게 한 번 깨물더니 방을 포르르 날아가 에롤이 있는 새장으로 들어갔다.

처음 보는 세 번째 녀석은 잘생긴 황갈색올빼미였는데, 해리는 그 녀석이 어디서 왔는지 단번에 알아볼 수 있었다. 세 번째 소포와 함께 호그와트 문장(紋章)이 찍힌 편지를 갖고 있었기 때문이다. 해리가 우편물을 떼 주자 녀석은 거드름을 피우듯 깃털을 곤두세우더니 날개를 쭉 펴고 창밖 밤하늘 속으로 날아갔다.

해리는 침대에 앉아 에롤이 가져온 소포를 들고 갈색 포장지를 뜯었다. 금박지에 싸인 선물과 태어나서 처음 받아 보는 생일 카드가 나왔다. 그는 살짝 떨리는 손가락으로 봉투를 열었다. 봉투 안에서 종이 두 장이 떨어졌다. 편지 한 통과 오려낸 신문 기사였다.

마법사 신문인《예언자일보》에서 오려 낸 기사가 틀림없었다. 흑백사진 속 사람들이 움직이고 있었다. 해리는 신문을 집어서 구겨진 부분을 펴고 읽어 보았다.

마법 정부 직원,
복권 1등 당첨으로 떼돈

마법 정부 머글 제품 오용 관리과장 아서 위즐리가 해마다 열리는 《예언자일보》 갈레온 복권 추첨에서 1등에 당첨됐다.

위즐리 씨는 기뻐하며 "상금은 이집트에서 여름휴가 비용으로 쓸 겁니다. 우리 첫째 아들 빌이 그곳 그린고츠 마법사 은행에서 저주 차단 전문가로 일하고 있거든요"라고 《예언자일보》에 전했다.

위즐리 가족은 이집트에서 한 달을 보낸 뒤 호그와트의 새 학기가 시작될 즈음 돌아올 예정이다. 호그와트에는 현재 위즐리 가족의 다섯 자녀가 재학 중이다.

해리는 움직이는 사진을 들여다보았다. 거대 피라미드 앞에 서서 열심히 손을 흔드는 위즐리 가족 아홉 명 모두를 보자 얼굴에 씩 웃음이 번졌다. 통통하고 자그마한 위즐리 부인과 키가 크고 머리가 벗어진 위즐리 씨, 아들 여섯과 딸 하나까지 모두 (흑백사진에서는 보이지 않았지만) 타는 듯한 빨간 머리였다. 사진 한가운데서는 키가 크고 호리호리한 론이 쥐 스캐버스를 어깨에 얹은 채 여동생 지니에게 팔을 두르고 있었다.

해리는 위즐리 가족보다 더 금화 더미를 받아 마땅한 사람을 생각할 수 없었다. 그들은 아주 좋은 사람들이면서도 극도로 가난했으니까. 그는 론의 편지를 펼쳐 들었다.

해리에게,

생일 축하해!

저기, 전화는 정말 미안. 머글들이 널 괴롭히지 않았으면 좋겠다. 아빠한테 물어보니까 소리를 치면 안 되는 거였대.

여기 이집트는 아주 멋진 곳이야. 빌이 무덤들을 죄다 구경시켜 줬는데, 그 옛날 이집트 마법사들이 어떤 저주 마법을 걸어 놨는지 들으면 아마 믿지 못할 거야. 엄마는 마지막 무덤에 지니를 못 들어가게 했어. 무덤에 침입했다가 머리나 뭐 그런 게 추가로 생겨난 온갖 돌연변이 머글 해골이 잔뜩 있었거든.

아빠가 《예언자일보》 복권에 당첨됐을 땐 도저히 믿을 수가 없었어. 자그마치 700갈레온이야! 이번 휴가에 거의 다 써 버리긴 했지만 내가 다음 학기에 쓸 새 마법 지팡이는 사 주실 것 같아.

해리는 론이 예전에 쓰던 마법 지팡이가 부러질 당시의

상황을 생생하게 기억하고 있었다. 둘이 같이 자동차를 타고 호그와트로 날아가다가 교정의 나무를 들이받았던 것이다.

우린 개학 1주일 전쯤에 돌아갈 거야. 내 마법 지팡이랑 우리 새 교과서를 사러 런던에 갈 거거든. 거기에서 만날 수 있을까?

머글들한테 주눅 들지 말고!

런던에 오려고 노력해 봐.

론

추신: 퍼시는 남학생 회장이 됐어. 지난주에 편지를 받았더라.

해리는 사진을 다시 한 번 힐끗 바라보았다. 호그와트에서 7학년이자 마지막 학년이 된 퍼시는 유난히 의기양양해 보였다. 깔끔하게 빗어 넘긴 머리에 멋들어지게 얹힌 페즈(일부 이슬람 국가에서 남자들이 쓰는 원통형 모자—옮긴이)에는 남학생 회장 배지가 달려 있었다. 그의 뿔테 안경이 이집트의 태양 빛을 받아 번쩍거렸다.

해리는 이제 선물로 눈길을 돌려 포장을 풀어 보았다. 포장 안에는 유리로 만든 조그만 팽이 같은 것이 들어 있었고 그 밑에 론이 쓴 또 다른 편지가 있었다.

해리, 이건 휴대용 스니코스코프라는 거야. 주위에 못 믿을 사람이 있으면 불이 켜지면서 빙빙 돌아간대. 빌은 마법사 관광객들한테 파는 엉터리 물건이라 믿을 건 못 된다고 했어. 어젯밤 저녁 식사 시간에 계속 불이 켜졌거든. 하지만 빌은 프레드랑 조지가 자기 수프에 딱정벌레를 넣은 줄은 몰랐지.

그럼 이만.

론

해리는 휴대용 스니코스코프를 침대 옆 탁자에 올려놓았다. 스니코스코프는 시곗바늘의 야광 빛을 반사하며 꼭지로 균형을 잡고 매우 고요하게 놓여 있었다. 해리는 잠깐 동안 기분 좋게 스니코스코프를 바라보다가 헤드위그가 가져온 소포를 집어 들었다.

그 안에도 포장된 선물과 카드, 편지가 있었다. 헤르미온느에게서 온 것이었다.

해리에게.

론이 편지로 너희 버넌 이모부한테 전화를 걸었던 얘기를 해 줬어. 진심으로 네가 괜찮았으면 좋겠다.

난 지금 프랑스에 있어. 너한테 이걸 어떻게 보내야 할지 모르겠더라고. 세관에서 열어 보면 어떻게 해? 근데 그때 헤드위그가 나타난거야! 네가 기분 전환할 수 있는 생일 선물을 꼭 받길 바랐나 봐. 네 선물은 부엉이 쇼핑으로 샀어.《예언자일보》에 광고가 났거든(난《예언자일보》를 정기 구독 하고 있어. 마법사 세계에서 무슨 일이 벌어지는지 계속 알 수 있으니 참 좋아). 1주일 전 론네 가족사진 봤어? 론은 틀림없이 엄청나게 많은 걸 배우고 있을 거야. 정말 부러워. 고대 이집트 마법사들은 진짜 매력적이야.

여기에도 이곳 고유의 마법 향토사가 있어. 새로 알아낸 내용들을 넣느라 마법의 역사 작문 숙제를 전부 다시 써야 했지 뭐야. 너무 길게 쓴게 아니었으면 좋겠는데. 빈스 교수님이 쓰라고 한 것보다 양피지 두루마리 두 개 분량이나 더 많이 썼거든.

론은 방학 마지막 주에 런던에 갈 거래. 너도 올 수 있니? 너희 이모랑 이모부가 보내 줄까? 그럼 정말 좋겠다. 방법이 없다면 9월 1일에 호그와트 급행열차에서 보자!

사랑을 담아

헤르미온느

추신: 론이 그러는데 퍼시가 남학생 회장이 됐대. 퍼시는 정말 기쁠

거야. 론은 별로 좋아하는 것 같지 않지만.

해리는 다시 웃으며 헤르미온느의 편지를 치우고 선물을 집어 들었다. 꽤 무거웠다. 헤르미온느를 잘 아는 해리는 아주 어려운 주문으로 가득한 커다란 책일 거라고 확신했다. 그런데 아니었다. 포장지를 뜯자 은색 글자가 찍혀 있는 번쩍이는 검은색 가죽 상자가 보였다. 심장이 쿵쾅거렸다. '빗자루 손질 용품 세트'.

"와, 헤르미온느!" 지퍼를 열고 안을 들여다본 해리가 숨죽여 외쳤다.

'플리트우드의 끝내주는 손잡이 광택제' 큰 병과 은색으로 번쩍이는 '꼬리 잔가지 깎이', 장거리 여행 시 빗자루에 매달아 놓는 조그만 놋쇠 나침반에, 《내 손으로 직접 하는 빗자루 관리 안내서》라는 책도 한 권 들어 있었다.

친구들을 제외하고 해리가 호그와트에서 가장 그리워하는 것은 마법사 세계에서 가장 인기 있는 스포츠인 퀴디치였다. 퀴디치는 빗자루를 타고 하는 굉장히 위험하면서 매우 흥미진진한 스포츠로, 해리는 공교롭게도 아주 뛰어난 실력을 지닌 퀴디치 선수가 되었다. 100년 만에 호그와트 기숙사 최연소 대표 선수로 뽑히기도 했다. 그가 가장 아끼는 소지품 중 하나도 경주용 빗자루인 님부스 2000이었다.

그는 가죽 상자를 옆으로 치워 놓고 마지막 소포를 집어 들었다. 갈색 포장지 위에 마구 휘갈겨 쓴 글씨가 곧바로 눈에 들어왔다. 호그와트 마법학교의 숲지기인 해그리드가 보낸 선물이었다. 가장 겉에 쌓인 포장지를 뜯자 초록색 가죽 같은 것이 언뜻 보였다. 하지만 포장을 제대로 뜯기도 전에 소포가 기묘하게 부르르 떨리더니, 안에 들어 있던 뭔가가 요란스럽게 딱딱거리기 시작했다. 마치 입이라도 달린 것처럼.

해리는 한순간 얼어붙고 말았다. 해그리드가 일부러 위험한 물건을 보낼 리 없다는 것은 분명한 사실이었지만 그는 위험한 것에 대해 보통 사람과는 다른 시각을 가지고 있었다. 해그리드는 거대한 거미를 친구로 삼는가 하면, 술집에서 만난 사람한테서 머리가 셋 달린 사나운 개를 사기도 했고, 불법적으로 구한 용의 알을 자기 오두막에 몰래 들여온 적도 있었다.

해리는 불안해하면서 손가락으로 소포를 쿡 찔러 보았다. 소포가 다시 한 번 시끄럽게 딱딱거렸다. 해리는 침대 옆 탁자 위에 있는 전등을 한 손에 움켜쥐고 내려칠 태세로 머리 위로 치켜들었다. 그런 다음 다른 손으로 남아 있는 포장지를 잡고 확 당겼다.

그러자 책 한 권이 나왔다. 해리가 '괴물들에 관한 괴물책'이라는 황금색 제목이 선명하게 새겨져 있는 근사한 초록색 표지를 확인한 순간, 책은 확 뒤집혀 모로 서더니 마치 기괴한 게처럼 옆걸음으로 침대 위를 달음쳐 갔다.

"아, 이런." 해리가 중얼거렸다.

책은 요란한 소리를 내며 침대에서 굴러떨어지더니 방 저편으로 사사삭 이동했다. 해리는 살금살금 쫓아가 보았다. 책은 책상 밑 어두운 공간에 숨어 있었다. 해리는 더즐리 가족이 계속 깊이 잠들어 있기를 바라며 양손과 무릎을 바닥에 대고 책을 향해 다가갔다.

"아얏!"

책이 해리의 손 위에서 탁 덮이더니 다음 순간 페이지들을 펄럭이면서 그를 지나쳐 달아났다. 책은 표지로 바닥을 딛고 끊임없이 방 안을 빠르게 돌아다니고 있었다. 해리는 허둥지둥 쫓아다닌 끝에 몸을 날려 간신히 책을 깔아뭉갤 수 있었다. 옆방에서 버넌 이모부가 잠결에 시끄럽게 꿍얼거리는 소리가 들렸다.

헤드위그와 에롤이 흥미롭게 지켜보는 가운데 해리는 몸부림치는 책을 양팔로 꽉 끌어안고 재빨리 서랍장으로 달려가 허리띠를 꺼내서 책을 감고 단단히 조였다. 《괴물들에 관한 괴물책》은 화난 듯 부르르 떨었지만 더 이상 펄럭거리거나 깨물지는 못했다. 해리는 책을 침대에 던지고 해그리드의 카드로 손을 뻗었다.

해리에게.

생일 축하한다!

다음 학기엔 이 책이 쓸모 있을 거라는 생각이 든다. 여기서는 더 이상 말하지 않으마. 만나면 얘기해 줄게.

머글들이 너한테 잘해 줬으면 좋겠구나.

그럼 이만.

해그리드

깨무는 책이 쓸모 있을 거라는 해그리드의 생각에 불길함이 몰려들긴 했지만, 해리는 그의 카드를 론과 헤르미온느의 카드 옆에 세워 놓고 어느 때보다도 활짝 미소 지었다. 이제 호그와트에서 온 편지만 남았다.

편지가 평소보다 두껍다는 것을 알아챈 해리는 봉투를 뜯어 안에 들어 있던 양피지 첫 장을 꺼내 읽어 보았다.

포터 군에게.

9월 1일에 새 학기가 시작될 예정이니 유념하길 바랍니다. 호그와트 급행열차는 킹스크로스역의 9와 4분의 3 승강장에서 11시 정각에 출발합니다.

3학년 학생들은 정해진 주말에 호그스미드 마을을 방문할 수 있습니다. 동봉한 허가서에 부모님 또는 보호자의 서명을 받아 오시길 바랍니다.

다음 학기 교과서 목록을 동봉합니다.

교감

M. 맥고나걸 교수 드림

해리는 호그스미드 방문 허가서를 꺼내서 한동안 바라보았다. 더 이상 웃음이 나오지 않았다. 주말에 호그스미드를 방문하는 것은 정말 멋진 일일 것이다. 해리는 호그스미드가 마법사들만 사는 마을이라는 사실은 알았지만 그곳에 가 본 적은 한 번도 없었다. 하지만 도대체 어떻게 버넌 이모부나 피튜니아 이모를 설득해 허가서에 서명을 받는단 말인가?

그는 자명종 시계를 확인했다. 어느새 새벽 2시였다.

해리는 호그스미드 허가서에 대한 걱정은 일어나서 하기로 하고 다시 침대로 들어갔다. 그리고 호그와트로 돌아갈 때까지 남은 날을 거꾸로 헤아리며 손을 뻗어 직접 만든 표에서 또 하루를 지웠다. 그런 다음 그는 안경을 벗고 뜬눈으로 생일카드 세 장을 마주 보고 누웠다.

또래 소년들과 다르게 굉장히 특이한 존재인 해리 포터도 그 순간만큼은 다른 모두와 똑같은 기분을 느꼈다. 그는 생전 처음으로 오늘이 생일이어서 기뻤다.

2장
마지 고모의 큰 실수

　다음 날 아침 식사를 하러 내려가 보니 더즐리 가족 세 사람은 이미 부엌 식탁에 둘러앉아 있었다. 그들은 더즐리가 여름방학 귀가 환영 선물로 받은 최신형 텔레비전을 보고 있었다. 그동안 냉장고와 거실 텔레비전 사이의 거리가 멀어서 많이 걸어야 한다며 큰 소리로 불평해 왔던 더즐리는 작고 돼지 같은 눈을 화면에 고정하고 먹는 내내 다섯 겹의 턱을 흔들면서 여름방학 대부분을 부엌에서 보냈다.

　해리는 더즐리와 버넌 이모부 사이에 앉았다. 버넌 이모부는 덩치가 크고 뚱뚱한 남자로 목은 거의 없고 풍성한 콧수염을 기르고 있었다. 생일을 축하해 주기는커녕 더즐리 가족 누구 한 사람 해리가 부엌에 들어온 사실을 눈치챈 내

색조차 하지 않았지만, 너무 익숙한 일이었기에 해리는 신경 쓰지 않았다. 그는 토스트 한 조각을 먹은 뒤 눈을 들어 웬 탈옥수 소식을 전하는 텔레비전 속 아나운서를 바라보았다.

"……블랙은 무장한 상태이며 극도로 위험하니 주의하시길 당부드립니다. 긴급 직통전화가 설치되었으니 블랙을 목격할 경우 즉시 신고해 주시기 바랍니다."

"저놈이 나쁜 놈이라는 건 말할 필요도 없겠군." 버넌 이모부가 신문 1면에 실린 죄수를 노려보며 콧방귀를 뀌었다. "저 꼴을 봐, 더러운 게으름뱅이 녀석! 저 머리 꼴 좀 보라고!"

그는 험악한 얼굴을 하고 곁눈질로 해리를 쏘아보았다. 해리의 부스스한 머리카락은 늘 버넌 이모부에게 엄청난 짜증을 불러일으켰다. 하지만 정작 해리는 잔뜩 엉켜 팔꿈치까지 내려오는 헝클어진 머리카락에 둘러싸인 수척한 얼굴의 텔레비전 속 남자와 비교하면 매우 단정한 편이있다.

아나운서가 다시 나왔다.

"농림수산부 장관이 오늘 발표할 예정인……."

"잠깐!" 버넌 이모부가 아나운서를 사납게 노려보며 소리 질렀다. "저 미친놈이 어디에서 탈옥했는지 얘기 안 했잖아? 그럼 무슨 소용이야? 정신병자가 지금 당장 거리에 나타날 수도 있는데!"

비쩍 마르고 말처럼 생긴 피튜니아 이모가 고개를 홱 돌려 부엌 창문 밖을 뚫어지게 쳐다보았다. 해리는 피튜니아 이모가 긴급 직통전화를 걸고 싶어 좀이 쑤신다는 것을 알고 있었다. 그녀는 세상에서 가장 참견하기 좋아하는 사람으로, 인생 대부분을 법을 어기는 일 따위는 절대 없는 따분한 이웃들을 염탐하며 보냈다.

"대체 언제쯤 *깨달으려나.*" 버넌 이모부가 큼직한 자줏빛 주먹으로 탁자를 쾅 내리치며 말했다. "저런 인간들을 다루는 유일한 방법은 교수형뿐이라고!"

"그러게나 말이에요." 여전히 눈을 가늘게 뜨고 이웃집 깍지콩 덤불을 유심히 살펴보던 피튜니아 이모가 말했다.

버넌 이모부는 찻잔을 비우고 손목시계를 힐끗 보더니 덧붙였다. "난 조금 이따가 나가 봐야겠어, 피튜니아. 마지가 탄 기차가 10시에 도착하거든."

마음이 2층 빗자루 손질 용품 세트에 가 있던 해리의 가슴이 쿵 내려앉았다.

"마지 고모요?" 그가 불쑥 내뱉었다. "고, 고모가 여기 오시는 건 아니죠?"

마지 고모는 버넌 이모부의 누나였다. (해리의 어머니는 피튜니아 이모의 동생이었으므로) 해리와는 혈연관계가 아니었지만 해리는 늘 그녀를 '고모'라고 부르도록 강요당했다. 마지 고모는 큰 정원이 딸린 시골집에 살면서 불도그들을 키우고 있었는데, 그 소중한 개들과의 이별을 견디지 못해 프리빗가에 자주 머물지는 않았지만 방문할 때마다 해리의 머릿속에 끔찍할 만큼 생생한 기억을 남겨 놓곤 했다.

더들리의 다섯 번째 생일 파티 때 마지 고모는 '즐겁게 춤을 추다가 그대로 멈춰라' 놀이를 하면서 해리가 더들리를 이기지 못하도록 막대기로 그의 정강이를 후려쳤다. 몇 년 뒤 크리스마스에는 더들리에게 줄 전자식 로봇 장난감과, 해리에게 줄 개 사료 한 상자를 들고 나타났다. 호그와트에 입학하기 1년 전 마지막으로 왔을 때에는 해리가 실수로 그녀가 가장 아끼는 개, 리퍼의 발을 밟고 말았다. 그 개한테 쫓긴 해리가 정원으로 달아나 급기야 나무 위로 올라갔는데도 마지 고모는 자정이 지날 때까지 개를 불러들이지 않았다. 더들리는 지금까지도 그 사건을 떠올릴 때마다 눈에 눈물이 맺힐 정도로 웃어 댔다.

"1주일 동안 여기서 지낼 거다." 버넌 이모부가 으르렁대

듯 말했다. "그리고 말이 나와서 말인데." 그는 뚱뚱한 손가락으로 위협하듯 해리를 가리켰다. "마지를 데려오기 전에 몇 가지 확실히 해 둬야겠다."

더들리가 히죽거리며 텔레비전에서 시선을 뗐다. 버넌 이모부에게 괴롭힘 당하는 해리를 보는 건 더들리가 가장 좋아하는 오락거리였다.

"첫째." 버넌 이모부가 화난 목소리로 말했다. "마지한테 이야기할 때 예의를 갖추도록."

"알았어요." 해리가 씁쓸하게 말했다. "고모가 저한테 얘기할 때 그렇게 하면요."

"둘째." 버넌 이모부가 해리의 대답을 듣지 못한 척하며 말했다. "마지는 네 *비정상적인 성향*을 전혀 모르니까 마지가 여기에 있는 동안에는 어떤, 그 어떤 *이상한* 일도 일어나서는 안 된다. 얌전히 굴어라. 알겠냐?"

"고모가 그렇게 하면 저도 그럴게요." 해리가 이를 악물고 대답했다.

"그리고 셋째." 버넌 이모부가 말했다. 작고 심술궂은 눈이 어느새 거대한 자줏빛 얼굴에 그어 놓은 금처럼 가늘어졌다. "우리는 마지한테 네가 세인트 브루투스 구제 불능 소년범 보호시설에 다닌다고 말했다."

"*뭐라고요?*" 해리가 소리쳤다.

"너도 그렇게 입을 맞춰야 할 거다, 이 녀석. 안 그러면 혼날 줄 알아." 버넌 이모부가 내뱉었다.

해리는 자리에 앉은 채 얼굴이 하얗게 질리도록 화가 나서 버넌 이모부를 노려보았다. 도저히 믿기지 않았다. 마지 고모가 1주일씩이나 여기에 머문다니. 버넌 이모부의 낡은 양말 한 켤레를 포함하더라도, 이건 더즐리 가족이 지금까지 그에게 준 것 중에서 최악의 생일 선물이었다.

"아무튼, 피튜니아." 버넌 이모부가 무거운 몸을 일으키며 말했다. "그럼 나는 이만 역에 가 봐야겠어. 같이 갈 테냐, 더들스?"

"아니." 더들리가 말했다. 버넌 이모부가 해리 위협하기를 끝낸 지금 그의 관심은 텔레비전으로 돌아가 있었다.

"우리 더디, 고모 오시기 전에 몸단장해야겠네." 피튜니아 이모가 더들리의 숱 많은 금발을 매만지며 말했다. "엄마가 우리 더디 주려고 사랑스러운 새 나비넥타이를 사 왔지요."

버넌 이모부는 더들리의 뚱뚱한 어깨를 탁 쳤다.

"그럼 좀 이따 보자." 그는 그렇게 말하고 부엌을 나갔다.

충격으로 멍하니 있던 해리는 문득 뭔가를 떠올렸다. 그는 토스트를 내던지고 재빨리 일어나 버넌 이모부를 따라 현관으로 갔다.

버넌 이모부는 반코트를 걸치고 있었다.

"넌 안 데려가." 그가 몸을 돌려 자기를 바라보던 해리를 보고 으르렁거리듯 말했다.

"누가 가고 싶대요?" 해리가 차갑게 말했다. "뭘 좀 부탁드리고 싶어서 그래요."

버넌 이모부가 의심스러운 눈초리로 그를 바라보았다.

"호그…… 그러니까 우리 학교 3학년 학생들은 가끔씩 어떤 마을을 방문할 수 있어요." 해리가 말했다.

"그런데?" 버넌 이모부가 문 옆에 달린 고리에서 자동차 열쇠를 집으며 쏘아붙였다.

"이모부가 허가서에 서명을 해 주셔야 해요." 해리는 단숨에 내뱉었다.

"내가 왜 그래야 하지?" 버넌 이모부가 코웃음을 쳤다.

"글쎄요." 해리가 단어를 조심스럽게 골라 가며 말을 이었다. "저도 힘들 것 같거든요. 마지 고모한테 거기 다니는 척하는 것 말이에요. 세인트 뭐더라……."

"세인트 브루투스 구제 불능 소년범 보호시설!" 버넌 이모부가 소리쳤다. 해리는 버넌 이모부의 목소리에 확실한 두려움의 기색이 어려 있는 것을 듣자 기분이 좋았다.

"네, 거기요." 해리가 버넌 이모부의 커다란 자줏빛 얼굴을 침착하게 올려다보며 말했다. "기억할 게 너무 많잖아요. 그럴싸하게 들리도록 말해야 하고요. 안 그런가요? 제가 실수로 뭔가 흘리면 어쩌시려고요?"

"그럼 흠씬 두들겨 맞겠지. 안 그러냐?" 버넌 이모부가 주먹을 들어 올리고 해리에게 다가서면서 고함을 질렀다. 하지만 해리는 꿈쩍도 하지 않았다.

"배 속이 터져 나올 때까지 저를 두들겨 패 봤자, 제가 할지도 모르는 그 얘기를 마지 고모가 잊지는 않겠죠." 그가 단호하게 말했다.

버넌 이모부는 여전히 주먹을 들어 올린 채, 얼굴이 붉으락푸르락해져서 멈춰 섰다.

"하지만 이모부가 허가서에 서명해 주시면" 하고, 해리가 재빨리 말을 이었다. "맹세코 제가 나니는 길로 돼 있는 학교가 어딘지 기억하고, 머글…… 그러니까, 정상인 것처럼 행동할게요."

버넌 이모부가 이를 드러냈다. 관자놀이에서는 핏줄이 꿈틀거렸다. 하지만 해리는 그가 고민 중이라는 사실을 알 수 있었다.

"좋아." 마침내 그가 날카롭게 내뱉었다. "마지가 와 있는 동안 네 행동을 유심히 살펴보도록 하지. 네가 끝까지 하라는 대로 잘 하고 말을 맞추면 그 망할 놈의 서류에 사인해 주마."

그는 몸을 돌려 현관문을 열더니 문 위의 작은 창유리가 떨어질 정도로 세게 쾅 닫았다.

해리는 부엌으로 가지 않고 2층의 자기 방으로 돌아갔다. 진짜 머글 행세를 하려면 지금 시작하는 편이 나았다. 그는 구슬픈 마음으로 천천히 선물과 생일 카드를 모두 모아 숙제를 넣은 느슨한 마룻바닥 아래 숨긴 뒤 헤드위그의 새장으로 갔다. 에롤은 회복한 것 같았다. 에롤과 헤드위그 둘 다 날개 아래 머리를 파묻고 잠들어 있었다. 해리는 한숨을 쉰 다음 둘을 쿡 찔러 깨웠다.

"헤드위그." 해리가 우울함이 깃든 목소리로 말했다. "너 1주일 동안 딴 데 가 있어야겠다. 에롤하고 같이 가. 론이 돌봐 줄 거야. 내가 론한테 상황을 설명하는 편지를 써 줄 게. 그런 눈으로 보지 마." 헤드위그의 커다란 호박색 눈은 그를 원망하는 것처럼 보였다. "내 잘못이 아니야. 론이랑 헤르미온느랑 같이 호그스미드에 가는 걸 허락받을 방법은 이것뿐이란 말이야."

10분 뒤, 에롤과 (론에게 보내는 편지를 다리에 묶은) 헤드위그는 창밖으로 날아가 보이지 않게 되었다. 해리는 이제 철저히 비참한 심정으로, 텅 빈 새장을 옷장 안으로 치웠다.

하지만 감상에 빠져 있을 시간은 별로 없었다. 얼마 지나지도 않아 피튜니아 이모가 해리더러 내려와 손님 맞을 준비를 하라고 계단 위를 향해 새된 소리를 질렀다.

"머리 좀 어떻게 해라!" 그가 현관에 도착하자 피튜니아 이모가 쏘아붙였다.

해리는 머리카락을 납작 누르려는 노력에 대체 무슨 의미가 있는지 알 수 없었다. 그를 비판하는 것을 무척 좋아하는 만큼, 마지 고모는 그가 단정치 않게 보일수록 더 행복해할 것이다.

곧 밖에서 자갈이 으드득거리는 소리가 나면서 버넌 이모부의 자동차가 신입로에 들어섰다. 잠시 후 자동차 문이 쾅 닫히는 소리와 정원을 걸어오는 발소리가 들렸다.

"문 열어 드려!" 피튜니아 이모가 해리에게 꽥 소리쳤다.

해리는 우울한 기분이 몰려오는 것을 느끼며 문을 열었다.

문 앞에 마지 고모가 서 있었다. 버넌 이모부와 똑 닮은 모습이었다. 마지 고모는 자줏빛 얼굴에 덩치가 크고 뚱뚱했으며, 버넌 이모부만큼 덥수룩하지는 않지만 콧수염까지 있었다. 그녀는 한 손에 어마어마하게 큰 여행 가방을 들고 다른 쪽 팔 아래 나이 많고 성질 더러운 불도그를 껴안고 있었다.

"우리 더더스 어디 있니?" 마지 고모가 포효하듯 말했다. "우리 조카둥이 어디 있어?"

더들리가 뒤뚱뒤뚱 복도를 걸어왔다. 금색 머리카락이 뚱뚱한 머리에 납작 달라붙어 있고, 여러 겹의 턱 아래로 나비넥타이가 간신히 보였다. 마지 고모는 숨이 턱 막힐 정도로 세게 해리의 배에 여행 가방을 떠안기더니 더들리를 한 팔로 꽉 끌어안고 그의 뺨에 뽀뽀 세례를 퍼부었다.

더들리가 마지 고모의 포옹을 견디는 건 오직 대가를 톡톡히 받기 때문이라는 사실을 해리는 잘 알고 있었다. 아니나 다를까, 둘이 떨어졌을 때 더들리는 뚱뚱한 주먹에 빳빳한 20파운드짜리 지폐를 움켜쥐고 있었다.

"피튜니아!" 마지 고모는 소리치며, 해리가 모자걸이라도 되는 양 그를 성큼성큼 지나쳐 갔다. 마지 고모와 피튜니아 이모가 입맞춤했다. 아니, 마지 고모가 커다란 턱을 피튜니아 이모의 앙상한 광대뼈에 부딪쳤다고 해야 할까.

그때 버넌 이모부가 들어와 문을 닫으며 유쾌하게 미소 지었다.

"차 마실래, 마지?" 그가 물었다. "리퍼한테는 뭘 줄까?"

"리퍼는 내 컵받침에다 차를 좀 주면 돼." 마지 고모가 말했다. 모두가 해리를 여행 가방과 함께 복도에 덩그러니 남겨 둔 채 우르르 부엌에 들어갔다. 하지만 해리는 불평하지 않았다. 마지 고모와 함께 있지 않을 수 있다면 어떤 핑계라도 좋았다. 그는 가능한 한 오래 시간을 끌면서 2층의 남는 침실로 여행 가방을 옮기기 시작했다.

그가 부엌으로 돌아와 보니 마지 고모는 차와 과일 케이크를 대접받고 있었고 리퍼는 한쪽 구석에서 요란하게 뭔가를 할짝거리고 있었다. 깨끗한 바닥에 차와 침방울이 튀어 얼룩지자 피튜니아 이모가 살짝 움찔하는 모습이 보였다. 피튜니아 이모는 동물을 아주 싫어했다.

"다른 개들은 누가 돌봐 줘, 마지?" 버넌 이모부가 물었다.

"아, 펍스터 대령한테 돌봐 달라고 했어." 마지 고모가 우렁찬 목소리로 대답했다. "지금은 은퇴했거든. 뭐든 할 일이 있는 편이 그 사람한테도 좋지. 하지만 가엾은 늙은 리퍼는 두고 올 수 없더라. 나하고 떨어지면 아주 슬퍼하거든."

해리가 자리에 앉자 리퍼가 다시 으르렁거리기 시작했다. 그 바람에 마지 고모의 관심이 처음으로 해리를 향했다.

"그래서!" 그녀가 큰 소리로 말했다. "넌 아직도 여기 있는 거냐?"

"네." 해리가 말했다.

"그렇게 고마운 줄도 모르는 말투로 '네'라고 말하지 마라." 마지 고모가 으르렁거렸다. "널 데리고 살다니 버넌하고 피튜니아도 어지간하구나. 나라면 그렇게 안 했을 거다. 내 집 현관 계단에 버려졌다면 너는 곧장 고아원으로 갔을 거야."

해리는 더즐리 가족과 사느니 차라리 고아원에서 살겠다는 말이 목구멍까지 올라왔지만 호그스미드 허가서를 생각하고 참았다. 그는 고통스럽게 억지로 미소 지었다.

"히죽거리지 마!" 마지 고모가 우렁찬 목소리로 소리쳤다. "지난번 봤을 때 이후로 나아진 게 전혀 없다는 건 알겠구나. 학교에서 버릇을 좀 고쳐 놨기를 바랐는데." 그녀는 차를 크게 한 모금 마시고 콧수염을 훔친 다음 말했다. "얘를 어디에 보낸다고 했지, 버넌?"

"세인트 브루투스." 버넌 이모부가 망설임 없이 대답했다. "가망 없는 얼간이들을 다루는 1급 시설이지."

"그래." 마지 고모가 말했다. "세인트 브루투스에서는 매를 드니, 꼬맹아?" 그녀가 식탁 맞은편에서 소리쳤다.

"어……."

버넌 이모부가 마지 고모의 등 뒤에서 짧게 고개를 끄덕였다.

"네." 해리가 말했다. 그런 다음, 제대로 하는 편이 낫겠다는 생각에 덧붙였다. "항상요."

"훌륭하네." 마지 고모가 말했다. "맞아도 싼 것들한테도 매를 들면 안 된다는 약해 빠진 시시한 헛소리는 참아 줄 수가 없어. 열에 아홉은 적당히 매질이 필요하다니까. 너는 자주 맞았니?"

"아, 네." 해리가 말했다. "엄청요."

마지 고모가 눈을 가늘게 떴다.

"여전히 말투가 마음에 들지 않아, 이 녀석은." 그녀가 말했다. "저렇게 태연한 얼굴로 매 맞은 얘기를 하는 걸 보니 그쪽에서 충분히 때리지 않는 게 분명해. 피튜니아, 나라면 편지를 썼을 거야. 이 녀석은 심하게 체벌해도 괜찮다고 확실히 말해야 된다니까."

버넌 이모부는 해리가 거래를 잊을까 봐 걱정스러운 모양이었다. 어쨌거나 그는 갑작스럽게 화제를 바꿨다.

"오늘 아침 뉴스 들었어, 마지? 그 탈옥수 소식 말이야. 응?"

마지 고모가 이곳이 자기 집이라도 되는 것처럼 굴기 시작하자 해리는 그녀가 없는 4번지에서의 삶이 그리울 지경이었다. 버넌 이모부와 피튜니아 이모는 보통 그들이 있는 자리에 해리가 끼지 않도록 했는데, 해리 입장에서는 기쁘기 그지없는 일이었다. 반면 마지 고모는 해리의 버릇을 고쳐 놓을 방법들을 우렁찬 목소리로 쏟아 낼 수 있도록 항상 그를 눈 닿는 곳에 두고 싶어 했다. 그녀는 해리를 더들리와 비교하길 즐겼고, 더들리에게 비싼 선물들을 사 주면서 왜 나한텐 선물을 안 주느냐는 물음이 나오도록 도발이라도 하듯 해리를 노려보며 매우 즐거워했다. 그녀는 또 무엇이 해리를 그토록 못마땅한 인간으로 만들었는지에 대한 음흉한 추측들을 던져 댔다.

"애가 저 모양이 됐다고 너 자신을 탓해서는 안 돼, 버넌." 셋째 날 점심에 그녀가 말했다. "타고난 천성이 썩었다면 누구도 어쩔 수 없거든."

해리는 음식에 집중하려 했지만 손이 떨리고 얼굴은 분노로 달아오르기 시작했다. '허가서를 생각해.' 그는 스스

로를 타일렀다. '호그스미드를 생각해. 아무 말도 하지 마. 일어나지 마.'

마지 고모가 와인 잔으로 손을 뻗었다.

"번식의 기본 법칙 중 하나야." 그녀가 말했다. "개들도 항상 그래. 암캐한테 뭔가 잘못된 게 있으면 그 새끼한테 도……."

그 순간, 마지 고모가 들고 있던 와인 잔이 손안에서 폭발했다. 유리 파편이 사방으로 날렸다. 거대하고 불그레한 얼굴이 와인으로 흠뻑 젖은 채 마지 고모는 말을 더듬으며 눈을 깜빡거렸다.

"마지!" 피튜니아 이모가 꺅 소리 질렀다. "마지, 괜찮아요?"

"걱정할 거 없어." 마지 고모가 냅킨으로 얼굴을 닦으며 툴툴거리듯 말했다. "잔을 너무 세게 쥔 모양이야. 일전에 펍스터 대령 집에서도 그랬어. 소란 떨 필요 없다니까, 피튜니아. 내 아귀힘이 너무 센 거야……."

하지만 피튜니아 이모와 버넌 이모부 둘 다 해리를 의심스럽게 쳐다보고 있었다. 그래서 해리는 디저트는 건너뛰고 가능한 한 빨리 식탁에서 벗어나는 게 좋겠다고 판단했다.

그는 복도로 나와 벽에 기댄 채 심호흡을 했다. 자제력을 잃고 뭔가를 폭발하게 만든 것도 오랜만이었다. 또 한 번 그런 일이 일어나게 할 수는 없었다. 위험에 처한 건 호그스미드 허가서만이 아니었다. 계속 이러다간 마법 정부와도 문제가 생길 것이다.

해리는 아직 미성년 마법사였으며, 마법사들의 법에 따라 학교 바깥에서는 마법을 쓰지 못하게 되어 있었다. 전과 기록도 딱히 깨끗하지는 않았다. 한 번이라도 더 프리빗가에서 마법이 사용됐다는 보고가 들어오면 호그와트에서 퇴학당할 거라고 아주 명확하게 적혀 있는 마법 정부의 공식 경고장을 받은 게 불과 작년 여름이었다.

더즐리 가족이 식탁에서 일어나는 소리가 들리자 해리는 얼른 2층으로 피했다.

해리는 마지 고모가 시비를 걸 때마다 억지로 《내 손으로 직접 하는 빗자루 관리 안내서》를 떠올리며 다음 사흘을 버텼다. 이 방법은 생각보다 잘 통했다. 마지 고모가 해리의 멍한 표정을 보고 그가 정신적으로 저능하다고 소리 내어 말하기 시작하긴 했지만.

기나긴 시간 끝에 마침내 마지 고모가 이곳에 머무는 마지막 저녁이 찾아왔다. 피튜니아 이모가 근사한 저녁 식사를 차렸고 버넌 이모부는 와인을 몇 병 땄다. 수프와 연어를 다 먹을 때까지 해리의 문제점은 한 마디도 입에 오르지 않았다. 레몬 머랭 파이를 먹는 도중에 버넌 이모부가 자신이 다니는 드릴 제조 회사인 그러닝스 얘기를 길게 늘어놓아 모두를 지루하게 만들었다. 그런 다음 피튜니아 이모가 커피를 끓였고 버넌 이모부는 브랜디 한 병을 꺼냈다.

"한잔할래, 마지?"

마지 고모는 이미 와인을 꽤 많이 마신 상태였다. 그녀의 거대한 얼굴이 무척 빨갰다.

"그럼 아주 조금만." 그녀가 낄낄거렸다. "그것보다는 좀 더…… 좀 더…… 그렇지."

더들리는 파이를 네 조각째 먹고 있었다. 피튜니아 이모는 새끼손가락을 삐죽 내민 채 커피를 홀짝였다. 해리는 정말이지 자기 방으로 사라지고 싶었지만 버넌 이모부의 작고 화난 눈을 보니 자리가 끝날 때까지 앉아 있어야 할 것 같았다.

"아." 마지 고모가 입맛을 다시고 빈 브랜디 잔을 내려놓으면서 말했다. "훌륭한 저녁 식사였어, 피튜니아. 보통 저녁에는 남은 거 대충 데워 먹곤 했거든. 돌봐야 할 개가 열두 마리나 있으니까……." 그녀는 거창하게 트림을 하더

니 트위드 천으로 덮인 커다란 배를 두드렸다. "실례. 아무
튼 난 체격이 건장한 남자애들을 보는 게 참 좋더라." 그녀
는 더들리에게 눈을 찡긋하며 말을 이었다. "너는 보기 좋
은 체격을 가진 남자가 될 거야, 더더스. 너희 아버지처럼.
그래, 브랜디 좀 더 마실게, 버넌…… 근데 여기 이 녀석
은……."

그녀는 해리에게로 고개를 홱 젖혔다. 해리는 가슴이 철
렁했다. 《내 손으로 직접 하는 빗자루 관리 안내서》.' 그는
재빨리 생각했다.

"이 녀석은 생긴 게 어딘지 초라하고 왜소해. 개들도 저
런 경우가 있지. 작년에 펍스터 대령한테 한 마리를 익사
시키라고 했어. 추레하고 작은 녀석이었거든. 약하고. 잡
종이고."

해리는 책의 12페이지를 떠올리려고 애썼다. '후진이 잘
안 될 때 쓰는 마법.'

"전에도 말했지만, 요컨대 전부 혈통 문제야. 나쁜 혈통
은 두드러지게 돼 있어. 아니, 자기 가족을 뭐라고 하는 건
아니야, 피튜니아." 그녀가 삽처럼 생긴 손으로 피튜니아
이모의 앙상한 손을 두드렸다. "하지만 자기 동생은 상한
달걀이었어. 아주 좋은 집안에서도 그런 것들이 나타나기

마련이니까. 그런 여자가 부랑자와 도망쳤으니 여기, 우리 눈앞에 그 결과가 있는 거지."

해리는 접시를 뚫어지게 바라보았다. 귀에서 이상한 소리가 울렸다. '빗자루의 꼬리 부분을 꽉 잡으세요.' 그는 생각했다. 하지만 그다음에 어떤 내용이 이어지는지가 떠오르지 않았다. 마지 고모의 목소리가 버넌 이모부의 드릴처럼 그를 파고드는 것 같았다.

"그 포터라는 놈 말이야." 마지 고모가 브랜디 병을 들더니 잔도 모자라 식탁보에 술을 튀기며 시끄럽게 떠들어 댔다. "그놈 직업이 뭔지 못 들은 것 같은데?"

버넌 이모부와 피튜니아 이모는 극도로 긴장한 기색이었다. 더들리마저 파이에서 눈을 떼고 입을 떡 벌린 채 엄마 아빠를 바라보았다.

"그놈은, 직업이 없었어." 버넌 이모부가 해리를 슬쩍 곁눈질하며 말했다. "실업자였지."

"예상한 그대로네!" 마지 고모가 브랜디를 크게 한 모금 마시고 소매로 턱을 닦으며 말했다. "책임감 없고 아무 짝에도 쓸모없는 게으른 비렁뱅이……."

"아니에요." 해리가 불쑥 말했다. 찬물을 끼얹은 듯 식탁이 조용해졌다. 해리는 온몸을 떨고 있었다. 살면서 이렇게

까지 화가 난 적이 없었다.

"**브랜디 더 마실까!**" 버넌 이모부가 얼굴이 새하얗게 질려서 소리쳤다. 그는 마지 고모의 잔에다 남은 술을 마저 따랐다. "너, 이 자식." 그가 해리를 보며 호통쳤다. "가서 자라, 어서."

"아냐, 버넌." 마지 고모가 손을 들면서 딸꾹질을 했다. 작고 충혈된 눈이 해리의 눈에 고정되어 있었다. "계속해 봐라, 꼬마야. 계속해. 너희 부모가 자랑스러운가 보지? 그 작자들은 자동차 사고로 죽었어. 분명 취해 있었겠지."

"그분들은 자동차 사고로 돌아가신 게 아니에요!" 해리가 말했다. 어느새 그는 자리에서 일어나 있었다.

"자동차 사고로 죽었어, 요 못된 거짓말쟁이 같으니. 너를 품위 있고 성실한 친척들에게 짐처럼 떠맡기고 말이야!" 마지 고모가 소리 질렀다. 그녀의 몸이 분노로 부풀어 오르고 있었다. "너는 버릇없고 고마운 줄도 모르는……."

하지만 마지 고모는 갑자기 말을 멈췄다. 잠깐 동안은 말문이 막힌 것처럼 보였다. 형언할 수 없는 분노로 부풀어 오르는 듯했다. 하지만 부풀기가 멈추지 않았다. 큼직한 붉은 얼굴이 팽창하기 시작했고, 조그만 두 눈은 불거져 나왔으며, 입이 너무 팽팽하게 늘어나 말을 할 수가 없었다. 다음 순간, 그녀의 트위드 재킷에서 단추 몇 개가 떨어져 나가 벽에 팅 부딪쳤다. 그녀는 거대한 풍선처럼 부풀어 올랐다. 트위드 천으로 된 허리 밴드에서 뱃살이 터지듯 풀려 나오고, 손가락 하나하나가 살라미 소시지처럼 부풀어 오르고……

"마지!" 버넌 이모부와 피튜니아 이모가 동시에 소리쳤다. 마지 고모의 몸 전체가 의자에서 천장을 향해 떠오르기 시작했다. 그녀는 이제 완전한 구체가 되었다. 마치 돼지 눈이 달린 거대한 구명부표 같았다. 공중에 뜬 채 천천히 이동하는 그녀의 몸에서 손발이 기묘하게 튀어나와 있었다. 리퍼가 미친 듯이 짖으며 방으로 뛰어들어 왔다.

"안 돼애애애애애!"

버넌 이모부는 마지의 한쪽 발을 잡고 다시 끌어내리려하다가 하마터면 바닥에서 들어 올려질 뻔했다. 다음 순간, 리퍼가 달려들더니 버넌 이모부의 다리를 물었다.

해리는 누가 제지할 틈도 없이 식당을 빠져나와 계단 아래 벽장으로 향했다. 손을 뻗어 마법을 걸자 벽장문이 벌컥 열렸다. 그는 순식간에 커다란 여행 가방을 현관으로 끌어냈다. 2층 자신의 침실로 전력 질주한 해리는 침대 밑으로 들어가 느슨한 마룻바닥을 열고 책과 생일 선물이 가득 들어 있는 베갯잇을 잡아챘다. 그리고 침대 밑에서 빠져나와 헤드위그의 빈 새장을 집어 들고 여행 가방이 있는 1층으로 재빨리 달려갔다. 바로 그때 버넌 이모부가 식당에서 뛰쳐나왔다. 그의 바짓가랑이는 피투성이 넝마가 되어 있었다.

"이리 오지 못해!" 그가 소리쳤다. **"돌아와서 마지를 고쳐 놓으란 말이다!"**

하지만 억누를 수 없는 분노가 해리를 사로잡았다. 그는 가방을 발로 차서 열고 마법 지팡이를 꺼내 버넌 이모부를 겨눴다.

"저 사람은 저래도 싸." 해리가 격하게 숨을 쉬며 말했다. "저래도 싸니까 저런 일을 당한 거야. 가까이 오지 마."

그는 문의 걸쇠를 찾아 등 뒤를 더듬거렸다.

"난 갈 거야." 해리가 말했다. "할 만큼 했어."

다음 순간 그는 무거운 짐 가방을 끌고 한 팔에 헤드위그의 새장을 낀 채 어둡고 조용한 거리로 나섰다.

3장
나이트 버스

해리는 거리 몇 개를 지난 끝에 매그놀리아가의 낮은 담 위에 주저앉았다. 짐 가방을 끌고 다니느라 하도 힘을 써서 숨이 찼다. 몸에서 계속 분노가 솟구치는 가운데 심장이 미친 듯이 쿵쿵거리는 소리를 들으며 그는 그저 가만히 앉아 있었다.

하지만 어두운 거리에 홀로 10분쯤 앉아 있자 새로운 감정이 그를 덮쳤다. 두려움이었다. 어느 면으로 보니 이처럼 곤란한 처지에 놓인 적은 없었다. 그는 어두운 머글들의 세계에 있었고, 혼자였으며, 아무 데도 갈 곳이 없었다. 최악은 방금 그가 심각한 마법을 썼다는 사실이었다. 그 말은 곧 호그와트에서 퇴학을 당할 게 거의 확실하다는 뜻이었다. 그는 미성년 마법 제한 법령을 어겼다. 마법 정부 사람들이 그가 앉아 있는 곳을 당장 덮치지 않는 게 놀라울 따름이었다.

해리는 부들부들 떨면서 매그놀리아가 이쪽저쪽을 바라보았다. 앞으로 어떻게 될까? 체포될까, 아니면 단순히 마법사 세계에서 추방되기만 할까? 론과 헤르미온느를 생각하자 마음이 더욱 무거워졌다. 해리가 범죄자든 아니든 론과 헤르미온느는 분명 당장 그를 도와주고 싶어 할 것이다. 하지만 그들은 둘 다 해외에 있었고, 헤드위그가 없으니 그들과 연락할 방법도 전혀 없었다.

해리에게는 머글 돈도 한 푼 없었다. 짐 가방 밑바닥에 있는 돈 자루 안에 마법사 금화가 약간 들어 있긴 했지만, 부모님이 남겨 준 나머지 재산은 런던 그린고츠 마법사 은행 지하 금고에 보관되어 있었다. 여행 가방을 끌고 결코 그 먼 런던까지 갈 수는 없었다. 한 가지 방법이 있다면…….

그는 그때까지도 손에 꽉 쥐고 있던 지팡이를 내려다보았다. 이미 퇴학당한 거라면(이제는 심장이 고통스러울 만큼 거세게 쿵쾅거렸다) 조금 더 마법을 쓴다고 해서 손해 볼 일은 없었다. 그는 아버지에게서 물려받은 투명 망토를 가지고 있었다. 짐 가방에 깃털처럼 가볍게 만드는 마법을 걸어 빗자루에 묶은 다음 투명 망토를 뒤집어쓰고 런던으로 날아가면 어떨까? 그런 다음 지하 금고에서 남은 돈을 모두 꺼내…… 추방자의 삶을 시작할 수 있을 것이다. 끔찍한 미래였지만 영원히 이 담 위에 앉아 있을 수는 없었다. 그랬다가는 머글 경찰에게 왜 이 야밤에 마법 책이 잔뜩 들어 있는 가방과 빗자루를 들고 밖에 나와 있는지 설명하려고 애쓰는 처지가 될 테니까.

해리는 다시 여행 가방을 열고 짐들을 옆으로 치워 가며 투명 망토를 찾아보았다. 하지만 망토를 찾기도 전에 문득 몸을 펴고 다시 한 번 주위를 둘러보았다.

목덜미에 이상하게 깔끄러운 감촉이 느껴지는 것이 꼭 감시당하는 느낌이었지만 거리는 텅 빈 것 같았고, 커다란 정사각형 집들 어디에서도 빛은 보이지 않았다.

그는 다시 짐 가방 위로 허리를 구부렸다가 곧바로 몸을 일으켰다. 손에는 지팡이가 꽉 쥐여 있었다. 무슨 소리가 들렸다기보다는, 느낌이 들었다. 누군가, 혹은 무언가가 그의 등 뒤에 있는 차고와 울타리 사이 좁은 틈에 서 있었다. 해리는 눈을 가늘게 뜨고 칠흑 같은 골목을 바라보았다. 그것이 움직이기만 하면, 그냥 길고양이인지 아니면 다른 것인지 알 수 있을 것이다.

"루모스." 해리가 중얼거리자 지팡이 끝에 빛이 나났다. 앞이 거의 보이지 않을 만큼 눈이 부셨다. 지팡이를 머리 위로 높이 들자 2번지의 자갈 박힌 벽이 번쩍거렸다. 차고 문이 어슴푸레하게 빛났다. 그 사이에서, 휘둥그레 뜬 커다란 눈을 번뜩이고 있는 무언가의 거대한 윤곽이 제법 또렷하게 보였다.

해리는 뒤로 물러났다. 다리가 짐 가방에 걸리는 바람에 휘청했다. 넘어지지 않으려고 한 팔을 뻗다가 그만 지팡이가 손에서 날아가 버렸다. 그는 배수로에 거칠게 넘어지고 말았다.

귀가 먹을 듯한 **쾅** 소리가 났다. 갑작스럽게 터져 나온 눈부신 빛에 해리는 눈을 보호하려고 재빨리 손을 들었다가……

비명을 지르며 아슬아슬하게 다시 인도로 몸을 굴렸다. 잠시 후, 거대한 바퀴 한 쌍과 헤드라이트가 끼익 소리를 내며 정확히 해리가 방금 누워 있던 곳에 멈췄다. 머리를 들어 보니 한 쌍의 바퀴와 헤드라이트는 허공에서 나타난 짙은 보랏빛 3층 버스에 달린 것이었다. 앞 유리에 황금색 글자로 '나이트 버스'라고 적혀 있었다.

한순간 해리는 넘어지는 바람에 머리가 이상해진 게 아닌가 싶었다. 그때 자주색 제복을 입은 차장이 버스에서 펄쩍 뛰어내려 밤하늘에 대고 큰 소리로 말하기 시작했다.

"발이 묶인 마법사들의 비상 이동 수단, 나이트 버스에 오신 것을 환영합니다. 지팡이를 쥔 손을 뻗고 올라타기만 하면 여러분이 가고 싶은 곳 어디로든 데려다드립니다. 제 이름은 스탠 션파이크이고, 오늘 저녁 제가 여러분을 모실 차장이……."

차장은 갑자기 말을 멈췄다. 여전히 땅바닥에 주저앉아 있는 해리를 이제야 발견한 듯했다. 해리는 다시 지팡이를 움켜쥐고 허둥지둥 일어났다. 가까이에서 보니 스탠 션파이크는 해리보다 겨우 몇 살 많을 뿐이었다. 많아 봐야 열여덟 혹은 열아홉 살 정도 될까? 얼굴 양옆으로 커다란 귀가 삐죽 튀어나와 있었고 여드름이 아주 많았다.

"거기서 뭐 해?" 스탠이 직업적인 태도를 버리고 물었다.

"넘어졌어." 해리가 말했다.

"뭐 하려고 넘어져?" 스탠이 킬킬거렸다.

"일부러 넘어진 게 아니야." 해리는 짜증이 나서 말했다. 청바지 무릎 한쪽이 찢겨 있었고, 넘어지지 않으려고 뻗었던 손에서는 피가 흐르고 있었다. 그는 문득 왜 넘어졌는지를 떠올리고 재빨리 고개를 돌려 차고와 울타리 사이 골목을 응시했다. 나이트 버스의 헤드라이트 불빛이 환하게 비추고 있었지만 그곳엔 아무것도 없었다.

"뭘 보는 거야?" 스탠이 물었다.

"저기에 뭔가 크고 검은 게 있었어." 해리가 머뭇머뭇 그 사이를 가리키며 말했다. "개 같았는데…… 엄청나게 컸어……."

스탠을 보니 그는 입을 약간 벌리고 있었다. 해리는 불편한 마음으로 스탠의 눈이 자신의 이마 흉터 쪽으로 움직이는 걸 보았다.

"머리에 그건 뭐야?" 스탠이 불쑥 물었다.

"아무것도 아냐." 해리가 재빨리 말하며 흉터 위로 머리카락을 납작하게 눌렀다. 마법 정부가 그를 찾고 있을지도 몰랐다. 해리는 그들의 일을 너무 쉽게 만들어 주고 싶지 않았다.

"너 이름이 뭐야?" 스탠이 집요하게 물었다.

"네빌 롱보텀." 해리는 머릿속에 처음 떠오른 이름을 말했다. "그러니까…… 그러니까 이 버스는" 하고, 그는 스탠의 주의를 돌릴 생각에 얼른 말을 이었다. "어디든 가는 거야?"

"응." 스탠이 자랑스럽게 대답했다. "땅 위에 있는 곳이라면 네가 가고 싶은 곳 어디든 갈 수 있어. 물속에서는 아무것도 못해. 근데……." 그가 다시 의심스러운 표정을 지으며 말을 이었다. "너 우리를 불러 *세운* 거 맞지? 마법 지팡이를 뽑아 들고 말이야. 그치?"

"응." 해리가 재빨리 말했다. "저기, 런던까지 가는 데는 얼마야?"

"11시클." 스탠이 말했다. "하지만 14시클을 내면 코코아를 주고, 15시클을 내면 뜨거운 물이 담긴 물병이랑 네가 선택한 색깔로 칫솔도 줘."

해리는 또 한 번 짐 가방을 뒤져 돈 자루를 꺼낸 다음 스탠의 손에 은화 몇 개를 쥐여 주었다. 이어서 그와 스탠은 함께 헤드위그의 새장이 간당간당하게 얹혀 있는 짐 가방을 버스 계단 위로 들어 올렸다.

좌석은 없었다. 대신, 커튼이 쳐진 창문 옆에 놋쇠 틀로 된 침대 여섯 개가 놓여 있었다. 침대 옆의 촛대마다 타오르고 있는 촛불이 나무 판자를 댄 벽을 밝히고 있었다. 버스 뒤쪽에서 취침용 모자를 쓴 조그만 마법사가 "고맙지만 지금은 괜찮아요, 민달팽이를 절이는 중이거든요"라고 중얼거리더니 잠결에 뒤척였다.

"네 자린 여기." 스탠이 해리의 짐 가방을 운전기사 바로 뒤 침대 밑에 밀어 넣으며 속삭였다. 운전기사는 핸들 앞 안락의자에 앉아 있었다. "이쪽이 우리 어니 프랭 기사님이야. 이쪽은 네빌 롱보텀이에요, 언."

꽤 두꺼운 안경을 쓴 나이 든 남자 마법사 어니 프랭이 해리에게 고개를 끄덕이자 해리는 다시 한 번 초조하게 앞머리를 누르며 침대에 앉았다.

"출발해요, 언." 스탠이 어니 옆 안락의자에 앉으며 말했다.

다시 한 번 엄청난 **쾅** 소리가 났다. 다음 순간 해리는 어느새 침대 위에 납작 드러누워 있었다. 나이트 버스의 속도 때문에 뒤로 벌렁 넘어진 것이다. 해리가 몸을 일으키며 어두운 창밖을 바라보니 이제 버스는 완전히 다른 거리를 내달리고 있었다. 스탠은 해리의 충격받은 얼굴을 무척 즐거운 듯 지켜보고 있었다.

"네가 불러 세우기 전에 우리는 여기에 있었어." 그가 말했다. "우리 어디 있죠, 언? 웨일스 어디쯤인가?"

"아아." 어니가 말했다.

"머글들이 어떻게 버스 소리를 못 들을 수 있지?" 해리가 의아한 듯 물었다.

"머글들!" 스탠이 경멸하듯 말했다. "그 인간들은 제대로 귀 기울여 듣지 않잖아. 안 그래? 제대로 보지도 않고 말이야. 절대 아무것도 눈치채지 못해, 그 인간들은."

"가서 마시 부인을 깨우는 게 좋겠다, 스탠." 어니가 말했다. "조금 있으면 애버게이브니에 도착하니까."

스탠은 해리의 침대를 지나 좁은 나무 계단 위로 사라졌다. 해리는 여전히 창밖을 내다보고 있었다. 점점 더 불안해졌다. 어니는 핸들 조작이 익숙해 보이지 않았다. 나이트 버스는 끊임없이 인도를 타고 올라갔지만 무엇도 치지 않았다. 줄지어 선 가로등과 우편함, 쓰레기통 들은 버스가 다가가면 펄쩍 뛰어올라 길을 비켰다가 버스가 지나가면 곧바로 제자리로 돌아왔다.

스탠이 아래층으로 내려왔다. 여행용 망토로 몸을 감싼, 얼굴이 조금 파랗게 질린 여자 마법사가 그를 뒤따랐다.

"여기예요, 마시 부인." 어니가 브레이크를 꽉 밟는 바람에 침대들이 30센티미터쯤 버스 앞쪽으로 미끄러지자 스탠이 즐거워하며 말했다. 마시 부인은 손수건으로 입을 막고 비틀비틀 계단을 내려갔다. 그녀가 내리자 스탠은 그 뒤에서 그녀의 가방을 밖으로 던지고 문을 세게 닫았다. 또 한 번 시끄러운 **쾅** 소리가 나더니 그들은 좁은 시골길을 질주했다. 나무들이 펄쩍펄쩍 뛰며 길을 비켜 주었다.

끊임없이 요란한 소리를 내며 한 번에 160킬로미터를 뛰어넘는 버스에 타지 않았더라도 해리는 잠들지 못했을 것이다. 앞으로 그에게 닥칠 일과, 더즐리 가족이 지금쯤 천장까지 올라간 마지 고모를 과연 구했을지를 다시 떠올리자 속이 뒤틀렸다.

스탠은 이제 이 사이로 혀를 내민 채 《예언자일보》를 펼쳐 들고 있었다. 엉겨 붙은 긴 머리카락에 해쓱한 얼굴을 한 남자가 신문 1면에 실린 큼직한 사진 속에서 해리를 향해 천천히 눈을 껌뻑였다. 이상하게 낯이 익은 얼굴이었다.

"저 사람!" 해리가 자기 문제를 잠시 잊고 소리쳤다. "머글 뉴스에도 나오던데!"

스탠은 신문을 돌려 1면을 보더니 낄낄 웃었다.

"시리우스 블랙 말이구나." 그가 고개를 끄덕이며 말했다. "당연히 머글 뉴스에도 나왔지, 네빌. 넌 대체 어디에 있었던 거야?"

그는 해리의 멍한 표정을 보고 거만하게 키득거리더니 맨 앞장을 빼서 해리에게 건넸다.

"신문 좀 읽어야겠다, 네빌."

해리는 신문을 촛불 쪽으로 가져가 읽었다.

블랙의 행방, 여전히 미궁 속에

마법 정부는 아즈카반 요새의 수감자 중에서도 가장 악명 높은 죄수인 시리우스 블랙이 여전히 체포되지 않았음을 확인했다.

코닐리어스 퍼지 마법 정부 총리는 오늘 아침 "블랙을 다시 검거하기 위해 최선을 다하고 있으니 모두 냉정을 유지해 주시기 바랍니다"라고 전했다.

퍼지 총리는 머글 총리에게 이 위기를 알렸다는 이유로 일부 국제 마법사 연맹 회원들에게 비판을 받았다.

"뭐, 그럴 수밖에 없었습니다. 아시잖습니까." 퍼지 총리는 민감하게 반응했다. "블랙은 정신병자입니다. 마법사든 머글이든 마주치는 모든 사람에게 위험합니다. 저는 블랙의 진짜 정체를 한 마디도 누설하지 않겠다는 머글 총리의 확답을 받았습니다. 그리고 이건 인정합시다. 설령 총리가 누설한다 한들 누가 믿겠습니까?"

머글들에게는 블랙이 총(머글들이 서로를 죽일 때 사용하는 일종의 금속 마법 지팡이)을 소지한 것으로 알려졌다. 마법 사회는 12년 전의 대량 학살이 반복될지도 모른다는 두려움에 떨고 있다. 당시 블랙은 단 한 번의 저주 마법으로 열세 명을 살해했다.

해리는 시리우스 블랙의 그늘진 눈을 들여다보았다. 수척한 얼굴에서 오직 그 눈만이 살아 있는 듯 보였다. 해리는 뱀파이어를 한 번도 만나 본 적 없지만, 어둠의 마법 방어법 수업에서 그림으로는 본 적이 있었다. 밀랍처럼 하얀 피부의 블랙은 바로 그 뱀파이어처럼 보였다.

"무섭게 생기지 않았냐?" 해리가 기사를 읽는 모습을 지켜보던 스탠이 말했다.

"이 사람이 열세 명이나 죽인 거야?" 해리가 신문을 다시 스탠에게 건네며 물었다. "단 한 번의 저주 마법으로?"

"응." 스탠이 말했다. "목격자들이 다 보는 앞에서 훤한 대낮에. 그것 때문에 엄청 난리가 났었지. 안 그래요, 언?"

"아아." 어니가 음울하게 대꾸했다.

스탠은 양손으로 몸 뒤를 짚은 채 해리를 더 잘 보려고 안락의자를 회전시켰다.

"블랙은 '그 사람'의 엄청난 추종자였어." 그가 말했다.

"뭐, 볼드모트?" 해리는 별 생각 없이 말했다.

스탠은 여드름까지 하얗게 질렸다. 어니가 핸들을 너무 급하게 꺾는 바람에 농가 한 채가 버스를 피하려고 통째로 펄쩍 뛰어 비켜섰다.

"너 미쳤어?" 스탠이 새된 비명을 질렀다. "대체 그 이름은 왜 말하는 거야?"

"미안." 해리가 허둥지둥 말했다. "미안. 나, 난 그냥 깜빡하고……."

"깜빡했다고!" 스탠이 맥없이 말했다. "제기랄, 심장 터지겠네……."

"내 말은 그, 그러니까…… 블랙이 '그 사람'의 추종자였다는 거지?" 해리가 변명이라도 하듯 다시 이야기를 꺼냈다.

"응." 스탠이 여전히 가슴을 쓸어내리며 말했다. "그래, 맞아. 사람들 말로는 '그 사람'과 아주 가까웠대……. 어쨌거나 꼬맹이 해리 포터가 '그 사람'을 무찔렀을 때……." 해리는 초조한 듯 앞머리를 재차 납작하게 눌렀다. "'그 사람'의 추종자들은 전부 추적당했어. 안 그래요, 언? 그놈들 대부분이 다 끝났다는 걸 알고 있었지. '그 사람'이 사라져 버렸으니까. 그래서 잠잠해졌어. 하지만 시리우스 블랙은 아니었던 거야. 그놈은 '그 사람'이 세상을 차지하면 자기가 2인자가 될 거라고 생각했대. 어쨌거나, 사람들이 블랙을 머글들로 가득한 거리 한가운데로 몰아넣었는데 놈이 마법 지팡이를 꺼내더니 거리를 반이나 날려 버렸어. 그 바람에 마법사도 한 명 당했고 그 자리에 있었던 머글 열두 명이 죽었대. 끔찍하지 않냐? 그런 다음 블랙이 어떻게 했는지 알아?" 스탠이 갑작스레 목소리를 낮추며 말을 이었다.

"어떻게 했는데?" 해리가 물었다.

"웃었어." 스탠이 말했다. "그냥 그 자리에 서서 웃었어. 그리고 마법 정부 지원 병력이 도착했을 때는 아무 말도 없이 그 사람들을 따라갔대. 배꼽 빠져라 웃어 대면서 말이야. 미쳐서 그런 거죠, 언? 미친 거 아니에요?"

"아즈카반에 갈 때야 미치지 않았을지 몰라도 지금은 미쳤겠지." 어니가 특유의 느릿느릿한 말투로 말했다. "나라면 거길 들어가느니 자폭하겠어. 그놈이야 그런 일을 당해도 싸지만, 아무튼…… 그런 짓을 했으니……."

"그 사건 덮느라고 고생깨나 하지 않았어요, 언?" 스탠이 말했다. "멀쩡한 거리가 날아가고 머글들이 죄다 죽었으니까요. 머글들한테는 무슨 일이 일어났다고 둘러댔다고 했죠, 언?"

"가스 폭발." 어니가 툴툴거렸다.

"그런데 그놈이 지금 탈옥한 거야." 스탠이 신문에 실린 블랙의 야윈 얼굴 사진을 다시 들여다보며 말했다. "여태껏 아즈카반에서 도망친 사람은 한 명도 없지 않아요, 언?

어떻게 탈옥했는지 전혀 모르겠다니까요. 무시무시하잖아요. 안 그래요? 그러니까 그 아즈카반 간수들을 상대로 이길 가능성은 별로 없을 거 아니에요. 그쵸, 언?"

어니는 갑자기 몸을 떨었다.

"다른 얘기 좀 하자, 스탠. 아즈카반 간수들만 생각하면 기분이 안 좋아진단 말이야."

스탠은 마지못해 신문을 치웠다. 해리는 나이트 버스 창문에 기댔다. 어느 때보다도 기분이 좋지 않았다. 스탠이 며칠 뒤에 승객들에게 무슨 말을 늘어놓을지 절로 상상이 됐다.

"그 해리 포터 얘기 들었어? 글쎄, 걔가 자기 고모를 날려 버렸대! 우리가 걔를 이 나이트 버스에 태우지 않았어요, 언? 걔는 그때 도망치고 있었던 거예요……."

그는, 해리는 시리우스 블랙처럼 마법사의 법을 어겼다. 마지 고모를 부풀린 일이 아즈카반에 들어갈 만큼 나쁜 짓일까? 해리는 마법사들의 감옥에 대해 전혀 몰랐다. 다만 아즈카반을 입에 올릴 때면 사람들은 하나같이 잔뜩 겁에 질린 말투였다. 호그와트의 숲지기인 해그리드가 그곳에서 두 달을 지낸 게 겨우 지난 학기의 일이다. 자신이 가게 될 곳을 듣고 그가 지었던 공포의 표정이 쉽게 잊히지 않았다. 해그리드는 해리가 아는 가장 용감한 사람 중 한 명이 었는데도 그랬다.

나이트 버스는 덤불과 차량 진입 방지용 말뚝, 공중전화 부스와 나무 들을 흩뜨리며 어둠을 뚫고 달려갔다. 해리는 초조하고 비참한 심정으로 깃털 침대에 누워 있었다. 잠시 후 스탠은 해리가 코코아 값을 냈다는 것을 떠올리고 코코 아를 들고 오다가, 버스가 앵글시에서 애버딘으로 갑자기 방향을 트는 바람에 해리의 베개에 죄다 쏟아 버리고 말았 다. 가운에 실내화 차림의 마법사들이 하나하나 위층에서 내려와 버스를 떠났다. 모두 버스에서 내리게 되어 무척 기 쁜 듯했다.

마침내 승객 중에는 해리만 남았다.

"좋아. 그럼, 네빌." 스탠이 손뼉을 치며 말했다. "런던 어디?"

"다이애건 앨리." 해리가 말했다.

"좋아." 스탠이 말했다. "그럼 꽉 잡고⋯⋯."

쾅!

그들은 채링크로스가를 따라 굉음을 내며 달렸다. 해리 는 일어나 앉아서 건물들과 벤치들이 찌부러지며 나이트 버스의 진로에서 비키는 것을 지켜보았다. 하늘이 조금 밝아졌다. 해리는 두어 시간 사람들의 시선을 피해 숨어 있다가 그린고츠가 문을 열자마자 거기에 들른 뒤 떠날 작정이었다. 어디로 갈지는 알 수 없었다.

어니가 브레이크를 꽉 밟았다. 나이트 버스는 쭉 미끄러지다가 작고 초라한 모습의 술집, '리키 콜드런' 앞에 멈췄다. 그 술집 뒤에 다이애건 앨리로 가는 마법의 입구가 있었다.

"고맙습니다." 해리가 어니에게 말했다.

그는 계단을 뛰어내려 가서는 스탠을 도와 짐 가방과 헤드위그의 새장을 인도에 내려놓았다.

"음." 해리가 말했다. "그럼 안녕!"

하지만 스탠은 듣고 있지 않았다. 그는 여전히 버스 문 앞에 서서 눈을 휘둥그렇게 뜨고 리키 콜드런의 그늘진 입구를 쳐다보고 있었다.

"*거기 있었구나, 해리.*" 어떤 목소리가 말했다.

고개를 돌리기도 전에 해리는 어깨에 닿는 손길을 느꼈다. 그와 동시에 스탠이 소리쳤다. "제기랄! 언, *이리* 와 봐요! 이리 와 보라니까!"

어깨에 닿은 손이 누구 것인지 올려다본 해리는 배 속에 얼음이 양동이째로 쏟아지는 느낌을 받았다. 제 발로 마법 정부 총리 코널리어스 퍼지의 손아귀에 곧장 걸어 들어오다니.

스탠이 인도로 뛰어올라 그들 곁에 섰다.

"네빌을 뭐라고 부르신 거예요, 총리님?" 그가 흥분해서 물었다.

통통하고 작은 체격에 가느다란 세로줄무늬가 있는 긴 망토를 입고 있는 퍼지는 냉정하면서도 기진맥진한 표정이었다.

"네빌이라니?" 그가 얼굴을 찌푸리며 되물었다. "이 아이는 해리 포터다."

"그럴 줄 알았어!" 스탠이 들뜬 목소리로 소리쳤다. "언! 언! 네빌이 누군지 맞혀 봐요, 언! 얘가 해리 포터래요! 흉터가 보여요!"

"그래." 퍼지가 짜증이 깃든 어조로 말을 이었다. "음, 나이트 버스로 해리를 태워다 준 것은 무척 고맙지만 해리와 나는 지금 리키 콜드런으로 들어가야 해서……."

퍼지가 그의 어깨를 잡은 손에 힘을 주자 해리는 자기도 모르게 술집 안으로 방향을 틀었다. 등불을 든 구부정한 형상이 바 뒤쪽 문에서 나타났다. 그는 주름이 쭈글쭈글하고 이가 다 빠진 가게 주인 톰이었다.

"찾으셨군요, 총리님!" 톰이 말했다. "뭐라도 좀 드시겠습니까? 맥주 드릴까요? 브랜디?"

"그냥 차면 되겠군." 퍼지가 말했다. 그는 그때까지도 해리를 놔주지 않았다.

등 뒤에서 시끄럽게 질질 끄는 소리와 헉헉 소리가 나더니 스탠과 어니가 해리의 짐 가방과 헤드위그의 새장을 들고 흥분한 얼굴로 주위를 두리번거리며 나타났다.

"왜 네가 누구인지 말해 주지 않은 거야, 네빌?" 스탠이 해리에게 활짝 웃으며 말했다. 어니의 부엉이 같은 얼굴이 스탠의 어깨 너머로 그를 흥미롭게 응시하고 있었다.

"그리고 개별 응접실로 안내 부탁하오, 톰." 퍼지가 날카로운 어조로 말했다.

"안녕." 톰이 퍼지를 바에서 나가는 통로로 안내하자 해리는 비참한 목소리로 스탠과 어니에게 말했다.

"안녕, 네빌!" 스탠이 소리쳤다.

퍼지는 톰의 등불을 따라 좁은 동로를 걸어가 작은 응접실로 해리를 데려갔다. 톰이 손가락을 튕기자 벽난로에서 불길이 확 일었다. 그는 허리 굽혀 인사하며 방을 나갔다.

"앉거라, 해리." 퍼지가 난로 옆에 있는 의자를 가리키며 말했다.

해리는 불기운에도 팔에 소름이 돋는 것을 느끼며 자리에 앉았다. 퍼지는 세로줄무늬 망토를 벗어 옆에 던져 놓더니 진녹색 정장 바지를 추켜올리고 해리의 맞은편에 앉았다.

"나는 코닐리어스 퍼지란다, 해리. 마법 정부 총리야."

물론 해리는 이미 알고 있었다. 예전에 한 번 퍼지를 본 적이 있었던 것이다. 하지만 당시에 해리는 아버지의 투명 망토를 입고 있었으므로 퍼지는 그 사실을 모를 터였다.

여관 주인 톰이 헐렁한 잠옷 셔츠에 앞치마를 두른 차림으로 차와 크럼핏(위에 작은 구멍들이 있는 동글납작한 빵으로 버터를 곁들여 뜨겁게 해서 먹는다─옮긴이)이 담긴 쟁반을 들고 다시 나타났다. 그는 퍼지와 해리 사이 탁자에 쟁반을 올려놓고 응접실을 나가 문을 닫았다.

"자, 해리." 퍼지가 차를 따르며 입을 열었다. "너 때문에 우리 모두 얼마나 걱정했는지 모른다. 그런 식으로 이모와 이모부 집에서 도망치다니! 하마터면…… 어쨌든 네가 무사하니 그게 중요한 거지."

퍼지는 자기가 먹을 크럼핏에 버터를 바른 다음 접시를 해리에게로 밀어 놓았다.

"먹거라, 해리. 아주 기진맥진해 보이는구나. 자, 그럼…… 이 얘기를 들으면 기분이 좀 나아질 게다. 마저리

더즐리 씨가 부풀어 오른 불행한 사건은 우리가 처리했다. 마법 사고 복구반 직원 두 명이 몇 시간 전에 프리빗가로 파견됐단다. 마저리 씨의 몸에 구멍을 뚫었고 기억은 수정했어. 그 사람은 그 일을 전혀 기억하지 못해. 그걸로 된 거야. 아무런 피해도 없어."

퍼지는 찻잔 테두리 너머로 해리에게 미소 지었다. 마치 가장 아끼는 조카를 바라보는 삼촌 같았다. 해리는 자신의 귀를 믿을 수 없었다. 입을 열어 무언가 말하려 했으나 아무 말도 떠오르지 않아 다시 다물었다.

"아, 너희 이모와 이모부가 어떤 반응을 보일지 걱정되는 게로구나?" 퍼지가 말했다. "글쎄, 그 사람들이 굉장히 화가 났다는 건 부정하지 않으마, 해리. 하지만 네가 크리스마스와 부활절 연휴에 호그와트에 머물기만 하면 내년 여름에도 너를 다시 받아 줄 거야."

해리는 마침내 목구멍이 트였다.

"저는 항상 크리스마스와 부활절 연휴를 호그와트에서 보내요." 그가 말했다. "프리빗가로 절대 돌아가고 싶지도 않고요."

"자자, 일단 마음이 진정되면 기분이 달라질 거다." 퍼지가 걱정스러운 말투로 말했다. "어쨌거나 그 사람들은 네 가족이니 너도 그 사람들도 분명 서로를 좋아할 거야. 음…… 마음속 아주 깊은 곳에서는 말이다."

해리는 퍼지의 생각을 굳이 정정해 주고 싶지 않았다. 그는 여전히 이제 자신에게 무슨 일이 일어날지 듣기만을 기다리고 있었다.

"그러니까 이제 남은 문제는……." 퍼지는 자기가 먹을 두 개째 크럼핏에 버터를 바르며 말했다. "네가 방학 3주를 어디에서 보낼지 결정하는 것뿐이다. 난 네가 이곳, 리키 콜드런에 방을 하나 잡으면 어떨까 하는데."

"잠깐만요." 해리가 불쑥 말했다. "벌은요?"

퍼지가 눈을 깜빡였다.

"벌이라니?"

"저는 법을 어겼잖아요!" 해리가 말했다. "미성년 마법 제한 법령요!"

"아, 이런 착하기도 하지. 그런 작은 일로 너를 처벌하진 않는단다!" 퍼지가 살짝 짜증이 나는 듯 크럼핏을 흔들며 소리쳤다. "그건 사고였어! 고모를 부풀렸다는 이유만으로 사람들을 아즈카반에 보내진 않아!"

과거 마법 정부가 해리에게 보였던 반응과는 전혀 다른 얘기였다.

"작년에는 집요정이 이모부 집에서 디저트를 으깨 버렸다는 이유만으로 공식 경고를 받았는데요!" 해리가 얼굴을 찡그리며 말했다. "마법 정부에서는 제가 한 번만 더 마법을 사용하면 호그와트에서 퇴학당할 거라고 했어요!"

해리가 잘못 본 게 아니라면, 퍼지는 갑자기 곤란한 표정이 되었다.

"상황은 변한다, 해리…… 우린 여러 가지를 고려해야만 해…… 지금 상황에서는……. 물론 퇴학을 *바라*는 건 아니겠지?"

"당연히 아니죠." 해리가 말했다.

"뭐 그럼, 굳이 소란 피울 필요가 있겠니?" 퍼지가 대수롭지 않다는 듯 웃었다. "이제 크럼핏이나 먹거라, 해리. 나는 톰한테 가서 네가 쓸 방이 있는지 알아볼 테니."

퍼지는 응접실에서 성큼성큼 나갔다. 해리는 그의 뒷모습을 뚫어지게 바라보았다. 뭔가 이상한 일이 벌어지고 있었다. 해리가 저지른 일을 처벌하려는 게 아니라면 퍼지는 왜 리키 콜드런에서 그를 기다리고 있었던 걸까? 생각해 보니, 마법 정부 총리가 직접 미성년 마법 문제에 관여하는 것도 흔한 일이 아니었다.

퍼지가 여관 주인 톰을 데리고 돌아왔다.

"11호가 비어 있구나, 해리." 퍼지가 말했다. "거기라면 아주 편안할 거야. 한 가지만 명심하거라, 너도 분명 납득할 거야. 네가 막 돌아다니다가 런던 머글 구역에 가게 되는 일은 없었으면 좋겠다. 알겠지? 다이애건 앨리에만 있어라. 또 매일 밤 어두워지기 전에 여기로 돌아와야 한다. 당연히 이해하겠지? 톰이 나 대신 널 지켜볼 거란다."

"알겠어요." 해리가 천천히 대답했다. "그런데 왜⋯⋯?"

"너를 다시 잃고 싶지 않으니까 그러는 거 아니겠니?" 퍼지가 쾌활하게 웃으며 말했다. "그럼, 안 되고말고⋯⋯. 그러니까 내 말은⋯⋯ 네가 여기 있는 게 가장 좋다는 거다⋯⋯."

퍼지는 큰 소리로 목을 가다듬더니 세로줄무늬 망토를 집어 들었다.

"음, 나는 가 보마. 할 일이 많아서 말이야."

"블랙 일은 아직 좋은 소식이 없나요?" 해리가 물었다.

퍼지의 손가락이 망토의 은색 단추에서 미끄러졌다.

"뭐라고? 아, 너도 들었구나. 뭐, 아니, 아직은 아니다. 하지만 시간문제일 뿐이야. 아즈카반의 간수들은 지금까지 한 번도 실패한 적이 없거든⋯⋯. 게다가 내가 여태껏 봐 온 어느 때보다도 화가 많이 나 있어."

퍼지는 말하면서 몸을 살짝 떨었다.

"그럼, 작별 인사를 해야겠구나."

그가 손을 내밀었다. 악수를 하고 있는데 갑자기 어떤 생각이 떠올랐다.

"저…… 총리님? 뭘 좀 부탁드려도 될까요?"

"당연하지." 퍼지가 미소 지었다.

"어, 호그와트 3학년들은 호그스미드에 방문할 수 있잖아요. 그런데 제 이모랑 이모부가 허가서에 서명을 해 주지 않았어요. 총리님이 해 주실 수 있을까요?"

퍼지는 불편해 보였다.

"아." 그가 말했다. "아니. 안 된다. 정말 미안하구나, 해리. 나는 네 부모님이나 보호자가 아니기 때문에……."

"하지만 마법 정부 총리님이시잖아요." 해리가 기대에 찬 목소리로 말했다. "총리님이 허락해 주시면……."

"아니, 미안하다, 해리. 규칙은 규칙이야." 퍼지가 딱 잘라서 말했다. "아마 내년에는 호그스미드를 방문할 수 있을 게다. 사실, 나는 네가 방문하지 않는 게 최선이라고 생각하지만…… 그래…… 뭐, 나는 가 보마. 즐겁게 지내거라, 해리."

그렇게 퍼지는 마지막으로 미소 짓고 해리와 악수한 뒤

방을 나갔다. 이제 톰이 앞으로 나서며 해리에게 활짝 웃었다.

"따라와요, 포터 군." 그가 말했다. "짐은 이미 내가 올려다 놨으니……."

해리는 톰을 따라서 멋진 나무 계단을 올라 놋쇠로 만든 숫자 11이 붙어 있는 문으로 갔다. 톰은 자물쇠를 따고 문을 열어 주었다.

안에는 아주 편안해 보이는 침대와 반들반들하게 잘 닦인 오크나무 가구, 기분 좋게 타닥거리는 난롯불이 있었고, 옷장 꼭대기에는……

"헤드위그!" 해리가 숨을 헉 들이켰다.

새하얀 올빼미가 부리를 딱딱거리며 퍼덕퍼덕 해리의 팔에 내려앉았다.

"아주 영리한 올빼미더군요." 톰이 빙그레 웃었다. "포터 군이 도착하고 5분쯤 뒤에 도착했어요. 포터 군, 필요한 게 있으면 뭐든 망설이지 말고 부탁해요."

그는 다시 한 번 고개를 숙이고 방을 나갔다.

해리는 멍하니 헤드위그를 쓰다듬으면서 오랫동안 침대에 앉아 있었다. 창밖의 하늘은 벨벳 같은 짙은 파란색에서 차갑고 강철 같은 잿빛으로 빠르게 변하더니 그다음에는 금색이 섞인 분홍색으로 천천히 바뀌어 갔다. 해리는 겨우 몇 시간 전에 프리빗가를 떠나왔다는 사실을, 퇴학을 당하지도 않았고 이제 더즐리 가족이 아예 없는 3주가 시작되려 한다는 사실을 좀처럼 믿을 수 없었다.

"아주 이상한 밤이었어, 헤드위그." 그가 쩌억 하품을 했다.

그는 안경도 벗지 않은 채 베개 위로 털썩 쓰러져 잠들었다.

4장

리키 콜드런

이 이상하고 새로운 자유에 익숙해지는 데는 며칠이 걸렸다. 전에는 한 번도 일어나고 싶을 때 일어나거나 먹고 싶은 걸 먹어 본 적이 없었다. 심지어 그는 다이애건 앨리에 있는 곳이라면 어디든 마음대로 갈 수 있었다. 이곳의 긴 자갈길은 세상에서 가장 매력적인 마법사 가게로 가득했으므로 해리는 굳이 퍼지와의 약속을 어기고 머글 세계로 돌아가고 싶은 생각이 전혀 없었다.

해리는 매일 리키 콜드런에서 아침을 먹었다. 그곳에서 다른 손님들을 지켜보는 것은 즐거운 일이었다. 그곳에는 하루 쇼핑을 하러 시골에서 올라온 우스꽝스러워 보이는 조그만 여자 마법사들,《오늘의 변환 마법》에 실린 최신 기사를 놓고 말싸움을 벌이는 덕망 있어 보이는 남자 마법사들, 거친 모습의 마전사들, 시끌벅적한 드워프들이 있었다. 그리고 한번은 두꺼운 모직 방한모를 쓴, 마귀할멈으로 의심되는 어떤 사람이 생간 한 접시를 주문하기도 했다.

아침 식사를 마친 해리는 뒤뜰로 나가 마법 지팡이를 꺼내 들고 쓰레기통 위 왼쪽에서 세 번째 벽돌을 두드린 다음 물러섰다. 그러면 다이애건 앨리로 가는 아치형 입구가 벽에 나타났다.

해리는 가게들을 둘러보고 카페 밖 밝은 색깔 파라솔 아래에서 식사를 하며 햇살 가득한 긴 하루를 보냈다. 카페에서 함께 식사하던 손님들은 서로에게 자신이 구입한 물건을 보여 주거나("이게 루나스코프라는 거야, 친구. 이제 더는 달 도표를 가지고 꾸물거릴 필요가 없다니까?") 시리우스 블랙 사건에 대해 이야기했다("난 그놈이 다시 아즈카반에 들어가기 전까지는 아이들을 바깥에 절대 혼자 내보내지 않을 거야"). 해리는 더 이상 이불 밑에서 손전등을 비춰 가며 숙제를 할 필요가 없었다. 이제 그는 '플로리언 포테스큐 아이스크림 가게' 앞 밝은 햇볕 아래 앉아, 플로리언 포테스큐 본인에게 가끔씩 도움을 받아 가며 작문 숙제를 모두 마칠 수 있었다. 포테스큐는 중세 마녀 화형에 대해 굉장한 지식을 갖추고 있을 뿐만 아니라 해리에게 30분마다 아이스크림선디(긴 유리잔에 아이스크림을 넣고 시럽, 견과류, 과일 조각 등을 얹은 것—옮긴이)를 공짜로 주었다.

그린고츠 지하 금고에서 금화 갈레온과 은화 시클, 청동크넛으로 돈 자루를 다시 채우자마자 해리는 그 돈을 한 번에 다 써 버리지 않으려고 엄청난 인내심을 발휘해야 했다. 순금 곱스톤 게임(구슬치기와 비슷한 마법사 게임으로, 점수를 잃으면 돌들이 얼굴에다 고약한 냄새가 나는 액체를 뿜었다) 세트를 사지 않으려고 그는 호그와트에 5년을 더 다녀야 한다는 사실과 더즐리 부부에게 마법 책 살 돈을 달라고 부탁하는 게 어떤 기분일지를 끊임없이 떠올려야 했다. 커다란 유리공 안에 들어 있는, 움직이는 완벽한 은하수 모형에도 심한 유혹을 느꼈다. 그 모형을 산다는 건 천문학 수업을 더 듣지 않아도 된다는 뜻일 테니까. 하지만 해리의 결심을 가장 시험에 들게 한 물건은 리키 콜드런에 도착한 지 1주일이 지난 어느 날, 그가 가장 좋아하는 가게인 고급 퀴디치 용품점에서 나타났다.

가게 안에 있는 사람들이 뚫어지게 바라보고 있는 게 무엇인지 궁금해진 해리는 흥분한 남녀 마법사들 사이로 조금씩 비집고 들어갔다. 새로 만든 전시대가 살짝 보였다.

전시대 위에는 그가 여태껏 본 것 중에서 가장 훌륭한 빗자루가 놓여 있었다.

"막 나온 거야……. 시제품이지……." 사각 턱의 남자 마법사가 동료에게 말했다.

"세상에서 가장 빠른 빗자루 맞죠, 아빠?" 해리보다 어린 소년이 아버지의 팔에 매달려 높은 목소리로 물었다.

"아일랜드 국가대표팀이 방금 막 멋진 물건 일곱 개를 주문했습니다!" 가게 주인이 사람들에게 말했다. "월드컵 우승 후보가 말이죠!"

앞에 있던 덩치 큰 여자 마법사가 움직인 덕분에 해리는 빗자루 옆에 있는 팻말을 읽을 수 있었다.

파이어볼트

최신식 경주용 빗자루 파이어볼트는 **다이아몬드처럼 단단하게** 연마한 **유선형**의 정교한 물푸레나무 손잡이를 자랑하며, 고유 등록 번호가 수작업으로 새겨져 있습니다. 하나하나 선별한 빗자루 꼬리의 자작나무 잔가지들이 **공기역학적으로 완벽하게 손질되어** 파이어볼트에 **타의 추종을 불허하는 균형감**과 **한 치의 오차도 없는 정확성**을 부여합니다. 파이어볼트는 **10초 내에 시**

속 240킬로미터에 도달하는 가속력을 갖추고 있으며 고장 나지 않는 브레이크 마법을 탑재하고 있습니다.

가격 문의 바랍니다.

가격 문의라……. 해리는 파이어볼트가 얼마일지 생각하고 싶지 않았다. 이렇게 뭔가를 갖고 싶은 건 처음이었다. 하지만 그는 님부스 2000을 타고도 퀴디치 시합에서 한 번도 진 적이 없었다. 이미 아주 좋은 빗자루를 가지고 있는데 파이어볼트 때문에 그린고츠의 지하 금고를 탈탈 터는 게 무슨 의미가 있을까? 해리는 가격을 묻지 않았지만 그 뒤로 거의 매일 오직 파이어볼트를 보기 위해 그곳을 다시 찾았다.

한편 꼭 사야 하는 물건도 있었다. 그는 약재상에 가서 떨어진 마법약 재료를 샀고, 이제 학교 로브의 팔다리가 몇 센티미터씩 짧아졌으므로 '어디서나 잘 어울리는 말킨 부인의 로브 전문점'을 방문해서 새 로브도 샀다. 무엇보다 중요한 건 새 교과서를 사는 일이었는데, 그중에는 새로 듣게 된 과목인 '마법 생명체 돌보기'와 '점술' 교과서가 포함되어 있었다.

해리는 서점 창문을 들여다보고 깜짝 놀랐다. 유리창 뒤에는 평소처럼 금박 글자가 새겨진 보도블록만 한 마법 책들이 전시되어 있는 대신 커다란 철제 우리가 있었고 그 안에 《괴물들에 관한 괴물책》이 100권쯤 들어 있었다. 책들이 맞붙어 격렬하게 싸움을 벌이고 공격적으로 서로를 물어뜯으면서 찢긴 페이지들이 사방에 날렸다.

해리는 주머니에서 책 목록을 꺼내 처음으로 들여다보았다. 《괴물들에 관한 괴물책》은 마법 생명체 돌보기의 교과서였다. 그제야 해리는 해그리드가 그 책이 쓸모 있을 거라고 말한 까닭을 이해했다. 그는 안심했다. 해그리드가 또 어떤 끔찍한 반려동물 돌보는 것을 도와 달라고 할까 봐 걱정했던 것이다.

해리가 '플러리시 앤 블러츠' 서점에 들어가자 점원이 얼른 다가왔다.

"호그와트?" 그가 불쑥 물었다. "새 교과서 사러 온 거니?"

"네." 해리가 말했다. "저는……."

"물러서." 점원이 초조해하며 해리를 옆으로 밀치고 말했다. 그는 아주 두꺼운 장갑을 낀 다음 크고 울퉁불퉁한 마법 지팡이를 집어 들고 《괴물들에 관한 괴물책》 우리 문으로 다가갔다.

"잠깐만요." 해리가 재빨리 말했다. "그건 이미 있어요."

"그래?" 점원의 얼굴에 엄청난 안도감이 번졌다. "정말 다행이다. 오늘 아침에만 벌써 다섯 번 물렸거든."

뭔가 찢어지는 소리가 시끄럽게 공기를 갈랐다. 《괴물들에 관한 괴물책》 두 권이 다른 한 권을 잡고 양쪽에서 끌어당기며 산산조각 내고 있었다.

"그만둬! 멈추라고!" 점원이 창살 사이로 막대기를 집어넣어 책들을 쳐서 떼어 놓으며 소리쳤다. "다시는 이 책을 들여놓지 않을 거야. 절대로! 완전히 아수라장이야! 《투명에 관한 투명책》 200권을 들여놨을 때가 최악이라고 생각했는데. 돈은 엄청 들였는데 도저히 그 책들을 찾을 수가 없었거든……. 뭐, 그 밖에 필요한 책은?"

"있어요." 해리가 책 목록을 내려다보며 대답했다. "카산드라 바블라츠키의 《미래의 안개 걷어 내기》요."

"아, 점술을 처음 듣나 보구나?" 점원이 장갑을 벗고 해리를 가게 안쪽으로 데려가며 말했다. 코너 전체가 점술에 할애되어 있었다. 작은 탁자에 《예측할 수 없는 것 예측하기: 충격에서 나 자신을 보호하는 방법》이라든가 《깨진 구슬: 운수가 나빠질 때》 같은 책들이 쌓여 있었다.

"여기 있다." 계단을 올라갔던 점원이 검은 가죽 장정의 두꺼운 책을 가지고 내려오며 말했다. "《미래의 안개 걷어 내기》. 점치는 방법의 모든 기초를 알려 주는 아주 좋은 책이지. 손금 보기, 수정구슬점, 새 창자점……."

하지만 해리는 듣고 있지 않았다. 그의 시선은 작은 탁자에 전시된 책들 중 한 권에 머물러 있었다. 《죽음의 징조: 최악의 상황이 닥쳐온다는 것을 알았을 때 해야 할 일》.

"아, 나라면 그 책은 안 읽을 거야." 해리가 뭘 보고 있는지 눈치챈 직원이 가볍게 말했다. "사방에서 죽음의 징조를 보게 될 테니까. 그러면 누구든 겁먹어 죽을 만하지."

하지만 해리는 책 표지를 계속 뚫어지게 바라보았다. 표지에 번뜩이는 눈을 가진, 곰처럼 커다란 검은 개가 그려져 있었다. 그 개의 모습이 이상하게 눈에 익었다…….

점원이 《미래의 안개 걷어 내기》를 해리의 손에 쥐여 주었다.

"다른 건?" 그가 물었다.

"아, 또 있어요." 해리가 개의 눈에서 억지로 시선을 떼어 내고 가만히 책 목록을 살피며 말했다. "어……《중급 변환 마법》하고 《마법 주문에 관한 표준 교과서: 3학년용》이 필요해요."

해리는 10분 뒤 새 교과서들을 양 옆구리에 끼고 플러리시 앤 블러츠에서 나와, 자신이 어디로 가고 있는지도 알지 못한 채 몇몇 사람과 부딪치면서 리키 콜드런으로 돌아갔다.

그는 계단을 쿵쿵 올라가 방으로 들어가서 책들을 침대에 쏟아 놓았다. 누군가가 청소하러 들어왔었는지 창문이 열려 있었다. 방 안으로 햇살이 쏟아져 들어왔다. 뒤쪽 보이지 않는 머글 거리에서 버스가 굴러가는 소리와 보이지 않는 군중이 내는 소음이 들렸다. 해리는 세면대 위 거울에 비친 자기 모습을 바라보았다.

"죽음의 징조일 리 없잖아." 그는 거울에 비친 자기 자신에게 싸움을 걸듯 말했다. "매그놀리아가에서 그걸 봤을 때 나는 겁에 질려 있었어. 그냥 떠돌이 개였을 거야……."

그는 무의식적으로 손을 들어 머리카락을 납작하게 눌러보려고 했다.

"쓸데없는 노력이야, 친구." 거울이 씨근거리는 목소리로 말했다.

날이 지나면서 해리는 가는 곳마다 론과 헤르미온느의 모습을 찾기 시작했다. 개학이 가까워 오자 이제 수많은 호그와트 학생이 다이애건 앨리에 속속 도착하고 있었다. 해리는 '고급 퀴디치 용품점'에서 그리핀도르 친구인 셰이머스 피니건과 딘 토머스를 만났는데, 그들도 파이어볼트에 눈독을 들이고 있었다. 플러리시 앤 블러츠 서점 앞에서는 동그란 얼굴에 건망증이 심한 소년인 진짜 네빌 롱보텀과 마주쳤지만 멈춰 서서 잡담을 나누지는 않았다. 네빌은 책 목록을 두고 오는 바람에 꽤 무서워 보이는 그의 할머니에게 잔소리를 듣고 있었다. 해리는 속으로 마법 정부를 피해 도망칠 때 자신이 네빌 행세를 한 것을 그녀가 영영 모르길 바랐다.

방학 마지막 날 잠에서 깬 해리는 적어도 내일 호그와트 급행열차에서는 론과 헤르미온느를 만날 수 있을 거라고 생각했다. 그는 일어나 옷을 입고 마지막으로 파이어볼트를 보러 갔다. 어디에서 점심을 먹을까 고민하던 참에 누군가가 큰 소리로 그의 이름을 부르자 그는 고개를 돌렸다.

"해리! **해리!**"

그들이 거기에 있었다. 두 사람 모두 플로리언 포테스큐 아이스크림 가게 앞에 앉아서 해리를 향해 열렬히 손을 흔들고 있었다. 주근깨로 온통 뒤덮인 론의 얼굴이 보였고, 헤르미온느는 얼굴이 갈색으로 그을려 있었다.

"겨우 만났네!" 해리가 자리에 앉자 론이 씩 웃으며 말했다. "리키 콜드런에 가니까 네가 나갔다더라고. 또 어디에

갔었냐면, 플러리시 앤 블러츠랑 말킨 부인……."

"학교 준비물은 지난주에 다 샀어." 해리가 설명했다. "근데 내가 리키 콜드런에 있는 줄은 어떻게 알았어?"

"아빠." 론이 간단히 말했다.

마법 정부에서 일하는 위즐리 씨라면 당연히 마지 고모에게 일어난 일을 전부 들었을 것이다.

"진짜로 너희 고모를 날려 버렸어, 해리?" 헤르미온느가 제법 심각한 목소리로 물었다.

"일부러 그런 건 아니야." 해리가 말하자 론은 큰 소리로 웃음을 터뜨렸다. "그냥…… 더 이상 참을 수가 없었어."

"웃을 일이 아니야, 론." 헤르미온느가 날카로운 어조로 말했다. "솔직히, 난 해리가 퇴학당하지 않은 게 놀라워."

"나도 그래." 해리도 인정했다. "퇴학이 다 뭐야, 난 체포될 줄 알았어." 그가 론을 보았다. "너희 아빠도 퍼지 총리가 나를 풀어 준 이유는 모르시지?"

"아마 너라서 그런 거 아니겠냐?" 론은 여전히 킬킬거리며 어깨를 으쓱했다. "유명하신 해리 포터니 뭐니 하면서 말이야. 고모를 날려 버린 게 나였으면 마법 정부가 어떻게 나왔을지 알고 싶지도 않다. 뭐, 일단은 나를 땅에서 파내야겠네. 엄마가 벌써 나를 죽였을 테니까. 어쨌거나 오늘 저녁에 네가 직접 아빠한테 물어봐. 오늘 밤에는 우리도 리키 콜드런에서 묵을 거거든! 그러니까 내일 너도 우리랑 같이 킹스크로스에 가면 돼! 헤르미온느도 거기에 묵을 거고!"

헤르미온느가 활짝 웃으며 고개를 끄덕였다. "엄마 아빠가 오늘 아침에 날 내려 주고 가셨어. 호그와트 물건이랑 다 같이."

"잘됐다!" 해리가 기뻐하며 말했다. "그럼, 새 교과서랑 다른 것도 다 샀어?"

"이것 봐." 론이 자루에서 길고 가느다란 상자 하나를 꺼내 열며 말했다. "방금 새로 산 마법 지팡이야. 36센티미터에 버드나무로 만들었고 유니콘 꼬리털이 한 가닥 들어 있어. 책도 다 샀고." 그가 의자 밑에 있는 커다란 자루를 가리키며 말했다. "그 《괴물들에 관한 괴물책》 어땠어? 두 권 필요하다니까 점원이 거의 울려고 하더라."

"그건 다 뭐야, 헤르미온느?" 해리가 헤르미온느 옆 의자에 놓인, 하나도 아니고 세 개나 되는 두둑한 자루를 가리키며 물었다.

"음, 내가 너희보다 몇 과목을 더 듣잖아?" 헤르미온느가 말했다. "숫자점, 마법 생명체 돌보기, 점술, 고대 룬문자 연구, 머글학 교과서들이야."

"머글학은 대체 왜 듣는 거야?" 론이 해리 쪽으로 눈을 굴리며 그녀에게 말했다. "너는 머글 태생이잖아! 너희 엄마 아빠가 머글이라고! 머글에 관해서는 이미 다 알잖아!"

"그래도 마법사의 관점에서 머글들을 연구하는 건 꽤 흥미로울 거야." 헤르미온느가 진지하게 말했다.

"올 한 해 먹거나 잘 계획은 있는 거야, 헤르미온느?" 해리가 묻자 론이 킥킥거렸다. 헤르미온느는 못 들은 체했다.

"아직 10갈레온 남았어." 그녀가 지갑을 확인하며 말했다. "9월에 내 생일이 있어서 엄마 아빠가 미리 생일 선물을 사라고 돈을 좀 주셨거든."

"멋진 책은 어때?" 론이 천연덕스럽게 물었다.

"아니, 싫은데." 헤르미온느가 태연하게 대꾸했다. "난 정말 부엉이를 갖고 싶어. 그러니까 해리한테는 헤드위그가 있고 너한테는 에롤이……."

"난 없어." 론이 말했다. "에롤은 가족 올빼미니까. 나한테 있는 건 스캐버스뿐이야." 론은 주머니에서 그가 키우는 쥐를 꺼냈다. "스캐버스한테 건강검진을 시켜 주고 싶다." 그가 스캐버스를 앞에 있는 탁자에 올려놓으며 덧붙였다. "이집트가 스캐버스한테 잘 맞지 않았던 것 같아."

스캐버스는 예전보다 마른 듯했고 수염은 축 처져 있었다.

"바로 저기에 마법 생물을 파는 가게가 있어." 이제 다이 애건 앨리를 훤히 알게 된 해리가 말했다. "너는 스캐버스한테 뭔가 해 줄 게 있는지 알아보고 헤르미온느는 부엉이를 사면 되겠네."

그들은 아이스크림 값을 치르고 길 건너 '마법 동물원'으로 갔다.

안에는 공간이 별로 없었다. 벽 전체에 우리들이 진열되어 있었던 것이다. 가게 안은 고약한 냄새가 풍기는 데다가, 우리 속 동물들이 저마다 끽끽대고 깍깍대고 지절대고 식식댔기에 매우 시끄러웠다. 계산대의 여자 마법사가 한 남자 마법사에게 앞뒤로 머리가 달린 도롱뇽 돌보는 방법을 조언해 주고 있었기에 해리, 론, 헤르미온느는 우리들을 들여다보며 그들의 대화가 끝나기를 기다렸다.

거대한 자주색 두꺼비 한 쌍이 죽은 검정파리들을 꿀떡꿀떡 먹어 치우고 있었다. 창가에서는 등딱지에 보석이 박힌 어마어마한 크기의 거북이가 번쩍번쩍 빛났다. 독을 가진 오렌지색 달팽이들이 점액을 남기며 유리 수조 옆면을 천천히 기어오르고, 뚱뚱한 흰토끼는 시끄럽게 펑펑 소리를 내면서 중절모가 됐다가 다시 원래 모습으로 돌아오기를 끊임없이 반복하고 있었다. 거기에 온갖 색깔의 고양이들, 시끄러운 큰까마귀들이 들어 있는 새장, 큰 소리로 콧노래를 불러 대는 커스터드 색깔의 이상한 털 뭉치들이 들어 있는 바구니가 있었고, 계산대 위에 있는 커다란 우리에서는 날렵한 검은색 쥐들이 길고 털 없는 꼬리로 줄넘기 놀이 비슷한 것을 하고 있었다.

앞뒤로 머리가 달린 도롱뇽 주인이 나가자 론은 계산대로 다가갔다.

"제 쥐 때문에 그러는데요." 그가 마법사에게 말했다. "이집트에 여행 갔다 온 뒤로 계속 상태가 안 좋아요."

"계산대에 올려놔 보렴." 마법사가 주머니에서 두꺼운 검은색 안경을 꺼내며 말했다.

론이 주머니에서 스캐버스를 꺼내 쥐 우리 옆에 올려놓았다. 줄넘기 줄로 장난을 치고 있던 쥐들이 동작을 멈추고 좀 더 잘 보기 위해 허둥지둥 철창 쪽으로 몰려왔다.

론이 가진 대부분의 물건들처럼 스캐버스도 물려받은 것이었기에(스캐버스는 원래 론의 형 퍼시의 쥐였다) 조금 초라했다. 우리 속 윤기 나는 쥐들 옆에 있어서 그런지 스캐버스는 유난히 우중충해 보였다.

"흠." 마법사가 스캐버스를 집어 들고 물었다. "이 쥐, 몇 살이니?"

"몰라요." 론이 말했다. "꽤 늙었을 거예요. 우리 형 거였거든요."

"어떤 힘을 가지고 있지?" 마법사가 스캐버스를 자세히 살펴보며 물었다.

"어……." 사실 스캐버스는 흥미로운 힘을 갖고 있다는 약간의 낌새조차 보여 준 적이 없었다. 마법사의 눈이 스캐버스의 너덜너덜한 왼쪽 귀에서 앞발로 움직였다. 발가락 하나가 없었다. 마법사가 큰 소리로 혀를 찼다.

"이 녀석, 갖은 고생을 했나 보구나." 그녀가 안타깝다는 듯 말했다.

"퍼시한테 받았을 때부터 그랬어요." 론이 변명하듯 말했다.

"보통 쥐나 얘 같은 정원 쥐는 3년 이상 못 살아." 마법사가 말했다. "뭐, 좀 더 오래 사는 걸 찾는다면 얘들 중 하나가 마음에 들지도 모르겠다……."

그녀는 다시 재빨리 줄넘기를 시작한 검은 쥐들을 가리켰다. 론이 목소리를 낮춰 투덜거렸다. "잘난 척하긴."

"뭐, 바꾸기 싫다면 이 쥐 강장제를 써 보렴." 마법사가 계산대 아래로 손을 뻗어 작은 빨간색 병을 꺼내며 말했다.

"알았어요." 론이 말했다. "얼마…… **아얏!**"

론의 몸이 구부러졌다. 큼직한 오렌지색 뭔가가 가장 큰 우리 위에서 뛰어올라 론의 머리 위에 착지했다가 미친 듯이 야옹거리며 스캐버스에게 달려들었다.

"안 돼, 크룩섕스(안짱다리라는 뜻―옮긴이), 안 돼!" 마법사가 소리쳤지만 스캐버스는 그녀의 양손 사이에서 비누처럼 미끄럽게 쏙 빠져나와 뒷다리를 벌리고 바닥에 착지하더니 문 쪽으로 달아났다.

"스캐버스!" 론이 스캐버스를 쫓아 달려 나가며 소리쳤다. 해리가 뒤따랐다.

론은 고급 퀴디치 용품점 바깥 쓰레기통 아래로 피신한 쥐를 다시 주머니에 쑤셔 넣고 머리를 문지르면서 허리를 폈다.

"그거 대체 뭐였어?"

"엄청나게 큰 고양이 아니면 아주 작은 호랑이였어." 해리가 말했다.

"헤르미온느는?"

"아마 부엉이를 사고 있을 거야."

그들은 붐비는 거리를 되짚어 마법 동물원으로 향했다. 도착해 보니 헤르미온느가 가게에서 나오고 있었는데 그녀가 들고 있는 건 부엉이가 아니었다. 헤르미온느가 양팔로 꼭 끌어안고 있는 것은 커다란 적갈색 고양이였다.

"그 괴물을 산 거야?" 론이 기가 막힌 듯 입을 쩍 벌리며 물었다.

"정말 *매력적*이지 않아?" 헤르미온느가 얼굴에 홍조를 띠며 되물었다.

관점의 차이라고, 해리는 생각했다. 그 고양이는 숱 많은 적갈색 털이 북슬북슬했지만 살짝 안짱다리인 게 분명했고, 심술궂은 얼굴은 벽돌담에 갖다 박기라도 한 듯 이상하게 찌부러진 것처럼 보였다. 하지만 스캐버스가 보이지 않는 지금 그 고양이는 헤르미온느의 품에서 만족스럽게 가르랑거리고 있었다.

"헤르미온느, 그놈이 내 머리 가죽을 벗겨 버릴 뻔했어!" 론이 말했다.

"일부러 그런 건 아니었어. 그치, 크룩섕스?" 헤르미온느가 말했다.

"그럼 스캐버스는?" 론이 불룩 튀어나온 가슴주머니를 가리켰다. "스캐버스한테는 휴식과 안정이 필요하단 말이야! 그런 게 가까이 있으면 어쩌라는 거야?"

"그 말을 들으니까 생각나는데, 너 쥐 강장제 깜빡했더라." 헤르미온느가 작은 빨간색 병을 론의 손에 탁 쥐여 주며 말했다. "그리고 걱정 좀 그만해. 크룩섕스는 내 기숙사 침실에서 자고 스캐버스는 네 기숙사 침실에서 잘 거잖아. 대체 뭐가 문제니? 불쌍한 크룩섕스. 가게 주인 말로는 크룩섕스가 저기 있은 지 한참 됐대. 아무도 애를 원하지 않았다는 거야."

"글쎄 왜 그럴까." 론이 비꼬는 투로 말했다. 그들은 리키 콜드런으로 향했다.

위즐리 씨가 바에 앉아 《예언자일보》를 읽고 있었다.

"해리!" 그가 눈을 들어 미소 지으며 말했다. "잘 지냈니?"

"네, 고맙습니다." 해리가 대답했다. 그와 론, 헤르미온느는 사 온 물건을 들고 다가가 위즐리 씨 옆에 앉았다.

위즐리 씨가 신문을 내려놓자 이제는 아주 익숙해진 시리우스 블랙의 사진이 해리를 빤히 올려다보았다.

"근데, 아직도 못 잡은 거예요?" 해리가 물었다.

"그래." 위즐리 씨가 꽤 심각한 표정을 지으며 대답했다. "마법 정부의 전 직원이 평소 업무를 중단하고 블랙을 찾고 있지만 아직까지는 운이 별로 없구나."

"우리가 잡으면 보상금을 받을 수 있나요?" 론이 물었다. "돈이 좀 더 생기면 좋을 텐데……."

"말도 안 되는 소리 하지 말거라, 론." 위즐리 씨가 말했다. 더 가까이에서 보니 그는 바짝 긴장한 표정이었다. "블랙은 열세 살짜리 마법사에게 잡힐 사람이 아니니까. 이자를 다시 잡아들이는 건 아즈카반의 간수들이야. 내 말 명심해라."

그때 위즐리 부인이 바에 들어왔다. 그녀는 쇼핑한 물건을 잔뜩 들고 있었다. 이제 호그와트 5학년이 되는 쌍둥이 프레드와 조지, 남학생 회장으로 임명된 퍼시, 위즐리 가족의 막내이자 외동딸인 지니가 그 뒤를 따랐다.

전부터 해리에게 푹 빠져 있던 지니는 그를 보더니 평소보다 훨씬 당황스러워했다. 아마도 지난 학기 호그와트에서 해리가 그녀의 목숨을 구해 주었기 때문일 것이다. 그녀는 새빨개진 얼굴로 해리를 보지도 않고 "안녕" 하고 들릴 듯 말 듯 중얼거렸다. 반면 퍼시는 해리와 처음 만나는 것처럼 진지하게 손을 내밀고 말했다. "해리, 이렇게 만나서 무척 반갑구나."

"안녕, 퍼시." 해리가 애써 웃음을 참으며 말했다.

"잘 지내지?" 퍼시가 손을 맞잡고 흔들면서 점잔 빼는 목소리로 말했다. 해리는 꼭 시장님하고 처음 인사를 나누는 것 같았다.

"아주 잘 지내. 고마……."

"해리!" 프레드가 퍼시의 옆구리를 팔꿈치로 밀치더니 허리를 깊숙이 숙이며 말했다. "이렇게 만나서 *기쁘기* 그지없네, 옛 친구여."

"기가 막히군." 이번에는 조지가 프레드를 옆으로 밀치고 해리의 손을 꽉 잡으며 말했다. "이렇게 멋진 일이."

퍼시의 눈초리가 사나워졌다.

"이제 그만해라." 위즐리 부인이 말했다.

"엄마!" 프레드가 이제 막 위즐리 부인을 발견했다는 듯 그녀의 손을 꽉 잡았다. "이리 만나 뵙다니 어찌나 황송하온지……."

"그만하라고 했다." 위즐리 부인이 사 온 물건들을 빈 의자에 내려놓으며 말했다. "안녕, 해리? 우리 집 좋은 소식들은 들었지?" 그녀는 퍼시의 새 은색 배지를 가리켰다. "우리 집에서 두 번째 남학생 회장이 나왔단다!" 그녀가 자랑스러운 듯 가슴을 부풀리며 말했다.

"마지막 남학생 회장이기도 하죠." 프레드가 나직이 중얼거렸다.

"어련하실까." 위즐리 부인이 돌연 얼굴을 잔뜩 찌푸렸다. "너희 둘이 반장이 못 됐다는 건 나도 잘 안다."

"우리가 뭐 하자고 반장이 되겠어요?" 조지가 생각만으로도 끔찍하다는 듯 말했다. "인생의 재미가 다 사라질 텐데."

지니가 키득거렸다.

"여동생한테 좋은 본보기가 되진 못할망정!" 위즐리 부인이 쏘아붙였다.

"지니한테는 본보기가 되어 줄 다른 오빠들이 있잖아요, 어머니." 퍼시가 고상하게 말했다. "저녁 먹기 전에 올라가서 옷 좀 갈아입겠습니다……."

퍼시가 계단 위로 사라지자 조지는 한숨을 내쉬었다.

"퍼시를 피라미드에 가둬 버리려고 했거든." 그가 해리에게 말했다. "근데 엄마한테 들켰어."

그날 밤 저녁 식사는 매우 즐거웠다. 여관 주인 톰이 응접실에 탁자 세 개를 붙여 주었고, 위즐리 가족 일곱 명과 해리, 헤르미온느는 맛있는 다섯 가지 코스 요리를 먹었다.

"내일 킹스크로스에는 어떻게 가요, 아빠?" 프레드가 끝내주는 초콜릿 푸딩을 입에 밀어 넣으면서 물었다.

"마법 정부에서 자동차 두어 대를 제공해 주기로 했다." 위즐리 씨가 말했다.

모두가 눈을 들어 그를 바라보았다.

"왜요?" 퍼시가 의아하다는 듯 물었다.

"그야 형 때문이지, 퍼스." 조지가 진지한 목소리로 말했다. "보닛에 '천재'라고 쓴 작은 깃발도 달려 있을걸."

"'천하의 재수 없는 놈'이라는 뜻이지." 프레드가 말했다.

퍼시와 위즐리 부인을 제외한 모두가 푸딩을 먹다 말고 픽 웃음을 터뜨렸다.

"정부에서 왜 자동차를 제공하는 거죠, 아버지?" 퍼시가 위엄 있는 목소리로 다시 물었다.

"그야 우리한테 이제 차가 없기도 하고." 위즐리 씨가 말했다. "내가 정부에서 일하기도 하니까 호의를 베푸는 거지……."

위즐리 씨의 목소리는 태연했지만 해리는 론이 압박을 느낄 때 그러는 것처럼 위즐리 씨의 귀가 빨개지는 것을 알아차렸다.

"잘됐네." 위즐리 부인이 활기차게 말했다. "너희 짐이 얼마나 많은지 아니? 머글 지하철을 타면 아주 볼 만할 거다……. 짐은 다 쌌지?"

"론이 아직 새로 산 물건을 가방에 넣지 않았어요." 퍼시가 기다렸다는 듯 말했다. "제 침대 위에 다 쏟아 놨죠."

"가서 짐을 제대로 싸 두는 게 좋겠다, 론. 아침에는 시간이 별로 없을 테니까." 위즐리 부인이 식탁 맞은편에서 나무랐다. 론은 퍼시를 노려보았다.

저녁 식사를 마치자 모두 너무 배가 부르고 졸렸다. 그들은 다음 날 가져갈 것들을 확인하러 한 명 한 명 각자의 방으로 올라갔다. 론과 퍼시의 방은 해리의 옆방이었는데, 해리가 막 자기 짐 가방을 닫고 잠갔을 때쯤 벽 너머에서 화난 목소리가 들려왔다. 해리는 무슨 일인지 보러 갔다.

12호 문이 열려 있고, 퍼시가 소리를 지르고 있었다.

"여기, 침대 옆 탁자에 놓여 있었어. 닦으려고 빼 놨단 말이야."

"난 건드리지도 않았다니까?" 론이 마주 소리 질렀다.

"무슨 일이야?" 해리가 물었다.

"내 남학생 회장 배지가 없어졌어." 퍼시가 해리 쪽으로 돌아서며 말했다.

"스캐버스한테 먹일 쥐 강장제도." 론이 짐 가방에서 물건들을 꺼내 넌시며 말했다. "바에 두고 왔나 봐."

"내 배지 찾기 전엔 아무 데도 못 가!" 퍼시가 소리쳤다.

"스캐버스한테 줄 강장제는 내가 챙겨 올게. 난 짐 다 쌌어." 해리는 론에게 말하고 아래층으로 걸음을 옮겼다.

해리는 술집으로 향하는 복도를 따라 걸었다. 이제는 아주 어두워져 있었다. 그때 응접실에서 또 한 쌍의 화난 목소리가 흘러나왔다. 잠시 후 해리는 그것이 위즐리 부부의 목소리라는 것을 알아차렸다. 해리는 머뭇거렸다. 그들이 다투는 소리를 들은 것을 들키고 싶지 않았다. 그런데 그때 자신의 이름이 들려와서 해리는 발걸음을 멈추고 응접실 문 가까이 다가갔다.

"……그 애한테 말해 주지 않는 건 말이 안 돼." 위즐리 씨가 열을 내며 말하고 있었다. "해리한테도 알 권리가 있다고. 퍼지 총리한테도 얘기했지만, 그 사람은 그 애를 어린애처럼 대해야 한다고 고집을 부리고 있어. 열세 살인데……."

"아서, 진실을 말해 주면 겁먹을 거라니까!" 위즐리 부인이 새된 목소리로 말했다. "정말 그런 걱정거리를 안겨서 학교에 보내고 싶어? 세상에, 걘 모르는 편이 행복해!"

"해리를 비참하게 만들려는 게 아니야. 조심하게 하려는 거지!" 위즐리 씨가 반박했다. "당신도 해리랑 론이 어떤지 알잖아. 저들끼리 돌아다니고…… 금지된 숲에도 들어갔었어! 이번에는 그렇게 행동해선 절대 안 된다고! 걔가 집에서 도망친 날 밤에 무슨 일을 당할 뻔했는지 생각해 봐! 나이트 버스가 걔를 태우지 않았더라면 분명 정부가 찾기 전에 죽었을 거야!"

"하지만 죽지 않았지. 무사해. 그러니 해리한테 말해 준다고 한들 무슨 쓸모가⋯⋯."

"몰리, 사람들은 시리우스 블랙이 미쳤다고 말해. 아마 그럴지도 모르지. 하지만 그자는 아즈카반에서 도망칠 만큼 영리하기도 해. 불가능하다고 여겨지는 일이었는데 말이야. 이제 한 달이 지났지만 아무도 그자의 머리카락조차 못 봤다고. 나는 퍼지 총리가 《예언자일보》에 뭐라고 말하든 신경 안 써. 우리가 블랙을 잡을 가능성은 스스로 주문을 거는 마법 지팡이가 발명될 가능성만큼도 없어. 우리가 확실히 아는 건 블랙이 뭘 쫓고 있는지뿐인데⋯⋯."

"하지만 호그와트 안에만 있으면 해리도 안전할 거야."

"아즈카반도 완벽하게 안전하다고 생각했었지. 블랙이 아즈카반에서 탈출할 수 있다면 호그와트에도 침입할 수 있을 거야."

"하지만 블랙이 정말로 해리를 찾고 있는 건지 확실히 아는 사람은 아무도⋯⋯."

뭔가가 나무에 쿵 부딪치는 소리가 났다. 위즐리 씨가 주먹으로 탁자를 내리친 게 틀림없었다.

"몰리, 대체 몇 번을 말해야 해? 퍼지 총리가 일을 조용히 처리하고 싶어 해서 언론에는 보도되지 않았지만, 총리 는 블랙이 탈옥한 날 밤 아즈카반에 찾아갔었어. 간수들이 퍼지 총리한테 블랙이 한동안 잠꼬대를 했다고 말했다더 군. 항상 같은 말이었대. '놈은 호그와트에 있어……. 놈은 호그와트에 있어.' 블랙은 정상이 아니야, 몰리. 게다가 해 리가 죽기를 바라고 있어. 내가 보기엔, 해리를 죽이면 '그 사람'의 힘이 회복될 거라고 생각하는 것 같아. 해리가 '그 사람'을 가로막은 날 블랙은 모든 걸 잃었어. 그 일을 곱씹 으며 아즈카반에서 혼자 12년이란 세월을 보냈고……."

침묵이 흘렀다. 해리는 더 듣고 싶은 마음에 문으로 바짝 몸을 기울였다.

"그래, 아서. 당신이 옳다고 생각하는 대로 해야지. 하지 만 당신은 알버스 덤블도어를 잊고 있어. 그분이 교장으로 있는 동안에는 호그와트에서 해리를 해칠 수 있는 건 아무 것도 없을 거야. 그분도 이 상황을 다 알고 계시지?"

"당연하지. 교내로 들어가는 입구 주변에 아즈카반 간수 들을 배치해도 되겠느냐고 물어봤거든. 탐탁지 않아 하면 서도 동의하셨어."

"탐탁지 않아 했다고? 탐탁잖은 이유가 뭐야, 블랙을 잡 으러 온 건데?"

"아즈카반 간수들을 좋아하지 않으시니까." 위즐리 씨가 무거운 어조로 말했다. "그건 나도 마찬가지야……. 하지만 블랙 같은 마법사를 상대하려면 꺼림칙한 세력과도 힘을 합쳐야지."

"만일 그 간수들이 해리를 구한다면……."

"그럼 다시는 그자들을 나쁘게 말하지 않을게." 위즐리 씨가 지친 목소리로 말했다. "늦었어, 몰리. 방으로 올라가는 게 좋겠어……."

의자 움직이는 소리가 들렸다. 해리는 되도록 조용히 술집으로 이어지는 통로를 따라 빠른 걸음으로 그들에게서 멀어졌다. 응접실 문이 열리더니 잠시 후 위즐리 부부가 계단을 올라가는 발소리가 들렸다.

쥐 강장제 병은 그들이 저녁 식사를 했던 식탁 아래 놓여 있었다. 해리는 위즐리 부부의 침실 문이 닫히는 소리가 들릴 때까지 기다렸다가 병을 가지고 위층으로 향했다.

프레드와 조지가 층계참 어둠 속에 웅크린 채, 퍼시가 배지를 찾아 론과 함께 쓰는 방을 뒤집어엎는 소리를 들으며 어깨를 들썩이면서 웃고 있었다.

"우리가 갖고 있어." 프레드가 해리에게 속삭였다. "성능을 향상시키는 중이었지."

배지에는 이제 '남학생 환장'이라고 쓰여 있었다.

해리는 억지로 한번 웃어 주고 론에게 가서 쥐 강장제를 건넨 뒤 방으로 돌아가 문을 닫고 침대에 누웠다.

그러니까, 시리우스 블랙은 그를 찾고 있는 것이었다. 그 것으로 모든 게 설명이 되었다. 퍼지가 너그럽게 군 까닭은 해리가 살아 있는 것을 보고 무척 안심했기 때문이었다. 그는 해리더러 수많은 마법사가 해리를 지켜보는 이곳 다이애건 앨리에 머물 것을 약속하게 했다. 내일 모두를 역에 데려다줄 마법 정부 차를 두 대나 보내는 것도 해리가 기차에 오를 때까지 위즐리 가족이 그를 돌봐 주도록 하기 위한 조치였다.

해리는 누워서 옆방에서 나는 알아듣기 어려운 고함 소리를 들으며 왜 겁이 나지 않는지 의아해했다. 시리우스 블랙은 단 한 번의 저주 마법으로 열세 명을 살해했다. 위즐리 부부는 해리가 진실을 알면 겁에 질릴 거라고 생각한 게 틀림없었다. 하지만 해리는 알버스 덤블도어가 있는 곳이라면 거기가 어디든 지구상에서 가장 안전하다던 위즐리 부인과 전적으로 같은 생각이었다. 다들 항상 덤블도어는 볼드모트 경이 유일하게 두려워하던 사람이라고 말하지 않던가? 볼드모트의 오른팔인 블랙도 당연히 덤블도어를 두려워하지 않을까?

게다가 계속 입에 오르는 아즈카반의 간수들도 있었다. 대부분의 사람들은 까무러칠 정도로 그 간수들을 무서워하는 것 같았다. 그들이 학교 주변에 빈틈없이 배치된다면 블랙이 침입할 가능성은 굉장히 적을 것이었다.

아니, 무엇보다 해리를 괴롭게 하는 문제는 이제는 호그스미드에 방문할 가능성이 전혀 없어 보인다는 사실이었다. 블랙이 잡히기 전까지는 아무도 해리가 안전한 호그와트 성을 벗어나기를 바라지 않을 테니까. 사실, 위험이 지나갈 때까지 사람들이 그의 행동 하나하나를 주의 깊게 지켜볼 거라는 생각마저 들었다.

그는 어두운 천장을 노려보았다. 다들 그가 자기 몸 하나지키지 못할 거라고 생각하는 걸까? 볼드모트 경에게서 세 번이나 살아남았는데, 나도 아주 쓸모없는 존재는 아니란 말이야…….

문득 매그놀리아가에서 봤던 어둠 속 짐승의 모습이 머릿속을 스쳤다. '최악의 상황이 닥쳐온다는 것을 알았을 때 해야 할 일…….'

"나는 죽지 않을 거야." 해리가 큰 소리로 말했다.

"그래, 바로 그 자세야! 친구." 거울이 졸린 듯 말했다.

5장

디멘터

다음날 아침 톰은 평소처럼 이 빠진 미소와 차 한 잔으로 해리를 깨웠다. 해리가 셔츠로 갈아입고 불만스러워하는 헤드위그를 새장에 다시 들어가게 하려고 설득하고 있을 때, 론이 머리에서부터 뒤집어쓴 운동복 상의를 밑으로 끌어당기면서 짜증 가득한 표정으로 문을 벌컥 열고 방으로 들어왔다.

"빨리 기차에 타야지, 진짜." 그가 투덜거렸다. "적어도 호그와트에 도착하면 퍼시한테서 벗어날 수 있을 거 아냐. 이젠 내가 페넬러피 클리어워터 사진에다 차를 흘렸다고 뭐라고 하잖아." 론이 얼굴을 찡그렸다. "퍼시 여자 친구 말이야. 페넬러피는 코가 온통 얼룩덜룩해졌다면서 액자 뒤로 얼굴을 숨겼어…….”

“할 얘기가 있어.” 해리가 입을 열었다. 하지만 그때, 또 한 번 퍼시의 부아를 돋우는 데 성공한 론을 칭찬해 주려고 온 프레드와 조지가 끼어드는 바람에 그는 말을 이을 수 없었다.

그들은 아침 식사를 하기 위해 아래층으로 내려갔다. 위즐리 씨가 이마를 찌푸린 채 《예언자일보》 1면을 읽고 있었고, 위즐리 부인은 헤르미온느와 지니에게 학생 시절에 만들었던 사랑의 마법약에 얽힌 이야기를 해 주고 있었다. 세 사람 모두 키득키득 웃었다.

“아까 무슨 말 하려고 했어?” 자리에 앉으면서 론이 해리에게 물었다.

“나중에 얘기해 줄게.” 그때 퍼시가 쿵쿵거리며 나타나자 해리가 론에게 중얼거렸다.

떠나느라 부산스러운 와중에 해리는 론과 헤르미온느에게 이야기해 줄 기회를 잡지 못했다. 그들은 리키 콜드런의 좁은 계단 아래로 짐들을 다 날라다가 문 근처에 쌓아 놓느라 정신이 없었다. 헤드위그와 퍼시의 가면올빼미 헤르메스를 넣은 새장은 짐 가방 꼭대기에 올려져 있었다. 짐 더미 옆에 놓인 작은 고리버들 바구니 속에서 시끄럽게 야옹거리는 소리가 들렸다.

"괜찮아, 크룩섕스." 헤르미온느가 바구니에 대고 속삭였다. "기차 타면 꺼내 줄게."

"안 돼." 론이 쏘아붙였다. "불쌍한 스캐버스는 어쩌고?"

론이 자기 가슴을 가리켰다. 불룩하게 튀어나온 것을 보니 스캐버스가 주머니 안에서 몸을 웅크리고 있는 모양이었다.

마법 정부 차를 기다리느라 밖에 있었던 위즐리 씨가 안으로 머리를 들이밀었다.

"자동차가 도착했다." 그가 말했다. "해리, 서두르거라."

짧게 뻗은 보도 맞은편에 짙은 녹색의 구식 자동차가 두 대 서 있었다. 위즐리 씨는 그중 첫 번째 자동차로 해리를 데려갔다. 자동차는 각각 에메랄드색 벨벳 정장을 입은 마법사들이 몰고 있었는데, 그들은 은밀히 주위를 살피는 듯한 모습이었다.

"타라, 해리." 위즐리 씨가 붐비는 거리 이쪽저쪽을 힐끔거리며 말했다.

해리가 자동차 뒷좌석에 타자 곧 헤르미온느와 론이 올라탔다. 론한테는 끔찍한 일이었지만 퍼시도 함께 탔다.

킹스크로스역으로 가는 길은 나이트 버스를 탔을 때와

비교하면 매우 평온했다. 마법 정부 차는 평범한 자동차처럼 보였지만, 해리는 그 차들이 버넌 이모부의 새 업무용 자동차는 결코 지나가지 못했을 틈새로 미끄러지듯이 지나갈 수 있다는 사실을 알아차렸다. 그들은 호그와트 급행열차가 출발하기 20분 전에 킹스크로스역에 도착했다. 마법 정부 운전기사들은 직접 짐수레를 가져와서 짐들을 내려 주고 위즐리 씨에게 경례한 다음 차에 올라탔다. 그러고는 신호에 걸려 꼼짝 못 하는 자동차들의 행렬 맨 앞으로 어찌어찌 뛰어넘어 가더니 차를 몰고 멀어져 갔다.

위즐리 씨는 역으로 들어가는 내내 해리 곁에 바짝 붙어 있었다.

"좋아, 그럼." 그가 주위를 힐끗 돌아보며 말했다. "인원이 꽤 되니 둘씩 짝지어서 들어가도록 하자. 내가 해리랑 같이 제일 먼저 들어가마."

위즐리 씨가 9번과 10번 승강장 사이의 벽을 향해 걸어갔다. 그는 해리의 짐수레를 밀고 가면서도, 방금 9번 승강장에 도착한 인터시티 125(영국의 디젤엔진 고속 열차—옮긴이)에 무척 관심이 가는 모양이었다. 그는 의미심장한 눈으로 해리를 바라보면서 아무렇지도 않게 벽 쪽으로 몸을 기울였다. 해리도 그를 따라 했다.

다음 순간, 그들은 단단한 벽을 뚫고 옆으로 넘어지면서 9와 4분의 3 승강장으로 들어섰다. 눈을 드니 진홍색 증기 기관차인 호그와트 급행열차가, 자녀들을 배웅하러 온 마법사들로 가득한 승강장 위로 연기를 뿜어내고 있었다.

갑자기 해리 뒤에서 퍼시와 지니가 나타났다. 그들은 뛰어서 벽을 통과했는지 숨을 헐떡거리고 있었다.

"아, 페넬러피다!" 퍼시가 머리를 매만지고 다시 한 번 얼굴을 붉히며 말했다. 한순간 지니와 해리의 눈이 마주쳤다. 퍼시가 그의 번쩍이는 배지가 안 보일세라 가슴을 쑥 내민 채 긴 곱슬머리 여학생 쪽으로 성큼성큼 걸어가자 둘은 웃음을 감추기 위해 뒤돌아섰다.

나머지 위즐리 가족과 헤르미온느가 도착하자, 해리와 위즐리 씨는 곧바로 맨 앞에 서서 사람들로 가득 찬 객실들을 지나 열차 끝 조금 한산해 보이는 객차 쪽으로 갔다. 아이들은 그곳에 짐 가방을 싣고 헤드위그와 크룩섕스를 짐 선반에 올려놓은 뒤 위즐리 부부에게 작별 인사를 하기 위해 다시 밖으로 나갔다.

위즐리 부인은 자식들 모두에게 입을 맞췄고, 그다음에는 헤르미온느에게, 마지막으로 해리에게 입 맞춰 주었다. 해리는 당황했지만 그녀가 한 번 더 안아 주었을 때는 솔직히 무척 기뻤다.

"몸조심해야 한다. 알았지, 해리?" 그녀가 몸을 똑바로 펴면서 말했다. 그녀의 두 눈이 이상하리만큼 반짝거렸다. 그러더니 그녀는 큼직한 핸드백을 열고는 다시 말했다. "너희 모두에게 줄 샌드위치를 만들어 왔어. 여기 있다, 론. ……아니, 콘드비프 아니야. ……프레드? 프레드 어디 있니? 여기 있다, 애야……."

"해리." 위즐리 씨가 목소리를 낮추고 해리를 불렀다. "잠깐 이리 와 보거라."

그가 기둥 쪽으로 휙 고갯짓하자 해리는 위즐리 부인 주위에 모여 있는 다른 사람들을 뒤로하고 그를 따라 기둥 뒤로 갔다.

"떠나기 전에 해 줄 말이 있는데……." 위즐리 씨가 긴장한 목소리로 입을 열었다.

"괜찮아요, 위즐리 아저씨." 해리가 말했다. "이미 알고 있어요."

"안다고? 어떻게?"

"제가…… 음…… 어젯밤에 아저씨랑 아줌마가 이야기 나누시는 걸 들었거든요. 듣지 않을 수가 없었어요." 해리가 재빨리 덧붙였다. "죄송합니다……."

"그런 식으로 알리고 싶지는 않았는데." 위즐리 씨가 근심 어린 얼굴로 말했다.

"아뇨…… 솔직히, 괜찮아요. 덕분에 아저씨는 퍼지 총리한테 한 약속을 지켰고 저는 무슨 일이 벌어지는지 알게 됐잖아요."

"해리, 많이 무섭겠구나."

"아니에요." 해리는 진심이었다. "진짜로요." 위즐리 씨가 못 믿겠다는 표정이었으므로 그는 얼른 덧붙였다. "영웅처럼 굴려는 건 아니지만, 솔직히 시리우스 블랙이 볼드모트보다 악독할 리 없잖아요. 안 그런가요?"

위즐리 씨는 볼드모트의 이름을 듣고 움찔했지만 그것을 문제 삼지는 않았다.

"해리, 나는 네가, 음, 퍼지 총리가 생각하는 것보다 천성적으로 강하다는 걸 알고 있었다. 무섭지 않다니 정말 다행이지만……."

"아서!" 위즐리 부인이 소리쳤다. 이제 그녀는 아이들을 열차에 태우고 있었다. "아서, 뭐 해? 출발 시간 다 됐어!"

"해리도 곧 갈 거야, 몰리!" 위즐리 씨는 그렇게 말하면서도 다시 해리에게 고개를 돌려 좀 더 낮고 다급한 목소리로 말을 이었다. "저기 말이야, 아저씨한테 약속해 줬으면 좋겠구나."

"얌전하게 성에만 머물라고요?" 해리가 우울한 목소리로 말했다.

"그것뿐만이 아니야." 위즐리 씨가 어느 때보다도 심각한 표정을 지으며 말했다. "해리, 블랙을 절대 찾아 나서지 않겠다고 맹세해라."

해리는 그를 뚫어지게 바라보았다. "네?"

기차가 곧 떠나는 것을 알리는 경적 소리가 시끄럽게 울렸다. 역무원들이 열차를 따라 걸으며 문을 하나하나 닫고 있었다.

"약속해라, 해리." 위즐리 씨가 빠르게 말했다. "무슨 일이 있어도……."

"제가 왜 절 죽이고 싶어 하는 사람을 찾아 나서겠어요?" 해리가 멍하니 물었다.

"맹세하거라, 무슨 얘기를 듣더라도……."

"아서, 빨리!" 위즐리 부인이 소리쳤다.

기차 굴뚝에서 증기가 피어오르고 있었다. 열차가 움직이기 시작했다. 해리가 객차 문으로 달려가자 론이 문을 홱 열고 그가 올라탈 수 있도록 물러섰다. 그들은 창밖으로 몸을 내밀고 열차가 모퉁이를 돌아 보이지 않게 될 때까지 위즐리 부부에게 손을 흔들었다.

"우리끼리만 할 얘기가 있어." 열차가 속도를 내기 시작하자 해리가 론과 헤르미온느에게 조용히 말했다.

"저리 가, 지니." 론이 말했다.

"와, 친절하기도 하지." 지니가 발끈하며 내뱉더니 성큼성큼 가 버렸다.

해리, 론, 헤르미온느는 통로를 걸어가며 빈 객실을 찾아보았지만 맨 끝에 있는 객실만 빼고 모두 가득 차 있었다.

그 객실에는 창가에 앉아 깊이 잠들어 있는 남자 한 명밖에 없었다. 해리, 론, 헤르미온느는 객실 안으로 들어가려다 말고 문 앞에 서서 머뭇거렸다. 호그와트 급행열차는 주로 학생들이 타도록 되어 있었기 때문에, 간식 수레를 밀고 다니는 그 여자 마법사를 제외하면 여태껏 어른을 본 적은 한 번도 없었다.

그 낯선 사람은 군데군데 기운, 아주 초라한 마법사 로브를 입고 있었다. 아프고 기진맥진해 보이기도 했다. 꽤 젊은 것 같았지만 엷은 갈색 머리카락은 희끗희끗했다.

"누굴까?" 자리에 앉아서 문을 닫자 론이 창문에서 가장 먼 자리를 잡으며 숨죽여 말했다.

"R. J. 루핀 교수야." 헤르미온느가 곧바로 조그맣게 속삭였다.

"그걸 어떻게 알아?"

"저 사람 가방에 쓰여 있거든." 헤르미온느가 남자의 머리 위 선반을 가리키며 대답했다. 그곳에는 끈으로 여러 번 동여맨 뒤 깔끔하게 매듭지은 낡아 빠진 작은 가방이 놓여 있었다. 가방 한 귀퉁이에 새겨진 'R. J. 루핀 교수'라는 이름 글자가 벗겨져 가고 있었다.

"무슨 과목을 가르치려나?" 론이 루핀 교수의 창백한 옆얼굴을 보고 얼굴을 찌푸리며 말했다.

"뻔하지." 헤르미온느가 속삭였다. "빈자리는 하나밖에 없잖아? 어둠의 마법 방어법이야."

해리, 론, 헤르미온느는 벌써 어둠의 마법 방어법 교수를 둘이나 거쳤다. 두 사람 모두 1년밖에 버티지 못했다. 그 자리에 저주가 걸렸다는 소문도 돌고 있었다.

"글쎄, 잘할 수 있을지 모르겠네." 론이 못미덥다는 듯 말했다. "어지간한 공격 마법에도 끝장날 것 같지 않냐? 어쨌거나……." 그는 해리에게 고개를 돌렸다. "무슨 얘길 하려고 그래?"

해리는 위즐리 부부가 말다툼한 일과 위즐리 씨가 방금 주의를 준 일에 대해 모두 설명했다. 그가 말을 마치자 론은 벼락이라도 맞은 듯한 표정이었고 헤르미온느는 손으로 입을 가리고 있었다. 그녀가 마침내 손을 내리고 말했다. "그러니까 시리우스 블랙이 너를 잡으려고 탈옥했다는 거야? 어떡해, 해리…… 너 정말, 진짜로 조심해야겠다. 해리, 말썽 일으키지 마……."

"내가 말썽을 일으키는 게 아니야." 해리가 짜증을 내며 말했다. "말썽이 나를 찾아다니는 거지."

"해리가 바보도 아니고 자기를 죽이려는 미친놈을 찾아다니겠냐?" 론이 부르르 떨며 말했다.

그들은 해리가 생각했던 것보다 심각하게 이 소식을 받아들이고 있었다. 해리보다 론과 헤르미온느가 더 블랙을 두려워하는 것 같았다.

"그자가 아즈카반에서 어떻게 탈출했는지는 아무도 몰라." 론이 불안한 듯 말했다. "탈옥에 성공한 사람이 한 명도 없거든. 게다가 그자는 일급 보안 대상 수감자였잖아."

"그래도 잡히겠지?" 헤르미온느가 진지하게 말했다. "그러니까 머글들한테도 다 조심하라고 했으니까……."

"저게 무슨 소리지?" 론이 갑자기 말했다.

어딘가에서 깡통이 찌그러지는 듯한 희미한 휘파람 소리가 들려왔다. 그들은 객실 안을 유심히 둘러보았다.

"네 짐 가방에서 나는 소린데, 해리." 론이 자리에서 일어나 선반으로 손을 뻗으며 말했다. 잠시 후 그는 짐 속 로브 사이에서 휴대용 스니코스코프를 꺼냈다. 팽이는 론의 손바닥 위에서 아주 빠르게 돌며 밝게 빛나고 있었다.

"그거 스니코스코프야?" 헤르미온느가 흥미를 느끼고 더 잘 보려고 일어서며 말했다.

"응…… 뭐, 싸구려지만." 론이 덧붙였다. "해리한테 보내려고 에롤 다리에 묶을 때도 미친 듯이 돌더라."

"너 그때 뭔가 못미더운 짓 하고 있었던 거 아니야?" 헤르미온느가 재빨리 물었다.

"그런 거 아냐! 뭐…… 에롤을 보내면 안 되긴 했지. 에롤은 사실 긴 여행에는 적합하지 않잖아……. 하지만 그 방법이 아니면 해리한테 어떻게 선물을 보내겠어?"

"가방에 다시 넣어." 스니코스코프가 귀청을 찢을 듯한 휘파람 소리를 내자 해리가 말했다. "안 그러면 저 사람이 깰 거야."

그는 고갯짓으로 루핀 교수 쪽을 가리켰다. 론은 스니코스코프를 유독 끔찍한 버넌 이모부의 오래된 양말 속에 쑤셔 넣어 소리를 죽인 다음 가방을 닫았다.

"호그스미드에서 점검해 볼 수 있을 거야." 론이 다시 앉으며 말했다. "'더비시 앤 뱅스'에서 저런 물건들을 팔거든. 마법 도구 같은 거. 프레드랑 조지가 말해 줬어."

"너 호그스미드에 대해 잘 알아?" 헤르미온느가 매우 흥미를 보이며 물었다. "영국을 통틀어 머글이 한 명도 없는 유일한 마을이라고 책에 나와 있던데……."

"응, 그럴걸." 론이 건성으로 대꾸했다. "하지만 그것 때문에 가고 싶은 건 아니야. '허니듀크스'에 가 보고 싶을 뿐이지!"

"그게 뭔데?" 헤르미온느가 물었다.

"과자 가게야." 론이 말했다. 그의 얼굴에 꿈꾸는 듯한 표정이 떠올랐다. "모든 게 있는 곳…… 먹으면 입에서 연기가 나는 '후추 도깨비'도 있고, 딸기 무스랑 걸쭉한 크림이 가득 들어 있는, 엄청 크고 빵빵한 초코볼도 있고, 교실에서 빨아 먹어도 그냥 다음엔 뭘 쓸까 생각하는 것처럼 보이는 끝내주는 설탕 깃펜에……."

"하지만 호그스미드는 아주 흥미로운 곳이기도 하잖아. 안 그래?" 헤르미온느가 자신의 관심사를 열심히 밀어붙였다. "《역사 속 마법의 현장》이라는 책을 읽어 봤는데, 그곳에 있는 여관이 1612년 고블린 반란 본부로 쓰이기도 했대. 또 악쓰는 오두막은 영국에서 유령이 가장 많이 나오는 곳으로 알려져 있고……."

"……빨아 먹는 동안 땅에서 몇 센티미터 붕 뜨게 되는 큰 셔벗 사탕도 있어." 론이 말했다. 그는 헤르미온느가 하는 말을 한 마디도 듣고 있지 않은 게 분명했다.

헤르미온느가 해리에게 눈을 돌렸다.

"잠깐 학교를 벗어나 호그스미드를 둘러본다니, 멋지지 않아?"

"그렇겠네." 해리가 무겁게 말했다. "어떤지 보고 와서 말해 줘."

"무슨 뜻이야?" 론이 물었다.

"난 못 가. 이모랑 이모부가 허가서에 서명을 안 해 줬거든. 퍼지 총리한테 부탁해 봤지만 그 사람도 안 해 줬고."

론은 충격받은 표정이었다.

"가도 좋다는 허락을 못 받았다고? 하지만…… 이건 말도 안 돼. 맥고나걸이나 누군가가 허락해 주겠지."

해리는 공허한 얼굴로 힘없이 웃었다. 그리핀도르 기숙사 담임인 맥고나걸 교수는 굉장히 엄격한 사람이었다.

"아니면 프레드랑 조지한테 물어볼 수도 있고. 그 두 사람은 성 밖으로 나가는 비밀 통로를 다 알고 있거든."

"론!" 헤르미온느가 날카롭게 소리쳤다. "내 생각엔 블랙이 붙잡히기 전에는 해리가 몰래 학교를 빠져나가선 안 될 것 같아."

"그래, 내가 호그스미드 방문을 허락해 달라고 하면 맥고나걸 교수님도 딱 그렇게 말하겠지." 해리가 씁쓸하게 말했다.

론이 헤르미온느한테 기세 좋게 말했다. "하지만 우리가 해리랑 같이 있으면 블랙도 감히……."

"아, 론. 헛소리 좀 그만해." 헤르미온느가 쏘아붙였다. "블랙은 이미 북적거리는 거리 한복판에서 사람들을 무더기로 죽였어. 정말 우리가 같이 있다고 해서 그자가 해리를 공격하길 주저할 거라고 생각해?"

그녀는 말하면서 크룩섕스가 들어 있는 바구니 끈을 만지작거렸다.

"그거 꺼내 주지 마!" 론이 말했지만 너무 늦었다. 크룩섕스가 바구니에서 가볍게 뛰쳐나왔다. 녀석은 기지개를 켜고 쩌억 하품을 하더니 론의 무릎으로 폴짝 뛰어올랐다. 론의 주머니 속 덩어리가 부들부들 떨기 시작하자, 론은 화가 나서 크룩섕스를 밀쳤다.

"꺼져!"

"론, 그러지 마!" 헤르미온느가 화를 냈다.

론이 되받아치려는 순간 루핀 교수가 움찔했다. 그들이 걱정스럽게 지켜봤지만 루핀 교수는 그저 머리를 다른 쪽으로 돌리고 입을 살짝 벌린 채 계속 잠들어 있을 뿐이었다.

호그와트 급행열차는 줄곧 북쪽으로 달렸다. 하늘에 구름이 짙게 드리워지는 동안 창밖 풍경은 점점 더 황량해지고 어두워졌다. 학생들이 해리 일행이 들어가 앉아 있는 객실 문 앞을 지나 이쪽저쪽으로 오가고 있었다. 크룩섕스는 아예 빈 좌석에 자리를 잡고 앉아 찌그러진 얼굴을 론 쪽으로 향한 채 노란 눈으로 그의 웃옷 주머니를 뚫어지게 바라보고 있었다.

1시가 되자 간식 수레를 끌고 다니는 통통한 여자 마법사가 객실 문 앞에 도착했다.

"깨워야 할까?" 론이 루핀 교수 쪽을 고갯짓하며 곤란한 듯 말했다. "음식을 좀 먹어야 할 것처럼 보이는데."

헤르미온느가 조심스럽게 루핀에게 다가갔다.

"저, 교수님?" 그녀가 말을 걸었다. "실례합니다. 교수님?"

그는 움직이지 않았다.

"걱정 마라, 얘야." 여자 마법사가 해리에게 큼직한 솥단지 케이크를 건네면서 말했다. "열차 앞쪽에 기관사와 함께 있을 테니, 일어나서 배가 고프시다고 하면 와서 말하렴."

"자고 있는 거 맞지?" 마법사가 객실 문을 닫자 론이 숨죽인 목소리로 물었다. "내 말은, 죽은 거 아니지? 그치?"

"응, 아냐. 숨 쉬고 있어." 헤르미온느는 해리가 건네준 솥단지 케이크를 받으며 마주 속삭였다.

썩 훌륭한 동행은 아닐지 모르지만 루핀 교수가 객실에 있으니 나름 도움이 되었다. 오후가 반쯤 지나고 막 비가 내리기 시작하면서 창밖으로 지나가는 언덕들이 흐릿해졌을 때 통로에서 다시 발소리가 들리더니 그들이 가장 싫어하는 세 사람이 문 앞에 나타났다. 드레이코 말포이가 그의 패거리인 빈센트 크래브와 그레고리 고일을 양옆에 거느리고 서 있었다.

드레이코 말포이와 해리는 호그와트로 가는 첫 기차 여정에서 부딪친 이래 쭉 원수 같은 사이였다. 늘 비웃음을 띤 허여멀겋고 갸름한 얼굴의 말포이는 슬리데린 기숙사에 소속돼 있으며 슬리데린 퀴디치 팀 수색꾼이기도 했다. 해리가 그리핀도르 퀴디치 팀에서 맡은 것과 같은 포지션이었다. 크래브와 고일은 말포이가 시키는 대로 하기 위해 존재하는 아이들 같았다. 두 사람 다 떡 벌어진 체격에 근육질이었는데, 크래브는 고일보다 키가 좀 더 크고 바가지 머리에 목이 아주 두꺼웠으며, 고일은 짧고 뻣뻣한 머리카락에 고릴라처럼 긴 팔을 갖고 있었다.

"이런, 이게 누구야." 말포이가 객실 문을 열면서 특유의 나른하게 질질 끄는 목소리로 말했다. "해리 코털이랑 론 진저리네."

크래브와 고일이 낄낄거리며 웃어 대는 모습이 꼭 트롤 같았다.

"너희 아버지가 올여름에 드디어 돈을 좀 만졌다는 소식 들었다, 위즐리." 말포이가 말했다. "어머니가 쇼크로 돌아가시진 않았고?"

론이 벌떡 일어서다가 크룩섕스의 바구니를 쳐서 바닥에 떨어뜨렸다. 루핀 교수가 코 고는 소리를 냈다.

"저건 누구야?" 말포이가 루핀을 발견하고 자기도 모르게 물러서며 말했다.

"새로 온 교수님이야." 해리가 말했다. 그도 론을 말려야 할 경우에 대비해 자리에서 일어나 있었다. "방금 뭐라고 했냐, 말포이?"

말포이의 엷은 색 눈이 가늘어졌다. 하지만 그도 교수를 바로 코앞에 두고 싸움을 걸 만큼 바보는 아니었다.

"가자." 그는 분하다는 듯 크래브와 고일에게 중얼거리고 그들과 함께 사라졌다.

해리와 론은 다시 자리에 앉았다. 론은 손마디를 문지르고 있었다.

"이번 학기에는 말포이의 헛소리를 한 마디도 참아 주지 않을 거야." 그가 화가 나서 말했다. "진짜야. 한 번만 더 우리 가족을 조롱하면 녀석의 머리를 잡고……."

론은 허공에 대고 난폭한 몸짓을 했다.

"론." 헤르미온느가 루핀 교수를 가리키며 소리 죽여 말했다. "조심 좀 해……."

하지만 루핀 교수는 여전히 깊이 잠들어 좀처럼 깨어날 기미를 보이지 않았다.

기차가 북쪽으로 더욱 속력을 낼수록 빗줄기가 거세졌다. 창문은 이제 어슴푸레하게 어른거리는 잿빛으로 완전히 물들어 있었다. 주위가 점점 어두워지자 기차 통로와 짐 선반 위의 등불들이 깜빡깜빡하다가 켜졌다. 기차가 덜컹거리고 빗줄기가 창문에 세차게 몰아치며 바람이 시끄럽게 울부짖었다. 그런데도 루핀 교수는 좀처럼 깨어날 생각을 하지 않았다.

"거의 다 왔을 거야." 론이 루핀 교수 너머로 이제는 완전히 깜깜해진 창밖을 보려고 몸을 기울이며 말했다.

그의 말이 떨어지기 무섭게 기차가 속도를 줄이기 시작했다.

"좋았어." 론이 자리에서 일어나더니 바깥을 내다보려고 조심스럽게 루핀 교수를 지나가면서 말했다. "배고파 죽을 지경이야. 빨리 연회에 가고 싶다……."

"벌써 도착했을 리가 없는데." 헤르미온느가 시계를 확인하며 말했다.

"그럼 왜 멈추는 거야?"

기차는 점점 느려지고 있었다. 엔진 소리가 잦아들자 창문에 부딪치는 바람 소리며 빗소리가 어느 때보다도 시끄럽게 들렸다.

문에서 가장 가까운 좌석에 앉아 있던 해리가 자리에서 일어나 통로를 내다보았다. 학생들 모두 저마다 호기심 어린 얼굴로 객실 밖으로 머리를 내밀고 있었다.

기차가 덜컥 멈췄다. 멀찍이서 짐이 선반에서 떨어진 듯 쿵 소리가 들려왔다. 다음 순간, 아무런 경고도 없이 일제히 불이 꺼지고 그들은 완전한 어둠에 휩싸였다.

"무슨 일이야?" 해리 뒤에서 론이 묻는 소리가 들렸다.

"아얏!" 헤르미온느가 헉하고 숨을 들이켰다. "론, 내 발을 밟았잖아!"

해리는 더듬더듬 자리로 돌아갔다.

"기차가 고장 난 걸까?"

"모르겠어……."

끽끽 하는 소리가 들렸다. 창문 한 부분을 깨끗하게 닦고 바깥을 내다보는 론의 거무스름한 윤곽이 보였다.

"저 바깥에서 뭔가 움직이고 있어." 론이 말했다. "사람들이 기차를 타고 있는 것 같은데……."

객실 문이 벌컥 열리고 누군가가 해리의 다리에 걸려 바닥에 곤두박질쳤다.

"미안! 너희는 무슨 일인지 알아? 아얏! 미안해……."

"안녕, 네빌." 해리가 어둠 속에서 더듬거리며 네빌의 망토를 잡아 일으켰다.

"해리? 너야? 무슨 일이야?"

"전혀 모르겠어! 앉아."

시끄럽게 쉭쉭대는 소리와 아픔에 컁 하는 소리가 들렸다. 네빌이 크룩섕스 위에 앉으려고 했던 것이다.

"가서 기관사한테 무슨 일인지 물어봐야겠어." 헤르미온느의 목소리가 들렸다. 그녀가 지나가는 기척이 느껴지더니 문이 다시 스르륵 열리는 소리가 들렸다. 쿵 하는 소리,

아픔에 겨운 두 줄기 비명 소리가 이어졌다.

"누구야?"

"넌 누군데?"

"지니?"

"헤르미온느?"

"너 뭐 해?"

"난 론을 찾고 있었어."

"들어와서 앉아."

"여기 말고!" 해리가 황급히 입을 열었다. "내가 앉아 있단 말이야!"

"아얏!" 네빌이 소리쳤다.

"조용!" 갑자기 어떤 쉰 목소리가 말했다.

루핀 교수가 마침내 일어난 것 같았다. 그가 앉아 있던 구석에서 움직이는 소리가 들렸다. 아무도 입을 열지 않았다.

부드럽게 탁탁하는 소리가 나더니 떨리는 빛이 객실을 가득 채웠다. 루핀 교수는 한 줌의 불꽃을 들고 있는 깃처럼 보였다. 불꽃에 비친 얼굴은 피곤에 젖은 잿빛이었으나 눈은 번뜩이며 경계하는 듯 보였다.

"자리에 가만히 있거라." 그가 한결같은 쉰 목소리로 말하더니 한 줌의 불꽃을 앞으로 든 채 천천히 일어났다.

하지만 루핀이 문 앞에 다다르기도 전에 문이 스르르 열렸다.

천장에 닿을 듯 키가 큰 어떤 망토 입은 형체가 루핀의 손에 들린 떨리는 불꽃이 내뿜는 빛을 받으며 문 앞에 서 있었다. 얼굴은 망토에 달린 후드 속에 완전히 감춰져 있었다. 해리의 시선이 빠르게 아래쪽으로 향했다. 곧 눈에 들어온 광경에 그의 가슴이 철렁 내려앉았다. 망토 아래로 번들거리는 잿빛을 띠고 끈적끈적해 보이는 딱지투성이 손이 튀어나와 있었다. 그것은 꼭 물속에서 부패한 시신의 손 같았다…….

그것은 아주 짧은 순간만 눈에 보였을 뿐이었다. 후드를 뒤집어쓴 그 존재가 해리의 시선을 느꼈는지 돌연 손을 검은색 망토 주름 속으로 끌어당긴 것이다.

이어서 후드를 뒤집어쓴 그 정체 모를 무언가가 주위에서 공기뿐만 아니라 다른 것도 빨아들이려는 것처럼 그르렁거리는 숨소리를 느릿느릿 길게 내뱉었다.

강력한 냉기가 객실 안에 있는 모두를 휩쓸었다. 해리는 숨이 멎는 기분이었다. 냉기가 그의 피부 깊숙한 곳으로 파고드는 것 같았다. 가슴속으로, 다름 아닌 심장 속으로…….

해리의 눈동자가 뒤집혔다. 앞이 전혀 보이지 않았다. 그는 싸늘한 냉기 속으로 빠져들어 가고 있었다. 귓속에서 급류가 휘몰아치는 듯했다. 뭔가가 그를 아래로 끌어당겼다. 포효하는 소리가 점점 더 커지고 있었다⋯⋯.

멀리서 비명 소리가 들렸다. 끔찍하고 겁에 질린, 애원하는 비명. 누군지는 몰라도 해리는 그 사람을 돕고 싶었다. 팔을 움직이려고 해 봤지만 움직일 수 없었다⋯⋯. 자욱한 하얀 안개가 그의 주위에서, 그의 안에서 소용돌이치고⋯⋯

"해리! 해리! 괜찮아?"

누군가가 그의 얼굴을 찰싹찰싹 때렸다.

"으, 응?"

해리는 눈을 떴다. 위에는 등불이 매달려 있고, 호그와트 급행열차가 움직이기 시작했는지 바닥이 흔들리고 있었다. 불도 다시 들어와 있었다. 해리는 좌석에서 바닥으로 미끄러진 모양이었다. 론과 헤르미온느가 옆에 무릎을 꿇고 있고, 그들 위로 네빌과 루핀 교수가 지켜보고 있는 모습이 보였다. 구토가 밀려오는 듯했다. 안경을 밀어 올리려고 손을 들자 얼굴에서 식은땀이 만져졌다.

론과 헤르미온느가 그를 다시 좌석으로 끌어 올렸다.

"괜찮아?" 론이 초조한 목소리로 물었다.

"응." 해리가 재빨리 문 쪽을 보며 대답했다. 후드를 뒤집어쓴 존재는 이미 사라진 뒤였다. "무슨 일이 있었던 거야? 그건, 그건 어디 갔어? 비명을 지른 사람은 누구였어?"

"비명을 지른 사람은 아무도 없어." 론이 더욱 불안한 목소리로 말해 주었다.

해리는 밝은 객실을 둘러보았다. 지니와 네빌이 그를 마주 바라보고 있었다. 둘 다 얼굴이 하얗게 질려 있었다.

"하지만 비명 소리가 들렸는데……."

딱 하는 소리가 크게 나자 모두 화들짝 놀랐다. 루핀 교수가 큼직하고 넓적한 초콜릿을 조각조각 부러뜨리는 소리였다.

"여기 있다." 그가 해리에게 특별히 큰 조각을 건네며 말했다. "먹어라. 도움이 될 거다."

해리는 초콜릿을 받았지만 먹지는 않았다.

"그게 뭐였죠?" 그가 루핀에게 물었다.

"디멘터." 다른 아이들에게 초콜릿을 나눠 주던 루핀이 말했다. "아즈카반을 지키는 디멘터 중 하나다."

모두가 그를 바라보았다. 루핀 교수는 빈 초콜릿 포장지를 구겨서 주머니에 넣었다.

"먹어라." 그가 다시 말했다. "도움이 될 거야. 나는 기관

사랑 이야기를 좀 해 봐야겠다. 잠깐 실례하마…….”

그는 성큼성큼 해리를 지나쳐 열차 통로로 사라졌다.

“정말 괜찮아, 해리?” 헤르미온느가 걱정스러운 듯 해리를 바라보며 물었다.

“뭐가 뭔지 모르겠는데…… 무슨 일이 있었던 거야?” 해리가 또 한 번 얼굴에 맺힌 땀을 닦으며 물었다.

“음, 그게…… 그러니까 디멘터가 오더니…… 저기에서서 주위를 둘러봤어. 그러니까 내 생각엔 그랬던 것 같다고. 얼굴은 보이지 않았으니까. 그러더니 네가…… 네가…….”

“나는 네가 발작이나 뭐 그런 걸 일으키는 줄 알았어.” 론이 말했다. 그는 아직도 겁에 질린 얼굴을 하고 있었다. “네가 뻣뻣하게 굳는가 싶더니 바닥에 쓰러져서 경련하기 시작했거든.”

“그때 루핀 교수님이 네 몸을 넘어서 디멘터한테 다가가더니 마법 지팡이를 꺼냈어.” 헤르미온느가 말했다. “그러더니, ‘이 중에 시리우스 블랙을 망토 밑에 숨긴 사람은 없어. 돌아가라’ 하고 말했어. 하지만 디멘터는 꼼짝도 하지 않았고, 그래서 루핀 교수님이 뭐라고 중얼거리니까 마법 지팡이에서 은색을 띤 뭔가가 디멘터를 향해 튀어나갔어.

그제야 디멘터는 돌아서서 스르르 가 버렸어…….”

“끔찍했어.” 네빌이 평소보다 높아진 목소리로 말했다. “그게 들어왔을 때 얼마나 추워졌는지 느꼈어?”

“기분이 이상하더라.” 론이 불편한 듯 어깨를 움찔거리며 말했다. “다시는 절대로 즐거워질 수 없을 것 같은 느낌이었어…….”

해리만큼이나 좋지 않은 얼굴로 구석에 움츠리고 있던 지니가 조그맣게 훌쩍거렸다. 헤르미온느가 다가가 그녀를 끌어안고 달래 주었다.

“그런데 너희 중에서 바닥에 쓰러진 사람은 없는 거야?” 해리가 어색하게 물었다.

“응.” 론은 다시 걱정스러운 얼굴로 해리를 바라봤다. “지니가 심하게 떨기는 했지만…….”

해리는 도무지 이해할 수가 없었다. 그는 지독한 독감에 걸렸다가 막 나은 것처럼 기운이 없고 온몸이 떨리는 것 같았다. 조금 창피한 마음이 들기도 했다. 다른 친구들은 다 멀쩡한데 왜 그만 쓰러진 걸까?

루핀 교수가 객실로 돌아왔다. 그는 들어오다가 잠깐 멈춰 서서 주위를 둘러보더니 살짝 미소를 머금고 말했다. “흠, 그 초콜릿에 독을 넣진 않았는데 말이다…….”

해리는 초콜릿을 한 입 먹었다. 정말 놀랍게도 온기가 순식간에 손끝과 발끝으로 확 퍼지는 느낌이 들었다.

"10분만 있으면 호그와트에 도착할 거다." 루핀 교수가 말했다. "괜찮니, 해리?"

해리는 루핀 교수에게 어떻게 자신의 이름을 알았는지 묻지 않았다.

"네." 그는 당황해서 웅얼거렸다.

그들은 목적지에 도착할 때까지 별다른 말을 하지 않았다. 마침내 기차가 호그스미드역에 멈춰 서자 다들 기차에서 내리느라 엄청난 소동이 일었다. 부엉이들이 부엉부엉 울고 고양이들은 야옹거렸으며, 네빌이 키우는 두꺼비는 그의 모자 밑에서 시끄럽게 꽥꽥거렸다. 코딱지만 한 승강장은 얼어붙을 듯 추웠다. 빗물이 살얼음을 이뤄 승강장에 흘러내리고 있었다.

"1학년은 이쪽으로 와라!" 익숙한 목소리가 크게 외쳤다. 해리, 론, 헤르미온느는 몸을 돌려 승강장 저 끝에 있는 해그리드의 거대한 윤곽을 바라보았다. 그는 전통에 따라 배를 타고 호수를 건너기 위해, 겁에 질린 표정의 신입생들을 손짓해 부르고 있었다.

"너희 셋, 잘 지냈냐?" 해그리드가 사람들 머리 위로 소리쳤다. 세 사람은 손을 흔들었지만 주위의 수많은 아이들 때문에 승강장에서 멀리 밀려나고 있었으므로 해그리드와 이야기를 나눌 기회는 없었다. 해리, 론, 헤르미온느는 다른 학생들을 따라 거친 진흙투성이 길로 나왔다. 그곳에는 적어도 100대는 되는 역마차가 1학년을 제외한 나머지 학생들을 기다리고 있었다. 그저 해리의 짐작일 수도 있겠지만 마차는 각각 보이지 않는 말 한 마리가 이끌고 있는 것 같았다. 그들이 올라타 문을 닫자 마차들이 덜컹거리면서 저절로 열을 지어 출발했기 때문이다.

마차 안에서 곰팡이와 지푸라기 냄새가 희미하게 풍겼다. 해리는 초콜릿을 먹고 기분이 좀 나아졌지만 여전히 기운이 없었다. 론과 헤르미온느는 그가 다시 쓰러질까 봐 겁을 먹은 듯 계속 그를 곁눈질하고 있었다.

마차는 날개 달린 멧돼지가 얹힌 돌기둥이 양옆에 서 있는 웅장한 연철 대문을 향해 덜컹덜컹 나아갔다. 키가 우뚝하고 후드를 뒤집어쓴 디멘터 둘이 교문 양쪽에 서서 지키고 있는 모습이 보였다. 싸늘한 메스꺼움이 또다시 해리를 삼킬 듯 위협해 왔다. 그는 울퉁불퉁한 좌석에 몸을 기대고 교문을 지날 때까지 눈을 감고 있었다. 마차가 성으로 향하는 긴 오르막길을 따라 속도를 올렸다. 헤르미온느는 작은 창밖으로 몸을 내밀고 수많은 포탑과 첨탑이 가까워지는 모습을 지켜보고 있었다. 마침내 마차가 덜컹거리며 멈춰 서자 헤르미온느와 론이 먼저 내렸다.

해리가 마차에서 내려서자 질질 끄는 익숙한 목소리가 꽤 즐거운 듯 말했다.

"너 기절했었다며, 포터? 롱보텀 말이 사실이야? 너 진짜로 기절했어?"

말포이가 헤르미온느를 밀치더니, 성으로 이어지는 돌계단을 오르려던 해리를 막아섰다. 얼굴에는 우습다는 기색이 가득했고, 색이 엷은 두 눈은 악의로 번뜩였다.

"비켜, 말포이." 론이 이를 악물고 말했다.

"너도 기절했냐, 위즐리?" 말포이가 큰 소리로 말했다. "그 무서운 디멘터 나리들 때문에 너도 겁먹었어?"

"무슨 문제 있니?" 부드러운 목소리가 들려왔다. 이제 막 옆에 있는 마차에서 내린 루핀 교수가 다가왔다.

말포이는 루핀 교수를 지그시 바라보다가, 로브를 기운 자국과 다 떨어진 여행 가방을 발견했다. 말포이가 목소리에 살짝 비웃는 기색을 띠고 말했다. "어, 아뇨. 음…… 교수님." 그는 크래브와 고일에게 히죽 웃더니 앞장서서 계단을 올라 성으로 들어갔다.

헤르미온느가 론의 등을 찔러 빨리 올라가라고 재촉했다. 북적거리는 사람들 틈에 끼어 계단을 올라간 셋은 거대한 오크나무 정문을 지나 휑뎅그렁한 현관홀로 들어섰다. 이글거리는 횃불로 밝혀진 현관홀에는 위층으로 이어지는 웅장한 대리석 계단이 있었다.

오른쪽에는 대연회장으로 들어가는 문이 열려 있었다. 해리는 사람들을 따라 그곳으로 향했다. 깜깜하고 구름이 드리워진 오늘 밤의 마법 천장을 힐끔거릴 새도 없이 어떤 목소리가 소리쳤다. "포터! 그레인저! 둘 다 잠깐 보자!"

해리와 헤르미온느는 깜짝 놀라 뒤돌아보았다. 변환 마법 선생이자 그리핀도르 기숙사 담임인 맥고나걸 교수가 학생들의 머리 너머로 두 사람을 소리쳐 부르고 있었다. 그녀는 머리카락을 단단히 말아 올린 완고한 얼굴의 마법사로, 네모난 안경테에 둘러싸인 눈은 제법 날카로웠다. 해리는 왠지 불길한 예감을 느끼며 인파를 헤치고 그녀에게 갔다. 맥고나걸 교수 앞에만 서면 괜히 뭔가 잘못한 것 같은 기분이 들곤 했다.

"그렇게 걱정하는 표정 지을 것 없다. 그냥 내 연구실에서 잠깐 얘기를 나누고 싶을 뿐이니까." 맥고나걸 교수가 말했다. "넌 그냥 가 보거라, 위즐리."

론은 맥고나걸 교수가 왁자지껄한 아이들 사이에서 해리와 헤르미온느만 데려가는 모습을 뚫어지게 바라보았다. 둘은 맥고나걸 교수와 함께 현관홀을 가로지르고 대리석 계단을 올라 복도를 걸어갔다.

크고 따뜻한 난롯불을 피워 놓은 작은 연구실에 들어서자 맥고나걸 교수는 해리와 헤르미온느에게 앉으라고 손짓했다. 그녀가 책상 뒤에 자리를 잡고 불쑥 입을 열었다. "루핀 교수가 미리 부엉이를 보내서 네가 기차에서 아팠다고 말해 주었다, 포터."

해리가 대답하기도 전에 누군가가 가만히 문을 두드리는 소리가 나더니 양호교사인 폼프리 선생이 부산을 떨면서 들어왔다.

해리는 얼굴이 빨갛게 달아오르는 것을 느꼈다. 해리가 기절을 했든 뭘 했든 그것만으로도 충분히 창피한 일인데, 사람들이 지나치게 난리를 피우고 있었기 때문이다.

"전 괜찮아요." 해리가 말했다. "아무것도 필요하지 않······."

"아, 너였구나?" 폼프리 선생이 못 들은 척 몸을 구부리고 그를 자세히 살펴보았다. "또 무슨 위험한 일을 했나 보지?"

"디멘터 때문이에요, 포피." 맥고나걸 교수가 말했다.

두 사람은 어두운 표정을 지으며 시선을 주고받았다. 폼 프리 선생이 못마땅하다는 듯 쯧쯧 혀를 찼다.

"학교 주변에 디멘터들을 배치하다니." 그녀가 해리의 머리카락을 쓸어 올리고 이마를 짚으면서 작게 투덜거렸다. "기절한 사람이 이 아이가 처음은 아닐 거예요. 그래, 이 식은땀 좀 봐. 그놈들은 정말 끔찍해. 안 그래도 예민한 사람들한테는……."

"저 안 예민해요!" 해리가 뿌루퉁하게 소리쳤다.

"당연히 넌 아니겠지." 폼프리 선생은 별로 개의치 않고 이젠 맥박을 재며 말했다.

"이 아이한테 뭐가 필요할까요?" 맥고나걸 교수가 딱 부러지는 어조로 물었다. "요양해야 할까요? 오늘 밤은 병동에서 보내야 할지도 모르겠군요."

"전 괜찮다니까요!" 해리가 펄쩍 뛰며 소리쳤다. 병동에 가면 드레이코 말포이가 뭐라고 말할지 생각하는 것만으로도 고문이었다.

"뭐, 적어도 초콜릿은 좀 먹여야죠." 폼프리 선생이 말했다. 그녀는 이제 해리의 눈을 들여다보려 하고 있었다.

"이미 먹었어요." 해리가 말했다. "루핀 교수님이 주셔서요. 저희 모두한테 주셨어요."

"아, 그랬니?" 폼프리 선생이 흡족한 듯 말했다. "그럼 드디어 치료법을 제대로 아는 어둠의 마법 방어법 교수님이 생긴 거로구나."

"정말로 괜찮은 게냐, 포터?" 맥고나걸 교수가 날카로운 목소리로 물었다.

"네." 해리가 대답했다.

"좋아. 그레인저 양과 잠깐 시간표 얘기를 하는 동안 밖에서 기다려 주면 고맙겠구나. 그런 다음 같이 연회장으로 가도록 하자."

해리는 폼프리 선생과 함께 다시 복도로 나왔다. 폼프리 선생은 혼자 뭐라뭐라 중얼거리면서 병동으로 향했다. 오래 지나지 않아 헤르미온느가 무엇 때문인지 무척 기뻐하는 표정을 지은 채 나타났고 맥고나걸 교수가 뒤따라 나왔다. 세 사람은 대리석 계단을 내려가 대연회장으로 향했다.

대연회장은 검은색 뾰족 모자가 바다를 이루고 있었다. 기다란 기숙사 식탁마다 학생들이 줄지어 앉아 있었다. 그들의 얼굴이 식탁 위 공중에 둥둥 떠 있는 수천 개의 촛불빛에 비쳐 희미하게 빛났다. 부스스한 백발의 조그만 남자 마법사 플리트윅 교수가 낡아 빠진 모자와 다리 세 개짜리

의자를 대연회장 밖으로 내가고 있었다.

"아, 이런." 헤르미온느가 가만히 말했다. "기숙사 배정을 놓쳤네!"

호그와트 신입생들은 기숙사 배정 모자를 쓰고, 모자가 (그리핀도르, 래번클로, 후플푸프, 슬리데린 등) 그들과 가장 잘 맞는 기숙사를 큰 소리로 외치는 방법으로 기숙사에 배정되었다. 맥고나걸 교수는 교직원 식탁에 있는 빈자리로 성큼성큼 걸어갔고 해리와 헤르미온느는 되도록 조용히 다른 방향에 있는 그리핀도르 식탁으로 향했다. 연회장 뒤쪽을 지나는데 사람들이 그들을 돌아보았다. 그중 몇 명은 해리를 손가락으로 가리키기도 했다. 그가 디멘터 앞에서 쓰러졌다는 얘기가 이렇게 빨리 퍼진 걸까?

그와 헤르미온느는 자리를 맡아 둔 론의 양옆에 앉았다.

"무슨 일이었어?" 론이 목소리를 낮추고 해리에게 물었다.

해리는 론에게 귓속말로 설명하려고 입을 열었지만 교장이 뭔가 이야기하려고 일어나자 다시 다물었다.

덤블도어 교수는 나이가 꽤 많은 사람이었지만 언제나 엄청난 에너지를 품고 있는 것처럼 보였다. 은색 머리카락과 턱수염은 수십 센티미터는 될 정도로 길었고 반달 모양 안경을 썼으며 코는 심하게 구부러져 있었다. 그는 종종 이

시대 가장 위대한 마법사로 묘사되었지만, 해리가 그를 존경하는 이유는 그것 때문이 아니었다. 알버스 덤블도어는 신뢰할 수밖에 없는 사람이었다. 학생들에게 활짝 웃는 그의 모습을 보고서야 해리는 디멘터가 열차 객실에 들어온 이후 처음으로 마음이 진정 평온해지는 것을 느꼈다.

"어서들 오십시오!" 덤블도어가 말했다. 그의 턱수염이 촛불 빛에 비쳐 은은하게 빛났다. "호그와트에서 또 한 해를 보내러 온 여러분을 환영합니다! 여러분 모두에게 해 줄 말이 몇 가지 있는데, 그중 한 가지는 아주 심각한 거예요. 여러분이 훌륭한 진수성찬에 정신을 팔기 전에 그걸 먼저 얘기하는 게 가장 좋을 것 같은데……."

덤블도어는 목을 가다듬고 말을 이었다. "호그와트 급행열차가 수색당하고 여러분 모두 알게 됐겠지만, 지금 우리 학교에는 아즈카반의 디멘터 몇몇이 손님으로 와 있습니다. 마법 정부 일 때문에 말이지요."

그는 잠시 말을 멈췄다. 해리는 덤블도어가 디멘터들이 학교를 지키는 것을 마땅찮게 여긴다던 위즐리 씨의 말을 떠올렸다.

"그들은 교정의 모든 출입구에 배치되어 있습니다." 덤블도어가 말을 이었다. "분명히 얘기하는데, 그들이 우리와 함께 있는 동안에는 어느 누구도 허락 없이 학교를 벗어나서는 안 됩니다. 디멘터들은 속임수나 변장에 속지 않아요. 심지어 투명 망토에도 말입니다." 그는 별 의미 없는 듯 덧붙였지만 해리와 론은 서로를 힐끗 쳐다보았다. "디멘터는 근본적으로 애원이나 변명을 이해하지 못해요. 그러니 여러분 한 명 한 명에게 경고합니다. 그들에게 여러분을 해칠 구실을 주지 마세요. 반장들과 우리의 새로운 남학생, 여학생 회장이 결코 어떤 학생도 디멘터들과 문제를 일으키지 않도록 해 주길 기대하겠습니다."

해리 옆으로 몇 자리 떨어진 곳에 앉아 있던 퍼시가 또한 번 가슴을 부풀리고 거드름을 피우며 주위를 둘러보았다. 덤블도어가 다시 말을 멈췄다. 그는 꽤 심각한 표정을 짓고 연회장을 둘러보았다. 움직이거나 소리를 내는 사람은 아무도 없었다.

"좋은 소식도 있습니다." 그가 말을 이었다. "기쁘게도 올해 우리 학교에 새 교수님 두 분을 맞이하게 되었습니다. 먼저, 어둠의 마법 방어법 교수 자리를 맡는 데 흔쾌히 동의해 주신 루핀 교수님입니다."

그다지 열의 없는 박수 소리가 산발적으로 터졌다. 루핀 교수와 함께 열차 객실에 있었던 학생들만 열심히 손뼉을

쳤다. 해리도 그중 한 명이었다. 가장 좋은 망토를 골라 입은 다른 교수들 옆에 선 루핀 교수는 유난히 초라해 보였다.

"스네이프 좀 봐!" 론이 해리의 귀에 대고 속삭거렸다.

마법약 과목을 가르치는 스네이프 교수가 교직원 식탁 저쪽에서 루핀 교수를 쏘아보고 있었다. 스네이프가 어둠의 마법 방어법 과목을 맡길 바란다는 건 모두가 아는 사실이었지만, 스네이프를 싫어하는 해리조차도 야위고 누르께한 얼굴을 일그러뜨리는 그 표정에 놀라고 말았다. 분노를 넘어 증오에 가까운 표정이었다. 해리는 그 표정을 아주 잘 알고 있었다. 스네이프가 해리를 볼 때마다 짓는 표정이었으니까.

"두 번째 새 교수님을 소개하겠습니다." 루핀 교수를 향한 미적지근한 박수가 잦아들자 덤블도어가 말을 이었다. "음, 유감스럽게도 마법 생명체 돌보기를 가르치셨던 케틀번 교수님이 지난 학기를 마치고 은퇴하셨다는 소식을 알려야겠군요. 케틀번 교수님은 아직 남아 있는 팔다리와 즐거운 시간을 보내러 가셨습니다. 하지만 케틀번 교수님의 빈자리는 다름 아닌 루비우스 해그리드가 채우게 되었다는 소식을 기쁜 마음으로 전해 드립니다. 해그리드는 숲지기 업무를 하면서 교직을 맡아 주기로 했습니다."

해리, 론, 헤르미온느는 깜짝 놀라 서로를 멍하니 바라보다가 박수 대열에 동참했다. 박수 소리는 특히 그리핀도르 식탁에서 요란했다. 해리는 살짝 몸을 돌려 해그리드를 바라보았다. 그는 얼굴을 붉힌 채 커다란 두 손을 내려다보고 있었다. 그의 얼굴 가득 피어난 미소가 잔뜩 엉킨 턱수염에 감춰져 있었다.

"왜 몰랐지?" 론이 식탁을 쾅 내리치며 소리쳤다. "우리한테 깨무는 책을 사라고 할 사람이 또 누가 있겠어?"

해리, 론, 헤르미온느는 끝까지 손뼉을 치다가 가장 마지막에 멈췄다. 덤블도어 교수가 다시 입을 열었을 때 그들은 해그리드가 식탁보로 눈을 훔치는 모습을 보았다.

"자, 중요한 일은 다 얘기한 것 같군요." 덤블도어가 말했다. "연회를 시작합시다!"

눈앞의 황금 접시들과 잔들이 갑자기 음식과 음료로 가득 채워졌다. 갑자기 배가 고파 죽을 지경이 된 해리는 손에 닿는 음식은 닥치는 대로 덜어 먹기 시작했다.

맛있는 진수성찬이었다. 왁자지껄 떠드는 소리와 웃음소리, 나이프와 포크 부딪치는 소리가 대연회장 가득 울려 퍼졌다. 그러나 해리, 론, 헤르미온느는 연회가 끝나고 해그리드와 이야기하게 되기만을 바라고 있었다. 그들은 교수가 되는 것이 해그리드에게 얼마나 큰 의미인지 알고 있었다. 해그리드는 완전한 자격을 갖춘 마법사가 아니었다. 3학년 때 자기가 저지르지도 않은 죄 때문에 호그와트에서 퇴학당했던 것이다. 지난 학기에 해그리드의 결백을 증명해 준 사람들이 바로 해리, 론, 헤르미온느였다.

마침내 황금 접시에 남아 있던 호박 타르트 조각마저 다 사라지자 덤블도어가 모두 잠자리에 들 시간임을 알려 주었고, 그들은 그제야 해그리드와 이야기 나눌 기회를 잡을 수 있었다.

"축하해요, 해그리드!" 교직원 식탁에 다다르자 헤르미온느가 깍깍거렸다.

"다 너희 셋 덕분이지." 해그리드가 눈을 들더니 눈물로 번들거리는 얼굴을 냅킨으로 닦으며 말했다. "믿을 수가 없어…… . 훌륭한 분이야, 덤블도어 교수님은…… . 케틀번 교수님이 더 이상 수업을 맡지 못하겠다고 말씀하시자마자 내 오두막으로 오셔서는…… . 내가 항상 원했던 일인데…… ."

그가 감정이 북받쳐 냅킨에 얼굴을 묻자 맥고나걸 교수는 세 사람을 쫓아 보냈다.

해리, 론, 헤르미온느는 대리석 계단을 줄지어 올라가는 그리핀도르 학생들 틈에 끼었다. 이제 꽤 지친 그들은 복도를 지나고 더 많은 계단을 올라 그리핀도르 탑으로 들어가는 숨겨진 출입구에 다다랐다. 분홍색 드레스를 입은 뚱뚱한 귀부인의 커다란 초상화가 물었다. "암호?"

"갑니다, 가요!" 퍼시가 아이들 뒤에서 소리쳤다. "새 암호는 '포르투나 메이저'('거대한 행운'이라는 뜻—옮긴이)야!"

"아, 어떡해." 네빌 롱보텀이 애처롭게 말했다. 그는 언제나 암호 기억하기를 어려워했다.

학생들은 초상화 구멍을 지나 휴게실을 가로지른 뒤 남학생과 여학생으로 나뉘어 계단을 올라갔다. 해리는 돌아와서 기쁘다는 것 말고는 아무 생각도 없이 나선형 계단을 올랐다. 그들은 네 모서리에 기둥이 달린 침대 다섯 개가 있는 익숙한 둥근 기숙사 방에 도착했고, 해리는 주위를 둘러보며 마침내 집에 왔다고 느꼈다.

6장

발톱과 찻잎

다음 날 아침 식사를 하려고 대연회장에 들어갔을 때 해리, 론, 헤르미온느의 눈에 가장 먼저 띈 것은 드레이코 말포이였다. 그는 떼 지어 모인 슬리데린 학생들을 아주 우스운 이야기로 웃기고 있는 것처럼 보였다. 세 사람이 지나갈 때 말포이가 우스꽝스럽게 기절하는 흉내를 내자 요란한 웃음이 터져 나왔다.

"무시해." 해리 바로 뒤에 있던 헤르미온느가 말했다. "그냥 무시해 버려. 저런 건 신경 쓸 가치도 없어……."

"야, 포터!" 퍼그처럼 생긴 슬리데린 여학생 팬지 파킨슨이 소리 질렀다. "포터! 디멘터들이 온다, 포터! 우우우우우우우!"

해리는 그리핀도르 식탁으로 가서 조지 위즐리 옆에 털썩 주저앉았다.

"3학년 새 시간표야." 조지가 시간표를 건네며 말했다. "무슨 일 있냐, 해리?"

"말포이 때문에 그래." 론이 조지의 다른 쪽 옆에 앉아 슬리데린 식탁을 노려보며 말했다.

조지가 고개를 돌리자 때마침 또 한 번 겁에 질린 척 기절하는 시늉을 하고 있는 말포이의 모습이 보였다.

"재수 없는 자식." 그가 싸늘하게 말했다. "어젯밤 기차에서 디멘터들이 우리가 있던 끝 칸으로 왔을 때는 저렇게 당당하지 않던데. 우리 객실로 뛰어들어 왔지. 안 그래, 프레드?"

"난 쟤 오줌 싸는 줄 알았어." 프레드가 말포이를 경멸하듯 쓱 보며 말했다.

"나도 기분이 썩 좋지는 않았어." 조지가 말했다. "끔찍해, 그 디멘터란 것들……."

"몸속까지 얼려 버리는 것 같지 않아?" 프레드가 말했다.

"그래도 기절하지는 않았잖아." 해리가 힘 빠진 목소리로 말했다.

"잊어버려, 해리." 조지가 기운을 북돋워 주며 말했다.

"예전에 우리 아빠도 일 때문에 어쩔 수 없이 아즈카반에 간 적이 있었어. 기억나지, 프레드? 그렇게 끔찍한 곳은 처음이라고 하셨지. 기운이 다 빠지고 덜덜 떨면서 돌아오시더라고……. 그 디멘터들 말이야, 그놈들은 한 장소에서 거기 있는 행복을 몽땅 빨아들여. 그래서 죄수들 대부분이 아즈카반에서 미쳐 버리는 거야."

"어쨌거나, 첫 퀴디치 시합이 끝나고도 말포이가 저렇게 즐거워할지 어디 두고 보자." 프레드가 말했다. "그리핀도르 대 슬리데린이 시즌 첫 경기라는 거 잊지 않았지?"

해리와 말포이는 퀴디치 시합에서 단 한 번 대결한 적이 있었는데 그때는 말포이가 완패했다. 해리는 기분이 조금 나아지는 것을 느끼며 소시지와 튀긴 토마토를 먹었다.

헤르미온느는 새 시간표를 살펴보고 있었다.

"아, 좋네. 새 과목 몇 개가 오늘 시작해." 그녀가 행복하다는 듯 말했다.

"헤르미온느." 론이 그녀의 어깨 너머로 시간표를 보고 이마를 찌푸리며 말했다. "시간표가 엉망진창인걸. 봐, 하루에 열 과목 가까이 넣어 놨잖아. 시간이 모자라다고."

"내가 알아서 할게. 맥고나걸 교수님이랑 다 해결했어."

"하지만 보라니까." 론이 어이없다는 듯 소리 내어 웃었다. "오늘 아침 시간표 보여? 9시 점술. 그리고 밑에 9시 머글학. 게다가……" 론은 믿을 수 없다는 듯 시간표 쪽으로 더 가까이 몸을 기울였다. "봐, 그 밑에 9시 숫자점. 그러니까, 네가 잘한다는 건 알지만, 헤르미온느, 아무도 그렇게까지 잘할 수는 없어. 대체 무슨 수로 세 과목을 동시에 듣겠다는 거야?"

"말도 안 되는 소리 하지 마." 헤르미온느가 딱 잘라 말했다. "세 과목을 동시에 듣는 건 당연히 아니지."

"아니, 그럼……"

"마멀레이드 좀 줘." 헤르미온느가 말했다.

"하지만……"

"아, 론. 내 시간표가 조금 꽉 찼기로서니 그게 너랑 무슨 상관인데?" 헤르미온느가 쏘아붙였다. "말했잖아, 맥고나걸 교수님이랑 다 해결했다고."

바로 그때, 해그리드가 대연회장에 들어왔다. 그는 평소처럼 기다란 두더지 가죽 외투를 입고 있었는데, 거대한 한 손에는 죽은 긴털족제비가 맥없이 흔들리고 있었다.

"안녕?" 그가 교직원 식탁으로 가는 길에 잠깐 멈춰 서서 힘차게 말했다. "너희는 내 생애 첫 수업을 듣게 될 거야! 점심시간 직후에! 5시에 일어나서 수업 준비를 다 해

됐어……. 잘됐으면 좋겠는데……. 내가 교수라니…… 정말…….'

그는 활짝 웃어 보이더니 긴털족제비를 흔들며 교직원 식탁으로 향했다.

"뭘 준비했을지 궁금한걸?" 론이 말했다. 목소리에 불안한 기색이 배어 있었다.

아침 식사를 마친 학생들이 하나둘 첫 수업을 들으러 가면서 대연회장이 비기 시작했다. 론은 시간표를 확인했다.

"우리도 빨리 가는 게 좋겠어. 봐, 점술 수업은 북쪽 탑 꼭대기에서 한대. 거기까지 가는 데 10분은 걸릴 거야…….'

그들은 서둘러 아침 식사를 마치고 프레드와 조지에게 인사한 다음 대연회장을 걸어 나갔다. 슬리데린 식탁을 지날 때 말포이가 또 한 번 졸도하는 시늉을 했다. 쩌렁쩌렁한 웃음이 현관홀까지 해리를 따라왔다.

북쪽 탑까지 가는 길은 꽤 멀었다. 호그와트에서 2년을 보냈다고 성을 다 아는 건 아니었다. 북쪽 탑에는 한 번도 가 본 적이 없었다.

"틀림없이, 지름길이, 있을, 텐데." 일곱 번째 긴 계단을 올라 처음 보는 층계참에 멈춰 섰을 때 론이 헐떡거리며 말했다. 헐벗은 초원이 그려진 커다란 그림만 돌벽에 걸려 있을 뿐 거기에는 아무것도 없었다.

"이쪽인 것 같아." 헤르미온느가 오른쪽 빈 통로를 바라보며 말했다.

"그럴 리가." 론이 말했다. "거긴 남쪽이야. 봐, 창밖으로 호수가 살짝 보이잖아……."

해리는 벽에 걸린 그림을 바라보았다. 검은 얼룩이 있는 뚱뚱한 회색 조랑말이 막 풀밭으로 느릿느릿 걸어 나와 태평하게 풀을 뜯기 시작했다. 해리는 호그와트 벽에 걸린 그림 속 주인공들이 성을 돌아다니거나 액자를 떠나 서로를 방문하는 것에 익숙해지긴 했지만 그래도 보고 있으면 재미있었다. 잠시 후, 갑옷을 입은 땅딸막한 기사가 조랑말을 따라 철커덕 소리를 내며 그림 속으로 들어왔다. 갑옷 무릎에 풀물이 든 것을 보니 방금 말에서 떨어진 모양이었다.

"아하!" 그 기사가 해리, 론, 헤르미온느를 발견하고 소리 높여 외쳤다. "내 사유지를 침범한 이 세 악당들은 대체 뭐지? 내가 말에서 떨어졌다고 비웃으러 온 모양이군그래? 어서 칼을 뽑아라, 이 불한당 같은 녀석들아!"

세 사람은 분노로 폴짝폴짝 뛰면서 칼집에서 칼을 뽑아 들고 난폭하게 휘두르는 조그만 기사를 놀라서 바라보았다. 하지만 칼은 그에게 너무 길었다. 그는 칼을 한 차례 거칠게 휘두르다가 균형을 잃고 얼굴부터 풀밭에 처박혔다.

"괜찮아요?" 해리가 그림 쪽으로 더 가까이 다가가며 물었다.

"물러서, 이 졸렬한 떠버리 같으니! 물러서라고, 이 깡패 녀석아!"

기사는 다시 칼을 짚고 몸을 일으켰지만 칼날이 풀밭 깊이 박혀 버렸다. 온 힘을 다해 당겼지만 그는 다시 칼을 뽑을 수 없었다. 결국 기사는 다시 풀밭에 털썩 주저앉아 면갑을 밀어 올리고 땀이 흐르는 얼굴을 닦아야 했다.

"저기." 해리는 기사가 기진맥진한 틈을 타서 말을 걸었다. "우리는 북쪽 탑을 찾고 있는데요. 길 알아요?"

"오호, 탐험이로군!" 기사는 곧바로 분이 풀린 듯 철커덩거리며 자리에서 일어나 외쳤다. "나를 따라오게나, 친구들이여. 우린 기필코 목적지를 찾게 될 것이네. 아니면 돌격하다가 용감하게 죽음을 맞이하거나!"

그는 아무 소득 없이 칼을 한 번 더 당겨 보고 뚱뚱한 조랑말에 올라타려다가 실패한 다음 소리쳤다. "그렇다면 걸어가세, 훌륭한 기사들과 숙녀여! 어서! 어서!"

그는 시끄럽게 철커덩거리며 액자 왼쪽, 보이지 않는 곳으로 달려갔다.

세 사람은 갑옷 소리를 따라 허겁지겁 그를 뒤쫓아 복도를 나아갔다. 가끔씩 그가 앞에 있는 그림을 통과해 달려가는 모습이 보였다.

"마음 단단히 먹게, 최악의 상황은 아직 오지 않았으니까!" 기사가 잔뜩 흥분한 듯 소리쳤다. 그는 좁은 나선형 계단 벽에 걸린 그림 속 크리놀린(과거 서양 여성들이 스커트를 부풀게 하기 위해 안에 입었던 딱딱한 스커트─옮긴이) 차림의 놀란 여자들 앞에 다시 나타났다.

해리, 론, 헤르미온느는 큰 소리로 헉헉거리며 가파르게 감겨 올라가는 계단을 하나하나 밟아 올라갔다. 머리가 점점 어질어질해지던 끝에 그들은 위에서 웅성거리는 목소리들을 듣고 교실에 도착했다는 사실을 깨달았다.

"잘 가게!" 기사가 불길해 보이는 수도사 그림에 머리를 디밀며 소리쳤다. "잘 가게, 나의 전우들이여! 언제든 고귀한 심장과 강철 같은 근육의 도움이 필요하거든 이 캐도건 경을 부르게!"

"네, 부를게요." 기사가 사라지자 론이 중얼거렸다. "정신 나간 사람이 필요하면."

그들은 마지막 몇 계단을 올라가 아주 좁은 층계참에 섰다. 학생 대부분이 이미 모여 있었다. 층계참에서 나가는 문은 보이지 않았다. 론이 해리의 옆구리를 쿡 찌르고 천장을 가리켰다. 거기에는 놋쇠 명판이 붙은 둥그런 문이 있었다.

"점술 교수 시빌 트릴로니." 해리가 명판을 읽었다. "저 위에는 어떻게 올라가라는 거지?"

그 질문에 답이라도 하듯 문이 갑자기 열리고 은색 사다리가 해리의 발 앞에 바로 내려왔다. 모두가 조용해졌다.

"너 먼저 가." 론이 씩 웃으며 말했다. 해리가 앞장서서 사다리를 올랐다.

들어가 보니 그곳은 지금까지 본 교실 중에서 가장 이상했다. 솔직히 전혀 교실처럼 보이지 않았다. 어느 집 다락방과 구식 찻집을 섞어 놓은 모습에 가까웠다. 친츠(화려한 무늬를 넣은 무명천―옮긴이) 안락의자와 빵빵한 작은 쿠션에 둘러싸인 최소 스무 개의 작은 원형 탁자가 방 안에 가득했다. 어두침침한 붉은 불빛이 그 모든 물건을 비추고 있었다. 창문 커튼은 다 닫혀 있고, 등불 여러 개가 암적색 천으로 가려져 있었다. 방은 숨 막힐 정도로 후텁지근했고, 번잡한 벽난로 선반 밑에서 타고 있는 불이 커다란 구리 주전자를 데우면서 짙고 역겨운 향수 비슷한 냄새를 풍기고 있었다. 둥근 벽을 따라 이어진 선반들은 먼지투성이 깃털과 양초 토막, 낡아 빠진 카드 여러 벌, 무수한 은색 수정구슬과 빽빽이 늘어선 찻잔으로 가득했다.

학생들이 하나같이 숨죽인 채 속닥거리며 모여들 즈음 론이 해리 옆에 나타났다.

"교수님은 대체 어디 있는 거야?" 론이 혼잣말로 물었다.

어둠 속에서 갑자기 어떤 목소리가 들려왔다. 부드러우면서 안개 속에서 들려오는 것 같은 목소리였다.

"어서들 오너라." 그 목소리가 말했다. "마침내 물질세계에서 너희를 만나게 되어 얼마나 기쁜지 모르겠구나."

해리가 즉각적으로 떠올린 것은 크고 반짝이는 곤충이었다. 불빛 속으로 걸어 나온 트릴로니 교수는 아주 깡말랐고, 커다란 안경 때문에 눈이 원래보다 몇 배는 커 보였다. 그녀는 스팽글이 달린 얇게 비치는 숄을 두르고 있었다. 가냘픈 목에 걸린 목걸이와 구슬은 셀 수 없을 만큼 많았고 팔과 손은 팔찌며 반지 들로 뒤덮여 있었다.

"앉으려무나, 얘들아. 앉아." 그녀가 말했다. 다들 어색하게 안락의자에 앉거나 두꺼운 쿠션 위에 주저앉았다. 해리, 론, 헤르미온느는 동그란 탁자에 둘러앉았다.

"점술 교실에 온 걸 환영한다." 트릴로니 교수가 말했다. 그녀는 난롯가에 놓인 윙백 안락의자(벽난로 앞에 앉을 때 사용하는 안락의자로, 난로에서 뿜어져 나오는 열기가 빠져나가는 것을 막기 위해 등받이 양옆에 앞으로 굽은 날개가 달려 있다―옮긴이)에 앉았다. "나는 트릴로니 교수란다. 너희는 아마 이전에 나를 한 번도 못 봤을 거야. 나는 혼잡하고 소란스러운 학교 중심부로 너무 자주 내려가면 내면의 눈이 흐려진다는 것을 알게 되고부터 잘 내려가지 않는단다."

이 범상치 않은 선언에 아무도 대꾸하지 않았다. 트릴로니 교수는 세심하게 숄을 매만지더니 말을 이었다. "자, 너희는 모든 마법 중에서도 가장 어려운 기술인 점술을 선택했어. 미리 경고하는데, 너희에게 보는 눈이 없다면 내가 가르쳐 줄 수 있는 것도 별로 없단다. 이 분야에서는 책으로 배울 수 있는 게 거의 없으니……."

이 말에 해리와 론은 약속이라도 한 듯 동시에 씩 웃으며 헤르미온느를 흘낏 보았다. 그녀는 이 과목에 책이 별 도움이 되지 않는다는 말을 듣고 충격을 받은 표정이었다.

"시끄러운 소리를 내고 이상한 냄새를 피우고 갑자기 사라지는 쪽으로는 재능을 발휘하는 수많은 마법사도 베일에 싸인 미래의 신비는 꿰뚫어 보지 못한단다." 트릴로니 교수는 번뜩이는 큰 눈으로 초조한 얼굴들을 죽 둘러보며 말을 이었다. "그건 극소수에게만 주어지는 재능이야. 너,

거기 남학생." 그녀가 갑자기 네빌에게 말을 걸었다. 네빌은 앉아 있던 쿠션에서 하마터면 앞으로 고꾸라질 뻔했다. "할머니는 잘 계시니?"

"그러실 거예요." 네빌이 떨면서 말했다.

"내가 너라면 그렇게 확신하지 않을 거다, 얘야." 트릴로니 교수가 말했다. 그녀의 긴 에메랄드 귀고리가 난롯불 빛을 받아 반짝거렸다. 네빌은 불안한 표정을 지으며 침을 꿀꺽 삼켰다. 트릴로니 교수가 차분히 말을 이었다. "올해에는 점술의 기초적인 방법들을 다루게 될 거란다. 첫 학기에는 찻잎 읽기에 집중할 거야. 그다음 학기에는 손금 보기를 공부하자꾸나. 그건 그렇고, 얘야." 그녀가 갑자기 파르바티 파틸에게 고개를 돌리며 말했다. "머리카락이 빨간 남자를 조심해라."

파르바티는 바로 뒤에 있던 론을 놀란 눈으로 처다보더니 의자를 멀리 끌고 갔다.

"여름 학기에는" 하고, 트릴로니 교수가 말을 이었다. "수정구슬로 진도를 나가자꾸나. 그때까지 불점을 마쳤다면 말이지. 불행하게도 2월에는 지독한 독감이 한 차례 돌아 수업에 지장이 있을 거야. 나부터 목소리가 안 나오게 된단다. 그리고 부활절 즈음에는 이 중 한 명이 우리 곁을 영영 떠나게 될 거야."

이 선언에 아주 긴장된 침묵이 이어졌지만 트릴로니 교수는 개의치 않는 듯했다.

"애야." 그녀가 가장 가까운 의자에 움츠리고 있던 라벤더 브라운에게 말했다. "제일 큰 은 찻주전자를 가져다주지 않겠니?"

라벤더는 안심한 듯 자리에서 일어나 선반에서 커다란 찻주전자를 꺼내 트릴로니 교수 앞 탁자에 내려놓았다.

"고맙다, 애야. 그건 그렇고, 네가 두려워하는 그 일……그 일은 10월 16일 금요일에 일어날 거야."

라벤더가 몸을 살짝 떨었다.

"자, 그럼 모두 둘씩 짝을 지으려무나. 선반에서 찻잔을 하나씩 들고 나한테 오면 내가 잔을 채워 줄 거야. 그런 다음 앉아서 차를 마시거라. 찌꺼기만 남을 때까지 마시렴. 왼손으로 세 번 휘휘 돌린 다음 잔을 받침 위에 엎어 놓거라. 마지막 한 방울까지 다 흘러나가길 기다렸다가 짝에게 잔을 주고 읽게 하렴.《미래의 안개 걷어 내기》5페이지와 6페이지를 보고 그 무늬를 해석할 거란다. 내가 돌아다니면서 도와주고 가르쳐 줄 거야. 아, 그리고 애야." 그녀는 자리에서 일어서려는 네빌의 팔을 잡았다. "첫 번째 찻잔을 깬 다음에는 파란 무늬가 들어간 찻잔을 골라 주지 않으련? 분홍색 찻잔은 내가 꽤 아끼는 거거든."

아니나 다를까, 네빌이 찻잔 선반으로 다가가기 무섭게 쨍그랑하고 도자기 깨지는 소리가 났다. 트릴로니 교수가 쓰레받기와 빗자루를 들고 옷자락으로 바닥을 쓸면서 다가와 말했다. "그럼, 괜찮다면 파란색 찻잔으로 골라 다오, 애야…… 그래, 고맙구나……."

해리와 론은 찻잔을 채우고 탁자로 돌아가 입천장이 벗겨질 정도로 뜨거운 차를 빨리 마시려고 애썼다. 그들은 트릴로니 교수가 가르쳐 준 대로 찌꺼기가 남은 찻잔을 돌린 다음 찻물을 털어 내고 맞바꿨다.

"됐다." 그들이 책 5페이지와 6페이지를 펼쳤을 때 론이 말했다. "내 거에선 뭐가 보여?"

"푹 젖은 갈색 덩어리가 잔뜩 있네." 해리가 말했다. 방 안에 풍기는 짙은 향의 연기 때문에 졸리고 멍했다.

"생각을 넓혀 보렴, 얘들아. 너희의 눈이 세속 그 너머를 볼 수 있도록 해라!" 트릴로니 교수가 어둠 속에서 소리쳤다.

해리는 정신을 차리려고 애썼다.

"좋아, 넌 기우뚱한 십자가 같은 게 나왔어……." 그가

《미래의 안개 걷어 내기》를 옆에 놓고 보면서 말을 이었다. "그건 '시련과 고난'을 겪을 거라는 뜻이야. 안됐네. 근데 태양 같은 것도 있어. 기다려 봐……. 이건 '크나큰 행복'을 뜻한대……. 그러니까 너는 시련을 겪게 되겠지만 결국 아주 행복해질 거야……."

"너, 내면의 눈 검사라도 해 봐야겠다." 론이 말했다. 트릴로니 교수가 그들을 지그시 쳐다보고 있었기에 그들은 터지려는 웃음을 억지로 참아야 했다.

"내 차례네……." 해리의 찻잔을 들여다보는 론의 이마에 주름이 잡혔다. "중산모처럼 생긴 방울이 보여." 그가 말했다. "너, 마법 정부에 취직할지도 모르겠다……."

그는 찻잔을 180도로 돌렸다.

"그런데 이렇게 보면 도토리랑 더 비슷해……. 저건 뭐지?" 론은 책 《미래의 안개 걷어 내기》를 훑어보았다. "'뜻밖의 횡재, 예상치 못한 금전.' 좋은데. 나 좀 빌려주라. 그리고 여기에도 뭐가 있어." 그는 다시 찻잔을 돌렸다. "동물 같네. 그래, 저게 머리라고 하면…… 하마처럼 보인다……. 아니, 양인가……."

해리가 코웃음 치는 순간 트릴로니 교수가 홱 돌아섰다.

"좀 보자꾸나, 얘야." 그녀는 꾸짖듯 론에게 말하더니 옷자락을 끌면서 다가와 해리의 잔을 잡아챘다. 모두가 조용히 그 모습을 지켜보았다.

트릴로니 교수는 찻잔을 들여다보며 반시계 방향으로 돌렸다.

"송골매……. 애야, 너한테는 철천지원수가 있구나."

"하지만 그건 다 아는 얘기잖아." 헤르미온느가 큰 소리로 속삭였다. 트릴로니 교수가 그녀를 뚫어지게 바라보았다.

"뭐, 그렇잖아요." 헤르미온느가 말했다. "해리랑 '그 사람' 얘기는 다들 안다고요."

해리와 론은 놀라움과 감탄이 섞인 눈으로 그녀를 바라보았다. 헤르미온느가 교수에게 그런 식으로 말하는 건 지금까지 한 번도 들어 본 적이 없었다. 트릴로니 교수는 아무런 대꾸도 하지 않는 편을 선택했다. 그녀는 큰 눈을 다시 내리고 계속 해리의 찻잔을 돌렸다.

"곤봉…… 공격이야. 이런, 이런. 별로 기분 좋은 찻잔은 아니구나……."

"전 그게 중산모인 줄 알았는데요." 론이 멋쩍어하며 말했다.

"해골…… 네가 가는 길에 위험이 기다리고 있단다, 애야……."

모두가 꼼짝 못 하고 트릴로니 교수를 바라봤다. 그녀는 마지막으로 컵을 돌리더니 숨을 들이켰다가 비명을 질렀다.

또 한 번 도자기 깨지는 쨍그랑 소리가 났다. 네빌이 두 번째로 가져간 찻잔을 박살 낸 것이다. 트릴로니 교수는 반지들로 반짝거리는 손을 가슴에 얹고 눈은 감은 채 빈 안락의자에 주저앉았다.

"애야, 불쌍한 아이야. 안 돼, 말하지 않는 게 낫겠어. 아니야, 묻지 말거라……."

"뭔데요, 교수님?" 딘 토머스가 곧바로 물었다. 모두가 해리의 찻잔을 보려고 자리에서 일어나 트릴로니 교수가 의자에 앉아 있는 해리와 론의 탁자 주위로 천천히 몰려들었다.

"애야." 트릴로니 교수가 커다란 두 눈을 극적으로 떴다. "죽음의 개가 나왔단다."

"뭐가 나왔다고요?" 해리가 물었다.

이해하지 못한 사람이 해리 혼자만은 아닌 게 분명했다. 딘 토머스는 해리를 보며 어깨를 으쓱했고 라벤더 브라운은 어리둥절한 표정을 짓고 있었다. 하지만 다른 아이들 대부분은 겁에 질려 손으로 입을 막았다.

"죽음의 개라고, 애야. 죽음의 개!" 트릴로니 교수가 소리쳤다. 그녀는 해리가 이해하지 못하자 무척 놀란 듯했다.
"교회 묘지를 헤매고 다니는 커다란 유령 개 말이다! 얘야,
이건 나쁜 징조야. 최악의 징조지. 죽음의 징조!"

해리는 가슴이 철렁 내려앉는 것을 느꼈다. 플러리시 앤
블러츠에서 본 책《죽음의 징조》표지에 그려져 있던 그
개, 매그놀리아가의 어둠 속에 있던 그 개……. 라벤더 브
라운도 손으로 입을 막았다. 모두가 해리를 바라보고 있었
다. 단 한 사람, 헤르미온느만 빼고. 그녀는 자리에서 일어
나 트릴로니 교수의 의자 뒤로 돌아갔다.

"제가 보기엔 죽음의 개 같지 않은데요." 그녀가 단호하
게 말했다.

트릴로니 교수는 반감이 좀 더 짙어진 눈으로 헤르미온
느를 바라보았다.

"이렇게 말해서 미안하지만 얘야, 네 주위에서는 영기가
거의 느껴지지 않는구나. 미래의 울림에 대한 감수성이 많
이 부족해."

셰이머스 피니건이 이쪽저쪽으로 천천히 머리를 기울
였다.

"고개를 이렇게 하면 죽음의 개처럼 보여요." 그가 실눈
을 뜨고 말했다. "하지만 또 이렇게 하면 당나귀처럼 보이

는데요." 그가 왼쪽으로 몸을 기울이며 말했다.

"다들 내가 죽을지 안 죽을지 결정되면 말해 줘!" 해리는 그렇게 말해 놓고 그 자신도 놀라고 말았다. 이제 아무도 그를 쳐다보고 싶어 하지 않았다.

"오늘 수업은 이만 여기서 마쳐야겠다." 트릴로니 교수가 한없이 흐리멍덩한 목소리로 말했다. "그래…… 부디 소지품 잘 챙기고……."

학생들은 조용히 트릴로니 교수에게 찻잔을 다시 가져다준 다음 책을 챙기고 가방을 닫았다. 심지어 론조차 해리의 눈을 피하고 있었다.

트릴로니 교수가 들릴 듯 말 듯 입을 열었다. "다음에 다시 만날 때까지 행운이 함께하기를. 아, 그리고 애야……." 그녀가 네빌을 가리켰다. "너는 다음번에 늦을 테니, 뒤처지지 않으려면 특별히 열심히 해야 한다."

해리, 론, 헤르미온느는 말없이 트릴로니 교수의 사다리와 구불구불한 계단을 내려간 다음 맥고나걸 교수의 변환마법 교실로 향했다. 교실을 찾는 데 너무 오래 걸리는 바람에 점술 교실을 일찍 나섰는데도 간신히 지각을 면했다.

해리는 아주 환한 스포트라이트 속에 들어가 있는 듯한 기분을 느끼며 교실 맨 뒷자리를 골라 앉았다. 다른 학생들은 해리가 당장 쓰러져 죽기라도 할 것처럼 끊임없이 그를 힐끔거리고 있었다. 그는 맥고나걸 교수가 애니마구스(마음대로 동물로 변신할 수 있는 마법사들)에 관해 해 준 얘기를 거의 듣지 못했으며, 그녀가 코앞에서 눈 주위에 안경 무늬가 있는 얼룩고양이로 변신했을 때에도 눈 하나 깜짝하지 않았다.

"나 참, 다들 뭐에 정신이 팔려 있는 거냐?" 희미한 '펑' 소리와 함께 본래 모습으로 돌아온 맥고나걸 교수가 모두를 둘러보며 말했다. "변신을 하고도 학생들한테 박수를 받지 못한 건 이번이 처음이다. 딱히 그게 문제라는 건 아니지만."

모두의 고개가 다시 해리 쪽으로 돌아갔지만 어느 누구도 입을 열지 않았다. 헤르미온느가 손을 들었다.

"죄송합니다, 교수님. 방금 첫 점술 수업을 들었거든요. 찻잎을 읽었는데⋯⋯."

"아, 그럼 그렇지." 맥고나걸 교수가 갑자기 얼굴을 찌푸리며 말했다. "더 이상 얘기 안 해도 된다, 그레인저 양. 말해 보거라, 올해에는 여러분 중 누가 죽는다던?"

모두가 그녀를 쳐다보았다.

"저요." 마침내 해리가 말했다.

"그렇구나." 맥고나걸 교수가 작고 둥근 눈을 해리에게 고정한 채 말했다. "그럼 이걸 알아 두거라, 포터. 시빌 트릴로니 교수는 이 학교에 온 이래 매년 학생 한 명을 찍어 죽음을 예언해 왔다. 아직 아무도 죽지 않았어. 죽음의 징조를 보는 건 트릴로니 교수가 가장 좋아하는 신입생 환영법이야. 내가 동료 교수들 험담을 하지 않으니 망정이지……." 맥고나걸 교수가 말을 멈췄다. 그녀의 콧구멍이 하얗게 질려 있었다. 그녀는 좀 더 침착한 목소리로 말을 이었다. "점술은 가장 부정확한 마법 분야 가운데 하나다. 굳이 숨기지 않으마. 난 그 분야에 별로 너그럽지 않아. 진정한 예언자는 정말 드물고, 트릴로니 교수는……."

그녀는 다시 멈췄다가 매우 사무적인 어조로 말을 이었다. "내가 보기에 너는 아주 건강한 것 같다, 포터. 그러니 내가 오늘 숙제를 면제해 주지 않아도 이해하거라. 죽을 경우에는 제출하지 않아도 된다. 약속하마."

헤르미온느가 웃음을 터뜨렸다. 해리는 기분이 좀 나아졌다. 트릴로니 교실의 어둑한 붉은 조명과 머리가 어지러워지는 향수 냄새에서 멀어진 상황에서는 찻잎 덩어리에 두려움을 느끼기가 더 어려웠다. 하지만 모두가 납득한 것은 아니었다. 론은 여전히 걱정스러운 표정이었고 라벤더는 주위에 있는 아이들에게 이렇게 속삭였다. "하지만 네 빌의 찻잔은 어떻게 됐느냐고."

변환 마법 수업이 끝난 뒤 그들은 점심을 먹으러 소란스럽게 대연회장으로 향하는 아이들 틈에 끼었다.

"론, 기운 차려." 헤르미온느가 스튜 그릇을 그에게 밀며 말했다. "맥고나걸 교수님이 하신 말씀 들었잖아."

론은 접시에 스튜를 떠 놓고 포크를 들었지만 먹지는 않았다.

"해리." 그가 심각한 목소리로 나직이 입을 열었다. "너 어디서 크고 검은 개를 보지는 않았지?"

"아니, 봤어." 해리가 말했다. "더즐리네 집을 떠나던 날 밤에 한 마리 봤는데."

론이 쨍그랑하고 포크를 떨어뜨렸다.

"아마 떠돌이 개일 거야." 헤르미온느가 침착하게 말했다.

론은 헤르미온느가 미치기라도 한 것처럼 그녀를 바라보았다.

"헤르미온느, 해리가 죽음의 개를 본 거라면, 그건, 그건 정말 안 좋은 일이야." 그가 말했다. "우, 우리 빌리우스 삼촌도 한 마리 봤는데, 24시간 뒤에 돌아가셨어!"

"우연이지." 헤르미온느가 호박 주스를 조금 따르며 가볍게 말했다.

"모르는 소리 마!" 론이 슬슬 화를 냈다. "마법사들은 대부분 죽음의 개라면 벌벌 떤다고!"

"그럼 그거네." 헤르미온느가 도도한 말투로 말했다. "그 사람들은 죽음의 개를 보고 무서워서 죽는 거야. 그러니까 명확하게 따지자면 죽음의 개는 죽음의 징조가 아니라 원인인 거지! 그리고 해리는 죽음의 개를 보고 '그래, 맞아, 콱 죽어 버리는 게 좋겠어!'라고 생각할 만큼 멍청하지 않았기 때문에 여전히 우리랑 있는 거고!"

론은 아무 말 없이 헤르미온느를 향해 입만 벙긋거렸다. 그녀는 가방을 열고 새 숫자점 책을 꺼내 펼쳐서 주스 병으로 받쳐 놓았다.

"나는 점술이 아주 애매모호한 분야라고 생각해." 그녀가 페이지를 뒤적거리며 말했다. "내가 보기엔 그냥 때려 맞히기야."

"그 찻잔의 죽음의 개는 하나도 애매모호하지 않았어!" 론이 열을 냈다.

"너 해리한테 양이라고 말했을 땐 그렇게 자신 있어 보이지 않던데." 헤르미온느가 냉정한 목소리로 말했다.

"트릴로니 교수가 너더러 영기가 전혀 느껴지지 않는다

고 했지! 넌 그냥 지금까지와 달리 뭔가를 잘 못한다는 게 싫을 뿐이야!"

론이 민감한 부분을 건드렸다. 헤르미온느가 식탁에 숫자점 책을 너무 세게 내려놓는 바람에 고기와 당근 조각이 사방으로 튀었다.

"점술을 잘한다는 게 찻잎 덩어리에서 죽음의 징조를 보는 척해야 한다는 뜻이라면 앞으로 더 공부해야 할지 잘 모르겠는데! 그 수업은 숫자점에 비하면 완전히 쓰레기였어!"

그녀는 가방을 집어 들더니 멀어져 갔다.

론이 그녀의 뒷모습을 보며 눈을 찌푸렸다.

"쟤 무슨 소리야?" 그가 해리에게 말했다. "숫자점 수업엔 아직 가지도 않았잖아."

점심 식사를 마친 뒤 해리는 기쁜 마음으로 성 밖으로 나섰다. 어제 내린 비가 갠 뒤였다. 하늘은 깨끗하고 창백한 잿빛이었으며, 마법 생명체 돌보기 첫 수업을 향하는 내내 발밑의 잔디는 싱싱하고 촉촉했다.

론과 헤르미온느는 서로 말도 하지 않았다. 금지된 숲 근처에 있는 해그리드의 오두막을 향해 비탈진 잔디밭을 걸어가는 동안 해리는 두 사람 옆에서 조용히 걷기만 했다.

해리는 앞에 있는 너무도 익숙한 세 사람의 등을 보고서야 슬리데린 학생들과 이 수업을 같이 듣는다는 사실을 깨달았다. 말포이가 크래브와 고일에게 신나게 뭔가 떠들어 대고 나머지 둘은 낄낄거리고 있었다. 무슨 이야기를 하고 있을지는 뻔했다.

해그리드가 오두막 문 앞에서 학생들을 기다리고 있었다. 두더지 가죽 외투를 입고 서 있는 그는 당장에라도 수업을 시작하고 싶어 좀이 쑤신다는 표정을 짓고 있었다. 그의 바로 뒤에 멧돼지 사냥개 팽이 있었다.

"자, 어서. 서둘러라!" 학생들이 수업을 들으러 다가오자 그가 소리쳤다. "오늘 진짜 즐거운 일이 있을 거거든! 훌륭한 수업이 곧 시작될 거야! 다들 왔냐? 좋아, 따라와!"

짧은 순간 해리는 해그리드가 그들을 금지된 숲에 데려가면 어쩌나 생각했다. 숲에서의 평생 잊지 못할 경험이라면 더 이상 하고 싶지 않았다. 하지만 해그리드는 숲 언저리를 한가로이 돌았고 5분 뒤 그들은 삭은 방목지 앞에 도착했다. 거기엔 아무것도 없었다.

"다들 여기 울타리 주위로 모여라!" 그가 소리쳤다. "좋아, 잘 보이지? 자, 너희가 가장 먼저 해야 할 일은 책을 펴는 거야."

"어떻게요?" 드레이코 말포이가 질질 끄는 목소리로 차갑게 물었다.

"응?" 해그리드가 되물었다.

"책을 어떻게 펴느냐고요?" 말포이가 다시 물었다. 그는 긴 밧줄로 묶어 놓은 《괴물들에 관한 괴물책》을 꺼냈다. 다른 아이들도 각자 책을 꺼냈다. 해리를 비롯한 몇 명은 허리띠로 묶어 놓았고, 다른 아이들은 꽉 죄는 가방에 쑤셔 넣거나 종이 집게로 집은 채였다.

"아무도, 아무도 책을 펴지 못한 거야?" 해그리드가 의기소침한 표정으로 물었다.

아이들은 모두 고개를 끄덕였다.

"쓰다듬어 줘야지." 해그리드가 이렇게 당연한 걸 왜 모르냐는 듯 말했다. "잘 봐라……."

그는 헤르미온느의 책을 가져가 책을 묶어 놓은 마법 테이프를 뜯었다. 책은 물려고 했지만 해그리드가 거대한 검지로 책등을 쓸어내리자 부르르 떨더니 펼쳐져 그의 손에 가만히 놓였다.

"아, 우리 다 바보였네!" 말포이가 비웃었다. "쓰다듬었어야 하는 건데! 왜 그 생각을 못 했을까?"

"나는…… 나는 얘들이 재미있다고 생각했는데." 해그리드가 자신 없는 말투로 헤르미온느를 보면서 중얼거렸다.

"아, 엄청 재미있어요!" 말포이가 말했다. "정말 재치가 넘치네. 우리 손을 물어뜯으려 드는 책을 사라고 하다니!"

"닥쳐, 말포이." 해리가 조용히 말했다. 해그리드는 의기소침해 보였다. 해리는 그의 첫 수업이 성공적이기를 바랐다.

"좋아, 그럼." 해그리드가 말했다. 그는 흐름을 놓친 것처럼 보였다. "그럼…… 그럼 책은 있으니까, 그러니까…… 그러니까…… 이제 마법 생명체가 있어야지. 그래. 그러니까 내가 가서 데려올게. 기다려……."

그는 금지된 숲 속, 보이지 않는 곳으로 성큼성큼 멀어져 갔다.

"세상에, 이 동네가 아주 엉망진창이 되어 가는구나." 말포이가 큰 소리로 말했다. "저 미련퉁이가 수업을 맡다니. 말씀드리면 아버지가 발작을 하시겠어."

"닥치랬지, 말포이." 해리가 다시 말했다.

"조심해, 포터. 뒤에 디멘터가 있어."

"와아아아아!" 라벤더 브라운이 방목지 맞은편을 가리키며 소리 질렀다.

해리가 여태껏 본 것 중에서 가장 이상하게 생긴 동물 열두 마리가 그들을 향해 종종걸음으로 다가오고 있었다. 몸통과 뒷다리, 꼬리는 말이었지만 앞다리와 날개, 머리는 거대한 독수리 같았고, 강철 색깔 부리는 무시무시해 보였으며, 커다란 눈은 밝은 오렌지색이었다. 앞다리에 달린 15센티미터 길이의 발톱들은 치명적으로 보였다. 짐승들은 각각 긴 쇠사슬에 연결된 두꺼운 가죽 목걸이를 목에 걸고 있었고 그 사슬들의 끝은 동물들 뒤에서 방목지를 향해 가볍게 달려오는 해그리드의 거대한 손에 쥐어 있었다.

"이랴, 이랴!" 그가 소리를 치면서 쇠사슬을 흔들어 동물들을 학생들이 서 있는 울타리 쪽으로 몰아왔다. 해그리드가 도착해서 짐승들을 울타리에 묶자 모두가 조금씩 물러났다.

"히포그리프야!" 해그리드가 손을 흔들며 즐겁게 소리쳤다. "아름답지 않니?"

해리는 해그리드의 말뜻을 어느 정도 이해할 수 있었다. 반은 말이고 반은 새인 존재를 처음 봤을 때의 충격에서 벗어나면, 깃털에서 모피로 매끄럽게 바뀌어 가는 히포그리프의 반짝이는 외피에 감탄하게 된다. 히포그리프들은 저마다 색깔이 달랐다. 폭풍우 같은 회색, 청동색, 분홍빛을 띤 회색, 반짝이는 밤색과 칠흑 같은 검은색 등등.

"자." 해그리드가 두 손을 맞비비며 활짝 웃는 얼굴로 주위를 돌아보았다. "좀 더 가까이 오고 싶다면⋯⋯."

아무도 그러고 싶어 하지 않은 듯했기에 해리, 론, 헤르미온느가 먼저 나서서 조심스럽게 울타리로 다가갔다.

"자, 히포그리프에 대해 가장 먼저 알아야 할 건, 녀석들이 자존심이 세다는 거야." 해그리드가 말했다. "히포그리프들은 쉽게 불쾌감을 느낀다. 절대 녀석들을 모욕해선 안 돼. 생전에 마지막으로 하는 짓이 그 모욕이 될지도 모르니."

말포이, 크래브, 고일은 귀를 기울이지 않고 소리 죽여 뭔가 수군거리고 있었다. 해리는 그들이 수업을 망칠 최고의 방법을 궁리하고 있는 것 같은 불길한 기분이 들었다.

"항상 히포그리프가 먼저 움직일 때까지 기다려야 돼." 해그리드가 말을 이었다. "그게 예의야. 알겠지? 히포그리프 쪽으로 걸어가서 허리를 숙이고 기다려. 녀석이 맞절을 하면 만져도 돼. 그러지 않으면 재빨리 물러나라. 저 발톱에 긁히면 꽤 아프거든. 좋아, 누가 먼저 해 볼래?"

학생들 대부분은 대답 대신 더 물러섰다. 해리, 론, 헤르미온느조차 불안함을 느꼈다. 히포그리프들은 사나운 머리를 흔들면서 강력해 보이는 날개를 퍼덕이고 있었다. 이렇게 묶여 있는 게 마음에 들지 않는 것 같았다.

"아무도 없어?" 해그리드가 애원하는 표정으로 물었다.

"제가 할게요." 해리가 말했다.

뒤에서 숨 들이켜는 소리가 들렸다. 라벤더와 파르바티가 동시에 큰 소리로 속삭였다. "아아아, 안 돼, 해리, 네 찻잎을 기억해!"

해리는 그들의 말을 못 들은 척하며 방목지 울타리를 넘었다.

"멋지다, 해리!" 해그리드가 외쳤다. "자, 그럼 이제 네가 벅빅이랑 얼마나 잘 지내는지 보자."

그는 사슬 하나를 풀어 회색 히포그리프를 동료들 사이에서 끌어내더니 가죽 목걸이를 벗겼다. 방목지 맞은편에 있는 아이들은 숨을 참는 것처럼 보였다. 말포이의 두 눈이 심술궂게 가늘어졌다.

"침착해. 자, 해리." 해그리드가 조용히 말했다. "눈을 마주쳤으니까 이제 깜빡이지 않도록 해 봐. 눈을 너무 깜빡거리면 히포그리프가 너를 믿지 않으니까……."

곧바로 눈에 눈물이 고이기 시작했지만 해리는 눈을 감지 않았다. 벅빅은 거대하고 뾰족한 머리를 돌려 사나운 오렌지색 한쪽 눈으로 해리를 뚫어지게 바라보았다.

"그렇지." 해그리드가 말했다. "그렇지, 해리…… 자, 인사해라……."

해리는 웬만하면 벅빅에게 목덜미를 노출시키고 싶지 않았지만 시키는 대로 했다. 그는 살짝 허리를 숙이고 눈을 들었다.

히포그리프는 계속 오만하게 그를 쳐다보고 있었다. 녀석은 꼼짝도 하지 않았다.

"아." 해그리드가 걱정스러운 듯 말했다. "좋아, 물러서라. 해리, 지금, 천천히……."

하지만 그때 무척 놀랍게도, 히포그리프가 갑자기 비늘 달린 앞다리를 구부리더니 몸을 낮추며 틀림없이 인사를 했다.

"잘했다, 해리!" 해그리드가 흥분에 겨운 목소리로 외쳤다. "그렇지, 만져도 돼! 부리를 쓰다듬어 줘라. 해 봐!"

물러나는 게 더 나았을 거라고 생각하면서 해리는 천천히 히포그리프에게 다가가 손을 뻗었다. 부리를 몇 번 두드려 주자 히포그리프는 즐기기라도 하듯 나른하게 눈을 감았다.

굉장히 실망한 표정의 말포이, 크래브, 고일을 뺀 모든 학생이 환호하며 손뼉을 쳤다.

"좋아. 그럼, 해리." 해그리드가 말했다. "내 생각에는 널 태워 줄 것 같은데!"

그건 전혀 예상하지 못했다. 빗자루를 타고 나는 일이야 익숙했지만 히포그리프가 그와 비슷할 거라고 확신할 수는 없었다.

"거기에 올라타 봐라. 날개 관절 바로 뒤에." 해그리드가 말했다. "그리고 깃털을 하나라도 뽑지 않도록 조심해라. 별로 좋아하지 않을 거야……."

해리는 벅빅의 날개에 발을 올리고 녀석의 등으로 몸을 끌어 올렸다. 벅빅이 일어섰다. 해리는 어디를 잡아야 할지 알 수 없었다. 히포그리프의 몸 앞쪽은 온통 깃털로 덮여 있었다.

"그럼, 출발!" 해그리드가 히포그리프의 뒷다리를 철썩 치며 고함을 질렀다.

아무런 예고도 없이 4미터에 가까운 날개가 퍼덕이면서 해리 양옆으로 펼쳐졌다. 히포그리프의 목을 간신히 붙들었나 싶은 순간 몸이 위로 붕 날아올랐다. 빗자루와는 전혀 달랐다. 뭐가 더 좋은지는 분명했다. 히포그리프의 날개가 불편하게 양쪽에서 퍼덕거렸다. 다리로 꽉 잡아 버티고는 있지만 해리는 당장이라도 내던져질 것 같았다. 윤기 나는 깃털이 손가락 사이에서 미끄러졌지만 감히 더 세게 쥘 수

는 없었다. 님부스 2000의 부드러운 움직임과 달리, 지금
은 히포그리프의 뒷다리가 날개와 함께 들렸다 내렸다 하
면서 몸이 앞뒤로 흔들리는 것이 느껴졌다.

벅빅은 그를 태우고 방목지 주위를 한 바퀴 돌더니 다시
땅으로 향했다. 해리가 두려워하던 순간이었다. 매끄러운
목이 숙여지자 해리는 몸을 뒤로 젖혔다. 부리 너머로 미끄
러져 떨어질 것 같았기 때문이다. 이어 각각 다르게 생긴
발 네 개가 땅에 내려서면서 육중하게 쿵 하는 느낌이 났
다. 그는 간신히 매달려 몸을 바로 세웠다.

"잘했다, 해리!" 해그리드가 큰 소리로 말했다. 말포이,
크래브, 고일을 제외한 모두가 환호성을 질렀다. "좋아, 또
누가 해 볼래?"

해리의 성공에 용기를 얻은 나머지 학생들이 조심스럽게
울타리를 넘어 방목지에 들어왔다. 해그리드가 히포그리
프들을 한 마리 한 마리 풀어 주었다. 머잖아 아이들은 방
목지 곳곳에서 초조하게 허리를 숙이고 있었다. 네빌은 무
릎을 구부리고 싶지 않은 기색의 히포그리프에게서 계속
물러났다. 해리는 론과 헤르미온느가 밤색 히포그리프로
연습하는 모습을 지켜보았다.

말포이, 크래브, 고일이 벅빅을 넘겨받았다. 벅빅이 인사

를 하자 말포이는 부리를 톡톡 건드리며 경멸하는 표정을
지었다.

"무지 쉽네." 말포이가 느릿느릿 말했다. 해리에게 들릴
정도로 큰 목소리였다. "그럴 줄 알았어. 포터가 할 수 있
다면……. 넌 전혀 위험하지 않을 거야. 그렇지?" 그가 히
포그리프에게 말했다. "안 그래, 이 못생기고 덩치만 큰 짐
승아?"

그때 강철 같은 발톱이 번뜩이면서 그 일이 터졌다. 말포
이가 높은 소리로 비명을 내질렀다. 다음 순간, 해그리드는
잔디밭에 웅크리고 있는 말포이에게 덤벼들려고 기를 쓰
는 벅빅에게 다시 목걸이를 채웠다. 말포이의 로브 위로 피
가 번져 나왔다.

"나 죽네!" 아이들이 겁에 질린 와중에 말포이가 소리쳤
다. "나 죽어! 나 좀 보라니까! 이놈이 날 죽였어!"

"안 죽어!" 해그리드가 말했다. 그의 얼굴이 새하얗게 질
려 있었다. "누가 날 좀 도와다오. 이 아이를 여기서 내보
내야겠다."

해그리드가 말포이를 번쩍 들어 올리는 사이 헤르미온느
가 달려가 문을 열었다. 지나갈 때 보니 말포이의 팔에 길
게 베인 깊은 상처가 나 있었다. 상처에서 흘러내린 피가

잔디밭에 흩뿌려졌다. 해그리드는 비탈을 올라 성으로 달려갔다.

마법 생명체 돌보기 수업을 듣는 아이들은 큰 충격을 받고 뒤따라 걸어갔다. 슬리데린 학생들은 하나같이 해그리드에 대해 큰 소리로 떠들어 대고 있었다.

"당장 해고해야 해!" 질질 울고 있던 팬지 파킨슨이 소리쳤다.

"말포이 잘못이었어!" 딘 토머스가 쏘아붙였다. 크래브와 고일이 위협적으로 근육을 풀었다.

모두 돌계단을 올라 텅 빈 현관홀로 들어갔다.

"가서 괜찮은지 봐야겠어!" 팬지가 말했다. 다들 그녀가 대리석 계단을 달려 올라가는 모습을 지켜보았다. 그때까지도 해그리드 얘기로 웅성거리던 슬리데린 학생들이 지하 감옥에 있는 그들의 휴게실 쪽으로 멀어져 갔다. 해리, 론, 헤르미온느는 곧바로 그리핀도르 탑으로 올라갔다.

"말포이는 괜찮을까?" 헤르미온느가 초조하게 입을 열었다.

"당연하지, 폼프리 선생님은 베인 상처쯤이야 눈 깜짝할 사이에 고치셔." 해리가 말했다. 그 양호교사는 해리가 훨씬 심하게 다쳤을 때도 마법으로 고쳐 준 적이 있었다.

"그래도 해그리드의 첫 수업인데 정말 안 좋은 일이 일어난 거 아니야?" 론이 걱정 가득한 표정으로 말했다. "어쩐지 말포이가 일을 망칠 것 같긴 했다만······."

그들은 저녁 식사 시간 대연회장에 맨 처음 도착한 사람들 중 하나였다. 해그리드를 보고 싶었지만 그는 그곳에 없었다.

"해고당하지는 않겠지?" 헤르미온느가 불안한 듯 물었다. 그녀는 스테이크앤키드니 푸딩에는 손도 대지 않았다.

"그럼 안 되지." 론이 말했다. 그 역시 음식을 입에 대지 않았다.

해리는 슬리데린 식탁 쪽을 지켜보았다. 크래브와 고일을 포함한 아이들 무리가 한데 모여 열심히 쑥덕거리고 있었다. 말포이가 어떻게 다쳤는지 멋대로 지어내고 있는 게 틀림없었다.

"뭐, 학기 첫날치고 시시했다고는 말 못 하겠네." 론이 우울하게 말했다.

그들은 저녁을 먹은 뒤 북적거리는 그리핀도르 휴게실로 올라가 맥고나걸 교수가 내준 숙제를 해 보려고 했다. 하지만 셋 다 숙제를 하다 말고 계속 탑 창밖만 힐끔거렸다.

"해그리드의 오두막 창문에 불이 켜져 있어." 해리가 불쑥 말했다.

론이 손목시계를 보았다.

"서두르면 가서 해그리드를 만날 수 있을 거야. 아직 이른 시간이라······."

"난 잘 모르겠어." 헤르미온느가 천천히 말했다. 그녀가 해리를 힐끔거리는 것이 보였다.

"*교내는* 돌아다녀도 돼." 해리가 날카로운 목소리로 말했다. "시리우스 블랙이 디멘터들을 지나쳐서 여기까지 올리 없잖아."

그래서 그들은 물건들을 정리하고 초상화 구멍을 나섰다. 나가도 된다고 완전히 확신할 수는 없었으므로, 현관으로 가는 길에 아무도 마주치지 않은 건 다행스러운 일이었다.

땅거미가 지는 가운데 아직 젖어 있는 잔디가 검은색에 가깝게 보였다. 그들은 해그리드의 오두막에 다다라 문을 두드렸다. 걸걸한 목소리가 말했다. "들어와."

셔츠 차림의 해그리드가 사포로 문질러 만든 나무 탁자 앞에 앉아 있었다. 사냥개 팽은 그의 무릎에 머리를 얹은 채였다. 그들은 한눈에 해그리드가 술을 잔뜩 마셨다는 사실을 알아차렸다. 양동이만 한 백랍 맥주잔을 앞에 둔 그는 세 사람에게 초점을 맞추는 게 어려운 듯 보였다.

"신기록일 거야." 그들을 알아본 해그리드가 쉰 목소리로 말했다. "겨우 하루밖에 못 버틴 교수는 지금까지 한 명도 없을걸."

"해고된 건 아니죠, 해그리드?" 헤르미온느가 숨을 들이켰다.

"아직은." 해그리드가 비참한 듯 말하며, 맥주잔에 들어 있는 뭔가를 벌컥벌컥 들이켰다. "하지만 시간문제 아니냐? 말포이가 그렇게 된 마당에……."

"걘 좀 어때요?" 모두가 자리에 앉자 론이 물었다. "심각하진 않았죠?"

"폼프리 선생님이 최선을 다해 고쳐 주셨어." 해그리드가 멍하니 말했다. "하지만 아직도 아프다더라……. 붕대를 칭칭 감고…… 신음하면서……."

"아픈 척하는 거예요." 해리가 즉시 말했다. "폼프리 선생님은 뭐든 고칠 수 있어요. 작년에는 제 뼈를 반이나 다시 자라게 했다고요. 말포이는 이 상황을 최대한 이용하려는 게 분명해요."

"학교 이사들한테도 당연히 얘기가 들어갔어." 해그리드가 힘 빠진 목소리로 말했다. "그 사람들은 내가 너무 큰 생물부터 시작했다고 생각해. 히포그리프는 나중에 가르쳤어야 한다고……. 플로버웜이나 뭐 그런 걸 했어야 한다는 거야……. 난 그냥 괜찮은 첫 수업이 될 거라 생각했는데……. 다 내 잘못이야……."

"말포이 잘못이에요, 해그리드!" 헤르미온느가 진심을 다해 말했다.

"우리가 목격자예요." 해리가 말했다. "아저씨는 무례하게 굴면 히포그리프가 공격한다고 말했잖아요. 귀 기울이지 않은 말포이 잘못이에요. 실제로 무슨 일이 일어났는지 우리가 덤블도어 교수님한테 말할게요."

"네, 걱정 마요, 해그리드. 우리가 한편이 되어 줄게요." 론이 말했다.

해그리드의 딱정벌레 같은 검은색 눈동자에 눈물이 고이더니 주름진 눈가로 흘렀다. 그는 해리와 론을 한꺼번에 잡고 뼈를 부러뜨릴 것처럼 끌어안았다.

"마실 만큼 마신 것 같은데요, 해그리드." 헤르미온느가 단호하게 말했다. 그녀는 탁자의 맥주잔을 들고 밖으로 나가서 비워 버렸다.

"아, 헤르미온느 말이 맞을지도 몰라." 해그리드가 해리와 론을 놓아주며 말했다. 둘 다 갈비뼈를 문지르면서 휘청

거리며 그에게서 물러났다. 해그리드는 의자에서 몸을 일
으키더니 헤르미온느를 따라 비틀거리며 밖으로 나갔다.
철퍽하는 큰 소리가 들렸다.

"해그리드가 뭘 한 거야?" 헤르미온느가 빈 맥주잔을 들
고 돌아오자 해리가 불안한 듯 물었다.

"물통에 머리를 처박았어." 헤르미온느가 맥주잔을 치우
며 말했다.

해그리드가 긴 머리카락과 수염이 흠뻑 젖은 채 눈가에
서 물을 닦아 내며 다시 들어왔다.

"좀 낫네." 그가 개처럼 머리를 흔들어 모두를 쫄딱 적
시며 말했다. "잘 들어, 너희가 와 줘서 정말 좋았어. 난 정
말⋯⋯."

해그리드가 갑자기 말을 멈추더니, 마치 해리가 있다는
사실을 방금 깨달은 것처럼 그를 뚫어지게 바라보았다.

"대체 여기서 뭘 하고 있는 거냐, 응?" 그가 느닷없이 고
함치는 바람에 그들은 앉은 자리에서 30센티미터쯤 펄쩍
뛰었다. **"너는 어두워진 뒤엔 쏘다니면 안 돼, 해리! 너희
둘도! 얘가 이렇게 돌아다니도록 내버려 두다니!"**

해그리드는 해리에게 성큼성큼 걸어가더니 그의 팔을 잡
고 문으로 끌고 갔다.

"가자!" 해그리드가 화를 내며 말했다. "셋 다 학교로 데려다주마. 다시는 어두워진 뒤에 날 만나러 오지 마라. 난 그럴 만한 가치가 없어!"

7장
옷장 속의 보가트

말포이가 수업 시간에 다시 모습을 드러낸 건, 슬리데린과 그리핀도르 학생들이 마법약 연강을 듣고 있던 목요일 아침이었다. 말포이는 한껏 으스대며 지하 감옥 교실로 걸어 들어왔다. 붕대로 칭칭 감긴 오른팔이 팔걸이에 묶여 있었는데 해리가 보기에는 어떤 끔찍한 전투에서 살아남은 영웅 흉내를 내고 있는 것 같았다.

"괜찮니, 드레이코?" 팬지 파킨슨이 바보처럼 웃었다. "많이 아파?"

"응." 말포이가 얼굴을 찌푸리고 용감한 척하며 말했다. 하지만 해리는 팬지가 시선을 돌리자마자 말포이가 크래브와 고일에게 눈을 찡긋하는 모습을 보았다.

"앉아, 앉거라." 스네이프 교수가 마치 아무 일도 없었다는 듯 말했다.

해리와 론은 못마땅한 눈빛을 주고받았다. 만약 *그들이* 늦게 들어왔다면 스네이프는 "앉거라"라고 말하기는커녕 방과 후 징계를 주었을 것이다. 하지만 말포이는 스네이프의 수업에서 무슨 짓을 하든 항상 빠져나갈 수 있었다. 슬리데린 기숙사 담임 교수인 스네이프는 누구보다도 자기 기숙사 학생들을 편애했다.

오늘 그들은 새로운 마법약인 수축 물약을 만들 예정이었다. 말포이는 해리, 론과 같은 책상에서 재료를 준비하려고 그들 바로 옆에다가 자기 솥단지를 설치했다.

"교수님." 말포이가 큰 소리로 말했다. "교수님, 이 데이지 뿌리를 써는 데 도움이 필요합니다. 제 팔이 이래서요."

"위즐리, 말포이 대신 뿌리를 썰도록." 스네이프가 눈도 들지 않고 말했다.

론의 얼굴이 벽돌 색깔처럼 붉어졌다.

"네 팔은 멀쩡하잖아." 그가 말포이에게 식식거렸다.

말포이는 책상 맞은편에서 히죽 웃었다.

"위즐리, 스네이프 교수님이 하시는 말씀 들었잖아. 뿌리를 썰어."

론은 칼을 집어 들고 말포이 몫의 뿌리를 끌어와 거칠게 썰기 시작했다. 뿌리는 제각기 다른 크기로 썰렸다.

"교수님." 말포이가 특유의 질질 끄는 목소리로 말했다. "위즐리가 제 데이지 뿌리들을 망가뜨리고 있는데요."

스네이프가 그들의 책상으로 다가왔다. 그는 매부리코 너머로 뿌리들을 내려다보더니, 길고 기름진 머리카락 아래로 론에게 기분 나쁜 미소를 지어 보였다.

"말포이 것과 바꿔라, 위즐리."

"하지만 교수님……!"

론은 그 몫의 뿌리를 정확히 같은 크기로 조심조심 써느라 15분을 보낸 터였다.

"당장." 스네이프가 매우 위협적인 목소리로 말했다.

론은 반듯하게 썰린 뿌리들을 책상 맞은편 말포이 쪽으로 민 다음 다시 칼을 집어 들었다.

"그리고 교수님, 이 쪼글쪼글 무화과 껍질도 벗겨야 하는데요." 말포이가 악의적인 웃음이 가득한 목소리로 말했다.

"포터, 말포이의 쪼글쪼글 무화과 껍질을 벗겨 주도록." 스네이프가 예전부터 해리를 위해 아껴 두었던 증오에 가득 찬 눈길을 던지며 말했다.

해리는 말포이의 쪼글쪼글 무화과를 자기 쪽으로 가져왔

다. 한편 론은 이제 그 자신이 사용해야 하는 데이지 뿌리를 복구하려고 애쓰기 시작했다. 해리는 최대한 빠른 속도로 쪼글쪼글 무화과 껍질을 벗긴 뒤 아무 말 없이 책상 맞은편의 말포이에게 다시 던져 주었다. 말포이는 어느 때보다 환한 표정으로 히죽거렸다.

"최근에 너희 친구 해그리드 본 적 있냐?" 그가 조용히 물었다.

"네가 알 바 아냐." 론이 눈도 들지 않고 팩 내뱉었다.

"안됐지만 교수 노릇은 별로 길게 못 할 것 같던데." 말포이가 짐짓 슬픈 말투를 꾸며 내며 말했다. "내가 다친 일로 아버지 기분이 언짢으신 것 같거든……."

"계속 지껄여라, 말포이. 그럼 내가 진짜 다치게 해 줄 테니까." 론이 으르렁거렸다.

"아버지가 학교 이사들에게 불만을 제기하셨어. *그리고* 마법 정부에도. 우리 아버지가 영향력이 좀 있으시잖아. 게다가 이렇게 오래가는 부상은……." 그는 크게 한숨 쉬는 척했다. "내 팔이 예전과 똑같아질지 누가 알겠어?"

"그래서 붕대를 감고 다니는 거였냐?" 해리가 말했다. 화가 나서 손이 덜덜 떨리는 바람에 실수로 죽은 애벌레의 머리를 썰어 버렸다. "해그리드가 쫓겨나게 만들려고."

"글쎄……." 말포이가 목소리를 한껏 낮추며 속삭이듯 말했다. "어느 정도는 그렇다고 할 수 있지, 포터. 하지만 다른 이점도 있어. 위즐리, 내 애벌레 좀 저며 봐."

솥단지 몇 개 떨어진 곳에서는 네빌이 곤란을 겪고 있었다. 그는 마법약 수업을 들을 때마다 만신창이가 되곤 했다. 마법약은 그가 가장 못하는 과목이었고, 나아가 스네이프 교수에 대한 그의 엄청난 두려움이 일을 열 배는 악화시켰다. 밝고 선명한 녹색이어야 할 네빌의 마법약은……

"오렌지색이 되었군, 롱보텀." 모두가 볼 수 있도록 국자로 마법약을 조금 떴다가 다시 솥으로 철퍽철퍽 쏟아부으며 스네이프가 말했다. "오렌지색. 말해 봐라. 네 녀석의 그 두꺼운 두개골을 뚫고 들어가는 게 뭐라도 있긴 한 거냐? 쥐의 비장은 하나만 넣어야 한다고 그렇게 강조했는데, 내 말을 안 들은 건가? 거머리 즙은 조금만 넣어도 된다고 내가 분명 알려 줬을 텐데? 널 이해시키려면 대체 뭘 해야 하는 거지, 롱보텀?"

네빌은 얼굴이 빨개진 채 몸을 떨었다. 곧 울음이 터질 것 같은 표정이었다.

"저, 교수님." 헤르미온느가 말했다. "네빌이 수습할 수 있도록 제가 도와주……."

"너한테 잘난 척을 해 달라고 부탁한 기억은 없는데, 그 레인저 양." 스네이프가 차갑게 말하자 헤르미온느의 얼굴도 네빌처럼 붉어졌다. "롱보텀, 수업이 끝나고 네 녀석의 두꺼비한테 이 마법약을 몇 방울 먹여 무슨 일이 일어나는지 보겠다. 그러면 제대로 해야겠다는 마음이 들겠지."

스네이프는 네빌을 겁에 질려 숨도 못 쉬게 만들어 놓고 가 버렸다.

"도와줘!" 네빌이 헤르미온느를 바라보며 끙끙거렸다.

"야, 해리." 셰이머스 피니건이 해리의 놋쇠 저울을 빌려 가려고 몸을 기울이며 말했다. "들었어? 오늘 아침《예언자 일보》에 났는데…… 시리우스 블랙이 목격됐다더라."

"어디서?" 해리와 론이 재빨리 물었다. 책상 맞은편에서 말포이가 슬며시 고개를 들고 귀를 기울이는 모습이 보였다.

"여기서 그리 멀지 않은 곳이래." 셰이머스가 어쩐지 신이 난 얼굴로 말했다. "목격자는 머글이었고. 낭언히 상황을 제대로 이해하지는 못했지. 머글들은 블랙이 그냥 평범한 범죄자인 줄 알잖아. 안 그래? 아무튼 그 머글이 긴급 직통전화로 전화를 걸었대. 마법 정부 사람들이 현장에 도착했을 때쯤에는 블랙이 이미 사라지고 없었다더라."

"여기서 그렇게 멀지 않단 말이지……." 론이 의미심장한 눈길로 해리를 바라보며 그 말을 되풀이했다. 그가 몸을 홱 돌리더니, 그들 쪽을 유심히 지켜보는 말포이를 바라보았다. "뭐, 말포이? 또 껍질 벗길 게 있냐?"

하지만 심술궂게 빛나는 말포이의 눈길은 론이 아니라 해리에게 꽂혀 있었다. 그가 해리를 향해 책상 위로 몸을 기울였다.

"혼자서 블랙을 잡을 생각이냐, 포터?"

"그래, 어떻게 알았냐." 해리가 대수롭지 않게 툭 내뱉었다.

말포이의 가느다란 입이 구부러지면서 비틀린 미소를 머금었다.

"나라면 당연히……." 그가 조용히 말을 이었다. "지금 같은 상황이 되기 전에 뭐라도 했을 거야. 학교 안에 얌전하게 머무는 대신 밖에 나가서 그놈을 찾았겠지."

"무슨 소리 하는 거야, 말포이?" 론이 험악한 목소리로 물었다.

"너 모르는구나, 포터?" 말포이가 엷은 색 눈을 가늘게 뜨고는 숨죽여 말했다.

"뭘?"

말포이가 나직한 소리로 비웃음을 흘렸다.

"그래, 어쩌면 목숨을 걸지 않는 편이 나을지도 모르지." 말포이가 말했다. "그냥 디멘터들한테 맡기고 싶은 거지? 하지만 나라면 복수하고 싶을 거야. 내 손으로 직접 그놈을 잡았을 거라고."

"*무슨 소리를 하는 거냐고!*" 해리가 버럭 화를 냈지만 그 순간 스네이프가 말했다. "지금쯤 재료를 다 넣었어야 한다. 이 마법약은 마시기 전에 뭉근하게 끓여야 하니까, 약이 끓는 동안 주위를 정리하도록. 그런 다음에 롱보텀 것을 시험해 보도록 하지……."

크래브와 고일이 마법약을 젓느라 땀을 뻘뻘 흘리는 네빌을 보며 대놓고 낄낄거렸다. 헤르미온느는 스네이프가 알아채지 못하도록 입꼬리를 움직여 작은 소리로 네빌에게 중얼중얼 뭔가를 지시하고 있었다. 해리와 론은 사용하지 않은 재료들을 모아서 치운 뒤 손과 국자를 씻으러 구석에 있는 돌 세면대로 갔다.

"말포이가 한 말이 무슨 뜻이었을까?" 해리가 가고일의 입에서 쏟아져 나오는 얼음장 같은 물 아래 손을 넣으며 론에게 중얼거렸다. "내가 왜 블랙한테 복수하고 싶어 한다는 거지? 블랙은 나한테 아무 짓도 안 했잖아. 아직은."

"멋대로 지어내는 거야." 론이 사나운 어조로 말했다. "네가 뭔가 멍청한 짓을 하게 만들려고……."

수업이 끝날 무렵 스네이프가 네빌을 향해 성큼성큼 걸어갔다. 네빌은 솥단지 옆에서 몸을 웅크리고 있었다.

"모두 모이도록." 스네이프가 검은 눈을 번뜩이며 말했다. "롱보텀의 두꺼비한테 무슨 일이 일어나는지 지켜보도록 해라. 네빌이 수축 마법약을 만드는 데 성공했다면 두꺼비는 올챙이로 줄어들 거다. 만약, 틀림없이 그럴 테지만, 롱보텀이 제대로 만들지 못했다면 두꺼비는 독 때문에 죽을 확률이 높다."

그리핀도르 학생들은 겁에 질린 채 지켜보았다. 반면 슬리데린 학생들은 신이 난 표정이었다. 스네이프가 두꺼비 트레버를 한 손으로 집어 들고 이제 초록색이 된 네빌의 마법약에 작은 숟가락을 담갔다가 약 몇 방울을 트레버의 목구멍 속으로 똑똑 떨어뜨렸다.

트레버가 약을 삼키는 동안 숨죽인 침묵의 순간이 흘렀다. 그런 다음 조그맣게 '펑' 소리가 나더니 스네이프의 손바닥 위에서는 어느새 올챙이 트레버가 꿈틀거리고 있었다.

그리핀도르 학생들이 박수갈채를 터뜨렸다. 스네이프는 속이 쓰린 듯 로브 주머니에서 작은 병을 꺼내 안에 들어 있는 것을 트레버에게 몇 방울 떨어뜨렸다. 트레버는 다시 순식간에 완전히 다 자란 모습이 되었다.

"그리핀도르 5점 감점." 스네이프가 말했다. 그 말에 그리핀도르 학생들의 얼굴에서 미소가 사라졌다. "도와주지 말라고 했을 텐데, 그레인저 양. 수업 끝."

해리, 론, 헤르미온느는 현관홀로 향하는 계단을 올라갔다. 해리는 조금 전 말포이가 한 말을 곱씹고 있었지만 론은 스네이프 때문에 속에서 열불이 나는 모양이었다.

"마법약을 제대로 만들었다는 이유로 5점 감점이라니! 왜 거짓말하지 않았어, 헤르미온느? 전부 네빌 혼자서 했다고 말했어야지!"

헤르미온느의 대답은 들려오지 않았다. 론이 주위를 둘러보았다.

"어디 갔지?"

해리도 고개를 돌렸다. 그들은 지금 계단 꼭대기에 서서, 다른 학생들이 점심 식사를 하려고 그들을 지나쳐 대연회장으로 몰려가는 모습을 멍하니 바라보고 있었다.

"우리 바로 뒤에서 따라오고 있었는데." 론이 얼굴을 찌푸렸다.

말포이가 크래브와 고일을 양옆에 거느리고 그들 옆을

지나쳤다. 그는 해리를 보고 피식 웃더니 사라져 버렸다.

"저기 있다." 해리가 말했다.

저 아래에서 헤르미온느가 조금 헐떡거리면서 허겁지겁 계단을 올라오고 있었다. 한 손으로 가방을 꽉 움켜쥐고 다른 손으로는 로브 앞에 뭔가를 쑤셔 넣는 것처럼 보였다.

"어떻게 된 거야?" 론이 물었다.

"뭘?" 헤르미온느가 옆으로 다가오며 되물었다.

"방금 전에는 우리 바로 뒤에 있었는데, 다음 순간에는 다시 계단 밑에 있었잖아."

"뭐?" 헤르미온느는 약간 어리둥절한 모습이었다. "아, 깜빡하고 뭘 놓고 와서 돌아가야 했어. 아, 이런……."

헤르미온느의 가방 솔기가 터져 있었다. 놀랄 일도 아니었다. 가방에 두껍고 무거운 책이 최소 열두 권은 쑤셔 넣어져 있었던 것이다.

"대체 그걸 왜 다 들고 다니는 거야?" 론이 그녀에게 물었다.

"내가 얼마나 많은 과목을 듣는지 알잖아." 헤르미온느가 가쁜 숨을 내쉬며 말했다. "이것 좀 들어 줄래?"

"하지만……." 론은 그녀가 건넨 책들을 뒤집어 표지를 보았다. "이 과목들은 오늘 수업이 하나도 없잖아. 오늘 오후에는 어둠의 마법 방어법밖에 없단 말이야."

"아, 뭐." 헤르미온느는 모호하게 말하면서 모든 책을 가방에 다시 챙겨 넣었다. "점심으로 뭔가 맛있는 게 나왔으면 좋겠다. 배고파 죽겠어." 헤르미온느는 그렇게 덧붙이더니 황급히 대연회장으로 걸어갔다.

"쟤, 우리한테 뭔가 숨기는 것 같지 않냐?" 론이 해리에게 물었다.

첫 수업을 받으러 어둠의 마법 방어법 교실로 갔지만 루핀 교수는 자리에 없었다. 마침내 그가 교실에 들어왔을 때 학생들은 모두 자리에 앉아 책과 깃펜, 양피지를 꺼내 놓고 이야기를 나누고 있었다. 루핀은 희미하게 미소 짓더니 닳아서 해진 낡은 서류 가방을 교탁에 올려놓았다. 어느 때처럼 초췌했으나 몇 끼 잘 챙겨 먹은 듯 기차에서 봤을 때보다는 건강해 보였다.

"안녕." 그가 말했다. "책들은 다 가방에 도로 집어넣거라. 오늘은 실습을 할 거거든. 마법 지팡이만 있으면 된다."

학생들은 책을 치웠고 몇몇은 호기심에 찬 눈길을 주고받았다. 이 과목 교수가 픽시로 가득한 우리를 가져다 교실에 풀어놓았던 작년의 그 잊지 못할 수업을 제외하면 어둠의 마법 방어법 시간에 실습을 한 적은 한 번도 없었다.

"좋아, 그럼." 모두 준비를 마치자 루핀 교수가 말했다. "따라와라."

학생들은 어리둥절해하면서도 흥미를 느끼며 자리에서 일어나 루핀 교수를 따라 교실 밖으로 나갔다. 루핀은 학생들을 데리고 아무도 없는 복도를 지나 모퉁이를 돌았다. 그러자마자 공중에 거꾸로 둥실둥실 떠서 근처에 있는 문 열쇠 구멍에 껌을 쑤셔 넣고 있는 폴터가이스트 피브스의 모습이 보였다.

피브스는 루핀 교수가 1미터 안으로 접근할 때까지 눈을 들지 않다가, 발가락을 꼬부린 발을 흔들며 느닷없이 노래를 부르기 시작했다.

"미치광이, 정신 나간 루핀." 피브스가 노래를 불렀다. "미치광이, 정신 나간 루핀. 미치광이, 정신 나간 루핀······."

언제나 무례하고 통제 불가능한 피브스도 교수들한테는 어느 정도 존경심을 보이곤 했다. 모두가 루핀 교수의 반응을 보려고 재빨리 그에게 눈을 돌렸다. 놀랍게도 루핀은 별다른 동요 없이 여전히 미소를 머금고 있었다.

"나라면 열쇠 구멍에서 그 껌을 빼낼 거다, 피브스." 그가 유쾌하게 말했다. "필치 씨가 빗자루를 가지러 들어갈 수 없을 테니까."

호그와트 건물 관리인인 필치는 학생들과, 사실은 피브스와도 지속적인 전쟁을 벌이는 성질 더러운 인물로 마법사로서의 능력에도 크나큰 결함이 있었다. 하지만 피브스는 요란하게 침을 튀기며 혀를 날름거릴 뿐 루핀 교수의 말을 듣는 척도 하지 않았다.

루핀 교수가 작게 한숨을 쉬더니 마법 지팡이를 꺼냈다.

"이건 나름 유용하고 간단한 주문이야." 그가 어깨 너머로 학생들을 돌아보며 말했다. "자세히 보거라."

그는 마법 지팡이를 어깨 높이로 들어 올렸다가 "와디와시!"라고 외치면서 그것으로 피브스를 겨눴다.

껌 덩어리가 총알 같은 위력으로 열쇠 구멍에서 튀어나와 피브스의 왼쪽 콧구멍으로 쑥 들어갔다. 그는 그대로 빙빙 돌며 위로 올라가더니 욕설을 내뱉으며 쌩 멀어져 갔다.

"멋있어요, 교수님!" 딘 토머스가 매우 놀라워하며 소리쳤다.

"고맙다, 딘." 루핀 교수가 마법 지팡이를 거두며 말했다. "갈까?"

그들은 다시 출발했다. 학생들은 더 커진 존경심을 품고 초라한 모습의 루핀 교수를 바라보았다. 그는 그다음 복도로 학생들을 데려가다가 교무실 문 바로 앞에서 멈췄다.

"들어가자." 루핀 교수가 문을 열고 물러서며 말했다.

교무실은 패널 벽으로 둘러싸인 긴 방이었다. 서로 어울리지 않는 각양각색의 낡은 의자들로 가득한 그곳에는 교수 한 명만 있을 뿐이었다. 학생들이 줄지어 들어오자 낮은 안락의자에 앉아 있던 스네이프 교수가 고개를 돌려 그들을 보았다. 순간 그의 눈이 번뜩이면서 입가에 고약한 비웃음이 떠올랐다. 루핀 교수가 들어와 문을 닫으려 하자 스네이프가 말했다. "닫지 마, 루핀. 난 별로 지켜보고 싶지 않으니까." 그는 의자에서 일어나 성큼성큼 학생들을 지나쳐 갔다. 검은색 로브가 그의 등 뒤에서 펄럭였다. 그가 문 앞에서 홱 돌아보더니 말했다. "루핀, 아마 아무도 경고하지 않았을 텐데, 이 반에는 네빌 롱보텀이 있어. 롱보텀에게는 그 어떤 어려운 일도 맡기지 말라고 조언하고 싶군. 그레인저 양이 롱보텀의 귀에 대고 지시 사항을 속닥거리지 않는다면 말이야."

네빌의 얼굴이 새빨개졌다. 해리는 스네이프를 노려보았다. 굳이 다른 교수 앞에서까지 네빌을 괴롭혀야 하나? 자기 수업에서 네빌을 못살게 구는 것만도 충분히 비난받을 일일 텐데?

루핀 교수가 눈썹을 치켜올렸다.

"난 네빌이 이 수업의 첫 단계에서 날 도와줬으면 하는데." 그가 말했다. "네빌이 훌륭히 해낼 거라고 확신해."

그보다 더 빨개질 수 없을 것 같았던 네빌의 얼굴이 더욱 새빨개졌다. 스네이프는 입술을 비틀더니 문을 탁 닫고 가 버렸다.

"자, 그럼." 루핀 교수가 교수들이 여벌 로브를 보관하는 낡은 옷장 말고는 아무것도 없는 교무실 끝으로 학생들을 손짓해 부르며 말했다. 루핀 교수가 그 앞에 가서 서자 옷장이 갑자기 흔들리면서 벽에 쾅쾅 부딪쳤다.

"걱정할 것 없어." 몇몇이 놀라 뒤로 얼른 물러나자 루핀 교수가 침착하게 말했다. "저 안에는 보가트가 있다."

대부분의 아이들은 이것이 걱정할 만한 일이 맞다고 느끼는 듯했다. 네빌은 순전히 겁에 질린 눈으로 루핀 교수를 쳐다보았고, 셰이머스 피니건도 이제는 끊임없이 덜걱거리는 문손잡이를 걱정스럽게 바라보았다.

"보가트들은 어둡고 폐쇄된 곳을 아주 좋아한단다." 루핀 교수가 말을 이었다. "옷장, 침대 밑, 싱크대 아래의 찬장…… 괘종시계 안에 자리 잡은 녀석도 한 번 만난 적 있지. 이 녀석은 어제 오후에 이주해 왔어. 내가 교장 선생님께 3학년 학생들이 실습할 수 있도록, 교직원들이 녀석을 없애는 일을 막아 달라고 부탁했다. 그래서, 우리가 스스로에게 던져야 할 첫 번째 질문은 바로 이거야. 보가트는 과연 무엇일까?"

헤르미온느가 손을 들었다.

"보가트는 변신체입니다." 그녀가 말했다. "보가트는 무엇이든 우리가 가장 무서워하는 존재의 형태를 취할 수 있습니다."

"나라도 그만큼 잘 설명하지는 못하겠는걸." 루핀 교수의 말에 헤르미온느의 얼굴이 밝아졌다. "즉 안쪽 깜깜한 곳에 있는 보가트는 아직 아무런 형태도 갖추고 있지 않다는 얘기지. 아직은 문 바깥에 있는 사람이 뭘 무서워하는지 모르니까. 보가트가 혼자 있을 때 어떤 모습을 하고 있는지 아는 사람은 아무도 없다. 하지만 밖으로 나오는 순간, 녀석은 우리가 가장 두려워하는 것으로 변할 거야. 그 말은⋯⋯." 겁에 질린 네빌이 식식거렸지만, 루핀은 못 들은 척하기로 한 것 같았다. "시작하기 전부터 우리가 보가트보다 훨씬 유리하다는 뜻이지. 왜 그런지 눈치챘니, 해리?"

옆에서 헤르미온느가 손을 높이 들고 까치발로 폴짝폴짝

뛰는 와중에 대답을 하려니 매우 당혹스러웠지만, 해리는 한번 시도해 보기로 했다.

"어…… 우리가 너무 많아서 보가트가 어떤 형태로 변해야 할지 모를 것 같은데요?"

"정답." 루핀 교수가 말하자 헤르미온느는 조금 실망한 표정으로 손을 내렸다. "보가트를 처리할 때는 항상 여럿이 같이 있는 게 가장 좋단다. 녀석이 헷갈려 하거든. 뭐가 되어야 하나, 머리 없는 시체가 되어야 할까? 육식 민달팽이가 되어야 하나? 바로 그런 실수를 저지른 보가트를 한번 본 적이 있어. 동시에 두 사람에게 겁을 주려다가 반만 민달팽이가 된 거지. 하나도 안 무섭더구나. 보가트를 물리치는 마법은 간단하지만 정신력을 필요로 한다. 보가트를 정말로 끝장내는 건 웃음이다. 너희가 할 일은, 녀석이 너희가 재미있게 여기는 형태를 취할 수밖에 없도록 만드는 거야. 처음에는 마법 지팡이 없이 연습해 보자. 자, 따라 해 보렴……. *리디큘러스!*"

"*리디큘러스!*" 학생들이 동시에 소리쳤다.

"좋아." 루핀 교수가 말했다. "아주 좋아. 하지만 유감스럽게도 주문은 가장 쉬운 부분이란다. 주문만으로는 충분하지 않거든. 이제 네가 등장할 차례다, 네빌."

옷장이 다시 떨렸지만 교수대에라도 오르듯 앞으로 나선 네빌만큼은 아니었다.

"그래, 네빌." 루핀 교수가 말했다. "우선 첫째로, 네가 세상에서 가장 무서워하는 건 뭐지?"

네빌은 입술을 움직였지만 아무 소리도 나오지 않았다.

"잘 못 들었다, 네빌. 미안." 루핀 교수가 가볍게 말했다.

네빌은 도와 달라고 애원하듯 두리번거리더니 귓속말보다 클까 말까 한 목소리로 말했다. "스네이프 교수님요."

거의 모두가 웃음을 터뜨렸다. 심지어 네빌도 부끄러운 듯 씩 웃었다. 하지만 루핀 교수는 생각에 잠긴 표정이었다.

"스네이프 교수라…… 흠…… 네빌, 할머니랑 같이 산다고 했던가?"

"어…… 네." 네빌이 소심하게 대답했다. "하지만, 보가트가 할머니로 변하는 것도 싫은데요."

"아냐, 아냐. 내 말을 오해했구나." 루핀 교수는 이제 미소를 머금고 있었다. "할머니께서 주로 어떤 옷을 입으시는지 말해 주지 않을래?"

네빌은 놀란 표정을 지으면서 대답했다. "어…… 항상 같은 모자를 쓰세요. 꼭대기에 박제한 대머리독수리가 달린 높은 모자요. 그리고 긴 치마에…… 그 치마는 보통 초록색이고요…… 또 가끔 여우 털목도리도 두르세요."

"그럼 핸드백은?" 루핀 교수가 거들었다.

"크고 빨간 거요." 네빌이 말했다.

"그럼, 좋아." 루핀 교수가 말했다. "그 옷들을 아주 선명하게 떠올릴 수 있겠니, 네빌? 마음의 눈으로 그 옷들을 볼 수 있을까?"

"네." 네빌이 머뭇거리며 대답했다. 다음에 무슨 말이 나올지 걱정되는 게 틀림없었다.

"네빌, 보가트가 이 옷장 밖으로 나와서 너를 보면 스네이프 교수의 모습으로 변할 거다." 루핀이 말했다. "그러면 마법 지팡이를 들어 올리고…… 옳지, '리디큘러스'라고 외쳐. 그리고 너희 할머니 복장에 온 정신을 집중해. 제대로만 되면 보가트 스네이프 교수는 별수 없이 꼭대기에 대머리독수리가 장식된 모자에 초록색 드레스를 입고 큼직하고 빨간 핸드백을 든 차림이 되고 말 거다."

엄청난 웃음이 터져 나왔다. 옷장은 더욱 격렬하게 흔들렸다.

"네빌이 성공하면 보가트는 우리 한 명 한 명에게 차례로 주의를 돌릴 가능성이 높아." 루핀 교수가 말했다. "이제 너희 모두 잠깐 동안 가장 무서워하는 게 뭔지, 어떻게 하면 그걸 우스꽝스러워 보이게 만들지 상상해 보는 게 좋겠다…….".

교무실 안이 조용해졌다. 해리는 생각했다……. 그가 세상에서 가장 두려워하는 게 뭘까?

처음 떠오른 것은 볼드모트 경이었다. 힘을 완전히 되찾은 볼드모트 경. 하지만 보가트 볼드모트에게 반격할 계획을 떠올리기도 전에 머릿속에 어떤 끔찍한 영상이 떠올랐다…….

검은 망토 속으로 미끄러져 들어가는 번들거리는 썩은 손…… 보이지 않는 입에서 흘러나오는 길고 그르렁거리는 숨소리…… 익사하는 기분이 들 만큼 몸을 꿰뚫는 냉기…….

해리는 몸을 부르르 떨고 아무도 눈치채지 못했기를 바라며 주위를 둘러보았다. 다들 눈을 꾹 감은 채였다. 론은 뭐라고 혼자 중얼거리고 있었다. "다리를 떼어 내." 해리는 그가 무슨 말을 하는지 확실히 알 것 같았다. 론이 가장 무서워하는 것은 거미였다.

"다들 준비됐지?" 루핀 교수가 물었다.

해리는 덜컥 겁이 났다. 그는 아직 준비되지 않았다. 어떻게 해야 디멘터를 덜 무섭게 만들 수 있을까? 하지만 시간을 더 달라고 요청하고 싶지는 않았다. 다른 아이들은 모두 고개를 끄덕이며 소매를 걷어 올리고 있었다.

"네빌, 우린 물러서 있으마." 루핀 교수가 말했다. "너한테 공간을 내주는 거란다. 알았지? 내가 다음으로 할 사람을 부를 테니…… 이제 다들 물러서거라. 네빌이 마법을 거는 데 방해되지 않도록."

모두 옷장 앞에 네빌을 혼자 두고 물러나 벽에 기댔다. 네빌은 창백하고 겁에 질린 표정을 지으면서도 로브 소매를 걷어붙이고 준비 태세로 마법 지팡이를 들어 올렸다.

"셋을 세마, 네빌." 루핀 교수가 마법 지팡이를 옷장 손잡이에 겨누고 말했다. "하나, 둘, 셋…… 지금이야!"

루핀 교수의 마법 지팡이 끝에서 불꽃이 쏘아져 나와 문손잡이를 맞혔다. 옷장이 확 열렸다. 매부리코에 심술궂은 표정의 스네이프 교수가 네빌을 향해 눈을 번뜩이면서 옷장에서 걸어 나왔다. 네빌은 마법 지팡이를 든 채 아무 말도 못 하고 입만 뻥끗거리며 물러났다. 스네이프가 네빌을 향해 돌진하면서 로브 안으로 손을 뻗었다.

"리, 리, 리디큘러스!" 네빌이 높은 목소리로 외쳤다.

채찍을 휘두르는 듯한 소리가 났다. 스네이프가 비틀거렸다. 그는 끝자락에 레이스가 달린 긴 드레스 차림으로 좀이 슨 대머리독수리를 얹은 높은 모자를 쓰고 한 손으로 큼직한 진홍색 핸드백을 휘두르고 있었다.

웃음이 터졌다. 보가트가 어리둥절해서 멈칫하자 루핀 교수가 소리쳤다. "파르바티! 앞으로!"

파르바티가 굳은 표정으로 나섰다. 스네이프가 그녀 쪽으로 고개를 돌렸다. 또 한 번 휙 소리가 나면서 스네이프가 서 있던 곳에 붕대를 감은 피투성이 미라가 나타났다. 미라가 눈먼 얼굴을 파르바티에게 향하더니 뻣뻣한 두 팔을 들어 올린 채 발을 질질 끌면서 아주 천천히 그녀에게 걸어가기 시작했고⋯⋯

"리디큘러스!" 파르바티가 소리쳤다.

미라의 발에서 붕대가 풀렸다. 미라는 발이 꼬여 얼굴을 앞으로 한 채 넘어졌고, 그 바람에 머리가 바닥에 떨어져 굴러갔다.

"셰이머스!" 루핀 교수가 외쳤다.

셰이머스가 파르바티를 지나 쏜살같이 달려 나왔다.

휙! 미라가 있던 곳에는 바닥까지 내려오는 검은 머리카락에 해골 같은 초록빛 얼굴의 여자가 있었다. 밴시였다. 여자가 입을 크게 벌리자 이 세상 것 같지 않은 섬뜩한 소리가 방을 가득 채웠다. 해리의 머리털을 곤두서게 만드는 길게 울부짖는 비명⋯⋯.

"리디큘러스!" 셰이머스가 소리쳤다.

밴시는 귀에 거슬리는 소리를 내더니 목을 움켜잡았다. 목소리가 사라진 것이다.

휙! 밴시는 쥐로 변해 자기 꼬리를 쫓아 빙빙 돌다가…… 휙! 방울뱀이 되어 스르르 미끄러져 몸을 비틀더니…… 휙! 피투성이 눈알이 되었다.

"녀석이 혼란스러워하고 있어!" 루핀이 외쳤다. "거의 다 됐다! 딘!"

딘이 얼른 나섰다.

딸깍! 눈알은 잘린 손으로 변해 확 뒤집히더니 게처럼 바닥을 기어가기 시작했다.

"*리디큘러스!*" 딘이 외쳤다.

딸깍 소리가 나면서 손이 쥐덫에 걸렸다.

"훌륭해! 론, 다음은 너다!"

론이 앞으로 뛰쳐나왔다.

휙!

수많은 아이들이 비명을 질렀다. 180센티미터 크기에 털이 숭숭 난 대형 거미가 집게발을 위협적으로 딸깍거리며 론에게 다가갔다. 한순간 해리는 론이 꼼짝없이 얼어붙었다고 생각했다. 그때……

"*리디큘러스!*" 론이 소리치자 거미의 다리가 사라졌다.

놈은 데굴데굴 굴러갔다. 라벤더 브라운이 꺅 소리 지르며 도망쳤고, 거미는 해리의 발 앞에 멈췄다. 그는 준비 태세를 갖추고 마법 지팡이를 들어 올렸지만……

"여기다!" 루핀 교수가 느닷없이 해리의 앞으로 나서며 외쳤다.

휙!

다리 없는 거미가 사라졌다. 잠깐 동안 모두 보가트가 어디 있는지 미친 듯이 주위를 둘러보았다. 잠시 후 그들은 루핀 앞에 둥둥 떠 있는 은빛 하얀 구체를 보았다. 루핀은 거의 나른한 어조로 "*리디큘러스*"라고 말했다.

휙!

"나와라, 네빌. 녀석을 끝장내 버려!" 보가트가 바퀴벌레가 되어 바닥에 떨어지자 루핀이 말했다. *휙!* 스네이프가 다시 나타났다. 이번에 네빌은 단호한 표정으로 앞으로 달려 나왔다.

"*리디큘러스!*" 네빌이 소리치자 레이스 달린 드레스 차림의 스네이프가 또다시 나타났다. 아주 짧은 순간이 흐르고 네빌이 "하!" 하고 큰 소리로 웃자 보가트는 폭발하더니 수많은 조그만 연기 조각으로 흩어져 사라졌다.

"훌륭해!" 학생들이 박수갈채를 터뜨리자 루핀 교수가

소리쳤다. "훌륭하다, 네빌. 잘했어, 다들. 어디 보자……
보가트를 처리했으니 그리핀도르에 각자 5점씩 주마. 네빌
은 두 번 했으니까 10점. 헤르미온느와 해리도 각 5점씩."

"하지만 전 아무것도 안 했는데요." 해리가 의아한 듯 말
했다.

"너랑 헤르미온느는 수업 시작할 때 내 질문에 바르게 답
했잖아, 해리." 루핀이 가볍게 말했다. "아주 잘했다, 모두.
훌륭한 수업이었어. 숙제는, 보가트에 관한 장을 읽고 요약
해 오는 거다……. 월요일에 제출하거라. 그게 전부야."

학생들은 하나같이 신이 나서 재잘거리며 교무실을 나섰
다. 하지만 해리는 그럴 기분이 아니었다. 루핀 교수는 보
가트를 처리하려는 그를 일부러 막았다. 왜일까? 열차에서
해리가 기절하는 걸 보고 변변치 못하다고 생각한 걸까?
또 기절할 거라고 생각했을까?

하지만 누구도 그것을 전혀 눈치채지 못한 것 같았다.

"내가 그 밴시 잡는 거 봤어?" 셰이머스가 신이 나서 소
리쳤다.

"그 손은 어떻고!" 딘이 손을 휘저으며 말했다.

"모자 쓴 스네이프는!"

"내 미라는!"

"근데 루핀 교수님이 왜 수정구슬을 무서워하는지 모르겠네?" 라벤더가 생각에 잠겨서 말했다.

"여태까지 들은 어둠의 마법 방어법 수업 중 최고 아니었냐?" 가방을 가지러 교실로 돌아갈 때 론이 즐거운 듯 말했다.

"아주 좋은 교수님인 것 같아." 헤르미온느가 만족스러운 목소리로 말했다. "하지만 나도 보가트를 상대해 봤으면 좋았을 텐데."

"네 건 뭐였을까?" 론이 코웃음을 치며 말했다. "10점 만점에 9점밖에 못 받은 숙제?"

8장
뚱뚱한 귀부인의 도주

어둠의 마법 방어법은 순식간에 모두가 가장 좋아하는 수업이 되었다. 오직 드레이코 말포이를 비롯한 슬리데린 패거리만이 루핀 교수를 안 좋게 말했다.

"로브 꼴 좀 봐." 루핀 교수가 지나갈 때마다 말포이는 다 들리는 귓속말로 그렇게 말하곤 했다. "우리 집에 있었던 집요정처럼 입는다니까."

하지만 그 밖에는 어느 누구도 루핀 교수의 로브가 여기 저기 기워지고 해진 걸 신경 쓰지 않았다. 루핀의 이어진 수업들도 처음 수업만큼이나 흥미로웠다. 보가트 다음에 는 '레드 캡'을 배웠는데, 고블린처럼 생긴 이 심술궂은 생물은 성의 지하 감옥과 황폐한 전쟁터의 웅덩이 등 피가 흘렀던 곳이면 어디든 숨어서 기다리다가 길 잃은 사람들을 때려눕히곤 했다. 그들은 '레드 캡'에서 '갓파'로 진도를 나갔다. 비늘 달린 원숭이처럼 생긴 이 소름 끼치는 수중 생물은, 무심코 연못을 걸어서 건너는 사람들을 물갈퀴 달린 손으로 목 졸라 죽이고 싶어서 안달이었다.

해리는 다른 수업도 그만큼 재미있으면 소원이 없을 것 같았다. 최악은 마법약 수업이었다. 스네이프는 요즘 유달리 앙심을 품고 있었는데 그 이유를 의심하는 사람은 아무도 없었다. 학교에는 보가트가 스네이프의 모습으로 변했다는 이야기며, 네빌이 그 보가트에게 그의 할머니 옷을 입혔다는 이야기가 순식간에 퍼져 나갔다. 스네이프는 그 얘기에서 재밌는 구석을 찾지 못한 듯했다. 그는 루핀 교수의 이름이 나오기만 해도 악의적으로 눈을 번뜩였으며, 어느 때보다도 네빌을 심하게 괴롭혔다.

트릴로니 교수의 숨 막히는 탑 꼭대기 교실에서 보내는 시간도 점점 두려워졌다. 해리는 수업 때마다 기울어진 형태들과 상징들을 해독하면서, 그를 바라보는 트릴로니 교수의 큼직한 눈에 눈물이 가득 차오르는 것을 애써 외면했다. 해리는 도저히 트릴로니 교수를 좋아할 수 없었지만 학생들 중에는 그녀에게 숭배에 가까운 존경심을 품는 아이들도 꽤 있었다. 파르바티 파틸과 라벤더 브라운은 점심시간에 트릴로니 교수의 탑 꼭대기 교실을 들락거리며 언제나 다른 사람들은 모르는 것들을 안다는 양 짜증스러울 만큼 우월감에 젖은 표정을 지으며 돌아오곤 했다. 게다가 해리가 죽어 가기라도 한다는 듯 그에게 말을 걸 때마다 목소리를 낮추기 시작했다.

마법 생명체 돌보기 수업을 진심으로 좋아하는 학생은 아무도 없었다. 아슬아슬한 순간이 많았던 첫 번째 시간 이후 수업은 극도로 지루해졌다. 해그리드는 자신감을 잃은 것처럼 보였다. 이제 학생들은 매시간 플로버웜을 돌보는 법을 배웠다. 녀석들은 이 세상에 존재하는 가장 지루한 생물임이 틀림없었다.

"이것들을 왜 굳이 돌봐야 하는 거지?" 론이 또다시 한 시간 동안 플로버웜의 끈적이는 목구멍 안으로 채 썬 상추를 밀어 넣는 일을 하고 나서 말했다.

하지만 10월 초가 되자 해리에게는 정신을 쏟을 다른 일이 생겼다. 그 불만족스러운 수업들을 보상할 만큼 즐거운 일이었다. 퀴디치 시즌이 다가오고 있었던 것이다. 그리핀도르 퀴디치 팀 주장인 올리버 우드는 새 시즌에 대비한 전술을 논의하기 위해 어느 목요일 저녁 회의를 소집했다.

퀴디치 팀에는 일곱 명의 선수가 있었다. 추격꾼 셋의 임무는 퀘플(럭비공 크기의 빨간 공)을 경기장 끝에 있는 15미터 높이의 고리들 중 하나에 통과시켜 득점하는 것이었다. 두 명의 몰이꾼은 묵직한 방망이를 들고 블러저(주변을 쌩쌩 날아다니며 선수들을 공격하는 두 개의 묵직한 검은색 공)를 멀리 쳐 내는 역할을 했다. 파수꾼은 골대를 지켰다. 그리고 가장 어려운 임무를 맡은 수색꾼은 날개 달린 호두 크기의 아주 작은 공, 골든 스니치를 잡아야 했다. 스니치를 잡으면 경기가 끝나고 그 수색꾼의 팀이 추가로 150점을 얻었다.

올리버 우드는 건장한 체격의 열일곱 살 남학생으로, 이제 7학년이 되어 호그와트에서의 마지막 한 해를 보내고 있었다. 어둑어둑해지는 퀴디치 경기장 언저리의 싸늘한 탈의실에서 동료 선수 여섯 명에게 연설하는 그의 목소리에는 뭔가 필사적인 구석이 있었다.

"이번이 우리한테는, *나한테*는 퀴디치 우승컵을 따낼 마지막 기회야." 그가 동료들 앞을 큰 걸음으로 왔다 갔다 하면서 말했다. "이번 학년이 끝나면 나는 학교를 떠나. 나한테는 다시 기회가 없을 거야. 그리핀도르는 7년째 우승을 하지 못했어. 그래, 재수가 없었지. 부상에…… 지난 학기에는 시합이 취소되질 않나……." 아직도 그 기억을 떠올리면 목이 메는지 우드가 침을 꿀꺽 삼켰다. "하지만 우리가 학교 최강의 끝내주는 팀이라는 것도 알아." 그가 한 손을 주먹으로 치면서 말했다. 그의 눈이 익숙한 광기로 번뜩였다.

"뛰어난 세 명의 추격꾼."

우드는 얼리샤 스피넛과 앤젤리나 존슨, 케이티 벨을 가리켰다.

"무적의 몰이꾼 두 명."

"그만해, 올리버. 부끄럽다." 프레드와 조지 위즐리가 짐짓 얼굴을 붉히며 동시에 말했다.

"그리고 시합에서 단 한 번도 패한 적이 없는 수색꾼!" 우드는 맹렬한 자부심이 깃든 눈으로 해리를 응시하며 우렁우렁한 목소리로 말했다. "나도 있고." 그가 뒤늦게 생각났다는 듯 덧붙였다.

"우리는 너도 아주 잘한다고 생각해, 올리버." 조지가 말했다.

"끝내주는 파수꾼이지." 프레드가 말을 받았다.

"중요한 건……." 우드가 다시 왔다 갔다 하며 말을 이었다. "지난 2년간 퀴디치 우승컵에는 우리 이름이 적혔어야 한다는 거야. 해리가 우리 팀에 들어오면서부터 난 우승컵은 따 놓은 당상이라고 생각했어. 근데 그러질 못했지. 이번이야말로 그 퀴디치 우승컵에 새겨진 우리 이름을 볼 수 있는 마지막 기회야……."

우드가 어찌나 낙담한 듯 말했던지 프레드와 조지마저도 안쓰럽다는 표정을 지었다.

"올리버, 올해는 우리의 해야." 프레드가 말했다.

"그래, 꼭 해낼 거야, 올리버!" 앤젤리나가 말을 받았다.

"틀림없이." 해리도 거들었다.

그리핀도르 팀 선수들은 결의에 차서 1주일에 세 번씩 저녁 훈련을 시작했다. 날은 추워지고 습해지고 해는 점점 짧아졌지만, 아무리 땅이 진창이 되고 비바람이 세차게 몰아쳐도 마침내 커다란 은빛 퀴디치 우승컵을 들어 올리는 해리의 멋진 환상을 망치지는 못했다.

어느 날 저녁 해리는 몸은 춥고 뻣뻣하지만 훈련이 잘되어 만족스러운 기분으로 그리핀도르 휴게실로 돌아갔다. 휴게실은 잔뜩 흥분한 웅성거림으로 술렁이고 있었다.

"무슨 일이야?" 그가 론과 헤르미온느에게 물었다. 그들은 벽난로 근처 가장 좋은 의자에 앉아 천문학 수업에서 쓸 별자리표를 만들고 있었다.

"호그스미드를 방문하는 첫 주말 일정이 나왔거든." 론이 낡고 오래된 게시판에 붙은 공고문을 가리키며 말했다. "10월 말. 핼러윈에."

"잘됐네." 해리에 이어 초상화 구멍으로 들어온 프레드가 말했다. "'종코의 장난감 가게'에 들러야겠어. 악취 콩알탄이 거의 다 떨어졌거든."

해리는 론 옆에 털썩 주저앉았다. 붕 떴던 기분이 가라앉았다. 헤르미온느가 그런 그의 생각을 읽은 것 같았다.

"해리, 너도 다음에는 꼭 갈 수 있을 거야." 그녀가 말했다. "곧 블랙이 잡힐 테니까. 벌써 한 번 목격됐잖아."

"블랙은 호그스미드에서 무슨 짓을 저지를 만큼 멍청하지 않아." 론이 말했다. "맥고나걸한테 이번에 가도 되냐고 물어봐, 해리. 다음번이 언제 올지 모르……."

"론!" 헤르미온느가 버럭 소리쳤다. "해리는 학교 안에 있어야 해."

"3학년 중에 해리 혼자 남는 것도 웃기잖아." 론이 말했다. "맥고나걸한테 물어봐. 어서, 해리."

"그래, 그래야겠다." 해리는 마침내 결심하고 말했다.

헤르미온느가 반박하려고 입을 열었지만, 그 순간 크룩섕스가 그녀의 무릎으로 가볍게 뛰어올라 왔다. 녀석의 입에 커다란 죽은 거미가 대롱대롱 매달려 있었다.

"그걸 꼭 우리 앞에서 먹어야 해?" 론이 눈을 모로 뜨며 말했다.

"똑똑한 크룩생스, 혼자서 잡은 거야?" 헤르미온느가 말했다.

크룩생스는 천천히 거미를 씹어 삼켰다. 노란 두 눈은 오만하게도 론에게 고정되어 있었다.

"거기에 그냥 붙잡고 있어. 더는 안 바랄 테니까." 론이 짜증 나는 듯 별자리표로 다시 고개를 돌리며 말했다. "지금 내 가방에서 스캐버스가 자고 있단 말이야."

해리는 쩍 하품을 했다. 정말로 자고 싶었지만 별자리표를 완성해야 했다. 그는 가방을 끌어당겨 양피지와 잉크, 깃펜을 꺼내 숙제를 시작했다.

"괜찮으면 내 거 베껴도 돼." 론이 마지막 별에 멋 부린 글씨로 이름을 붙이고 해리에게 도표를 밀어 놓았다.

베끼는 걸 못마땅해하는 헤르미온느는 입술을 오므렸지만 아무 말도 하지 않았다. 크룩생스는 여전히 눈도 깜빡하지 않고 론을 빤히 바라보며 북슬북슬한 꼬리 끝을 휙휙 휘두르고 있었다. 다음 순간, 녀석이 아무 예고도 없이 덤벼들었다.

"야!" 크룩섕스가 가방 깊숙이 네 발의 발톱을 박아 넣고 사납게 찢기 시작하자 론이 가방을 낚아채며 소리쳤다. "꺼져, 이 멍청한 짐승아!"

론이 크룩섕스에게서 가방을 빼앗으려고 했지만 크룩섕스는 야옹거리고 할퀴며 매달렸다.

"론, 걔 다치게 하지 마!" 헤르미온느가 꺅 소리 질렀다. 휴게실 전체가 지켜보고 있었다. 론은 크룩섕스를 매단 채 가방을 빙글빙글 돌렸다. 스캐버스가 가방 속에서 튀어나왔다.

"저 고양이 잡아!" 크룩섕스가 가방 잔해를 놓고 탁자를 훌쩍 뛰어넘어 겁에 질린 스캐버스를 뒤쫓자 론이 소리쳤다.

조지 위즐리가 크룩섕스에게 달려들었으나 놓쳤다. 스캐버스는 스무 명의 다리 사이로 쏜살같이 달려가 낡은 서랍장 아래로 숨어들어 갔다. 크룩섕스가 미끄러져 멈추더니 안짱다리로 몸을 바짝 웅크리고 앞발로 서랍장 밑을 사납게 쓸기 시작했다.

론과 헤르미온느가 허겁지겁 다가갔다. 헤르미온느가 크룩섕스의 허리를 안아 올렸다. 론은 바닥에 엎드려 간신히 스캐버스의 꼬리를 붙잡아 끌어당겼다.

"애 좀 봐!" 론이 스캐버스를 헤르미온느 앞에 달랑달랑 흔들어 보이며 화를 냈다. "뼈랑 가죽밖에 안 남았어! 저놈의 고양이 좀 가까이 못 오게 하란 말이야!"

"크룩섕스는 그게 잘못된 일인지 몰라!" 헤르미온느가 떨리는 목소리로 말했다. "고양이는 다 쥐를 쫓잖아, 론!"

"저 짐승은 뭔가 이상해!" 론이 미친 듯이 꿈틀거리는 스캐버스를 주머니에 넣으려고 애쓰며 말했다. "스캐버스가 가방에 있다는 내 말을 알아들은 거야!"

"아, 무슨 헛소리야." 헤르미온느가 참지 못하고 말했다. "크룩섕스는 스캐버스의 냄새를 맡을 수 있는 거야, 론. 그렇지 않으면 어떻게……."

"저 고양이가 스캐버스를 노린다니까!" 론이 낄낄거리기 시작하는 주위 사람들을 모른 체하며 말했다. "여기 먼저 온 건 스캐버스야. *게다가 얘는 아프다고!*"

론은 휴게실을 빠르게 가로지르더니 계단을 올라가 남학생 기숙사로 사라졌다.

론은 다음 날에도 헤르미온느에게 여전히 화가 나 있었다. 약초학 수업 시간 내내 그녀에게는 말도 걸지 않았다. 그와 해리, 헤르미온느가 펑펑 꼬투리 하나를 갖고 실습을 하는 내내 그랬다.

"스캐버스는 좀 어때?" 셋이 그 식물에서 통통한 분홍색 꼬투리들을 떼어 내 반짝이는 콩알들을 나무통 안에 까 넣는 작업을 하던 중 헤르미온느가 조심스럽게 물었다.

"내 침대 밑에 숨어서 떨고 있어." 론이 화난 목소리로 말했다. 그가 나무통을 놓치는 바람에 콩알들이 온실 바닥 여기저기에 흩어졌다.

"조심해라, 위즐리. 조심해!" 콩알들이 눈앞에서 바로 펑펑 터지며 꽃을 피우자 스프라우트 교수가 소리쳤다.

다음은 변환 마법 시간이었다. 수업이 끝나고 맥고나걸 교수에게 다른 아이들과 함께 호그스미드에 갈 수 있는지 물어볼 작정이었던 해리는 교실 밖 아이들의 줄에 끼어 그녀를 설득할 방법을 짜내고 있었다. 하지만 줄 앞쪽에서 벌어진 소동에 정신이 팔리고 말았다.

라벤더 브라운이 울고 있는 모양이었다. 파르바티가 그녀를 팔로 감싼 채, 꽤 심각한 표정을 짓고 있는 셰이머스 피니건과 딘 토머스에게 무언가를 설명하고 있었다.

"무슨 일이야, 라벤더?" 헤르미온느가 해리, 론과 함께 그들에게 다가가 걱정스럽게 물었다.

"오늘 아침에 집에서 편지를 받았대." 파르바티가 속삭였다. "얘네 토끼, 빙키 때문에. 빙키가 여우한테 물려 죽었다는 거야."

"아." 헤르미온느가 말했다. "어떡해, 라벤더."

"이런 일이 벌어질 줄 알았어야 했어!" 라벤더가 비통하게 말했다. "오늘이 무슨 날인지 알아?"

"어……."

"10월 16일이야! '네가 두려워하는 그 일은 10월 16일에 일어날 거야!' 기억나? 교수님 말이 맞았어, 맞았다고!"

이제는 모두가 라벤더 주위에 모여 있었다. 셰이머스는 심각하게 고개를 저었다. 헤르미온느가 망설이다가 입을 열었다. "너…… 너, 빙키가 여우한테 죽을까 봐 두려워했어?"

"글쎄, 꼭 여우라고 생각한 건 아니야." 라벤더가 눈물이 줄줄 흐르는 눈으로 헤르미온느를 올려다보며 말했다. "하지만 나는 분명 빙키가 죽을까 봐 두려워했어!"

"아." 헤르미온느가 말했다. 그녀는 다시 잠깐 말을 멈췄다. 그리고 입을 열었다.

"빙키가 늙은 토끼였니?"

"아, 아니!" 라벤더가 흐느꼈다. "아기 토끼였어!"

파르바티가 라벤더를 더욱 꼭 끌어안았다.

"그런데 왜 빙키가 죽을까 봐 두려워한 거야?" 헤르미온느가 물었다.

파르바티가 그녀를 노려보았다.

"뭐, 논리적으로 생각해 봐." 헤르미온느가 다른 아이들을 돌아보며 말했다. "그러니까 빙키는 심지어 오늘 죽은 것도 아니야. 라벤더가 오늘 소식을 들었을 뿐이지." 라벤더가 큰 소리로 울음을 터뜨렸다. "그리고 그 일을 두려워하고 있었을 *리가* 없잖아. 정말 예상 못 한 일이니까."

"헤르미온느는 신경 쓰지 마, 라벤더." 론이 큰 소리로 말했다. "쟤는 다른 사람이 키우는 동물은 별로 중요하게 여기지 않으니까."

그 순간 맥고나걸 교수가 교실 문을 열어서 다행이었다. 서로를 쏘아보면서 교실로 들어간 헤르미온느와 론은 해리 양옆에 앉은 채 수업 시간 내내 서로에게 말을 걸지 않았다.

수업이 끝나고 종이 울렸을 때까지도 해리는 맥고나걸 교수에게 뭐라고 말해야 할지 결정하지 못했다. 그때 맥고나걸 교수가 먼저 호그스미드 얘기를 꺼냈다.

"잠깐 기다려라!" 학생들이 나가려고 할 때 그녀가 소리쳤다. "너희 모두 내 기숙사 소속이니, 핼러윈 전에 나에게 호그스미드 허가서를 제출해야 한다. 허가서가 없으면 마을을 방문할 수 없다는 것 잊지 말고!"

네빌이 손을 들었다.

"저, 교수님. 저, 저는 잃어버린 것 같⋯⋯."

"네 허가서는 할머니께서 나한테 직접 보내셨다, 롱보텀." 맥고나걸 교수가 말했다. "그편이 더 안전할 거라고 생각하신 것 같더구나. 자, 이상이다. 가도 좋아."

"지금 물어봐." 론이 해리에게 숨죽여 말했다.

"아, 그치만⋯⋯." 헤르미온느가 입을 열었다.

"해 버려, 해리." 론이 고집스럽게 말했다.

해리는 다른 학생들이 나가기를 기다렸다가 초조하게 맥고나걸 교수의 책상으로 향했다.

"무슨 일이지, 포터?"

해리는 숨을 깊숙이 들이마셨다.

"교수님, 저희 이모와 이모부가⋯⋯ 어⋯⋯ 제 허가서에 서명하는 걸 잊어버리셨는데요." 그가 말했다.

맥고나걸 교수는 정사각형 안경 너머로 그를 바라볼 뿐 아무 말도 하지 않았다.

"그래서⋯⋯ 어⋯⋯ 교수님이 생각하시기엔 괜찮지 않을까 해서요, 제 말은⋯⋯ 제가⋯⋯ 제가 호그스미드에 가도 괜찮을까요?"

맥고나걸 교수는 시선을 내리고 책상 위의 서류들을 펄 럭펄럭 넘기기 시작했다.

"미안하지만 안 된다, 포터." 그녀가 말했다. "내 말 들었 을 텐데. 허가서가 없으면 마을을 방문할 수 없다. 그게 규 칙이야."

"하지만, 교수님. 저희 이모와 이모부는…… 그 사람들은 머글이잖아요. 사실 뭘 잘 몰라요, 호그와트 서류나 그런 것들요." 해리가 말했다. 론이 열렬히 고개를 끄덕이며 그 를 부추겼다. "교수님께서 허락해 주시면……."

"하지만 나는 안 된다고 했지." 맥고나걸 교수가 일어나 서류를 깔끔하게 정리해 서랍에 넣으며 말했다. "허가서 에는 부모나 보호자가 허락해 주어야 한다고 명시되어 있 다." 그녀가 고개를 돌려 그를 바라보았다. 그녀의 얼굴에 는 묘한 감정이 어려 있었다. 동정심이었을까? "미안하구 나, 포터. 하지만 그게 내 최종 결정이다. 서두르는 게 좋겠 구나. 다음 수업에 늦겠다."

할 수 있는 일은 아무것도 없었다. 론은 맥고나걸 교수에 게 온갖 욕설을 퍼부어 헤르미온느를 심히 짜증 나게 만들었고, 헤르미온느는 '잘됐네' 하는 듯한 표정으로 론을 더욱 화나게 만들었으며, 해리는 수업 시간에 모두가 호그스미드에 가면 가장 먼저 뭘 할지 신나서 시끄럽게 떠드는 소리를 견뎌야 했다.

"그래도 연회는 항상 있잖아." 론이 해리의 기운을 북돋아 주려고 말했다. "그 왜, 핼러윈 연회 말이야. 저녁에 열리는."

"그래." 해리가 우울하게 말했다. "잘됐네."

핼러윈 연회 음식은 언제나 훌륭했다. 하지만 다른 아이들과 함께 호그스미드에서 하루를 보낸 다음에 먹으면 훨씬 맛있을 터였다. 누가 무슨 말을 해도 혼자 남게 된 해리의 기분은 좀처럼 나아지지 않았다. 그림을 잘 그리는 딘 토머스가 버넌 이모부의 서명을 위조해 주겠다고 했지만, 맥고나걸 교수에게 이미 허가서에 서명을 받지 못했다고 말했으므로 아무 소용 없었다. 론이 반신반의하며 투명 망토를 제안했지만, 헤르미온느는 디멘터들이 투명 망토를 꿰뚫어 볼 수 있다던 덤블도어의 말을 상기시키며 그 생각을 바로 짓밟아 버렸다. 퍼시는 위로랍시고 전혀 도움이 되지 않는 말을 했다.

"다들 호그스미드 때문에 법석이지만 확실히 말하는데,

해리, 거긴 사람들이 말하는 것처럼 그렇게 재미있지 않아." 그가 진지하게 말했다. "그래, 뭐, 과자 가게는 괜찮은 편이지만 종코의 장난감 가게는 솔직히 위험해. 그래, 그리고 악쓰는 오두막은 언제든 들러 볼 만하지만, 실은 해리, 그것 말고는 정말 볼 게 없어."

헬러윈 아침, 해리는 다른 아이들과 함께 일어나 평소처럼 행동하려고 최선을 다하면서도 엄청나게 우울한 기분으로 아침 식사를 하러 내려갔다.

"허니듀크스에서 과자 많이 사다 줄게." 헤르미온느가 무척 미안한 표정으로 말했다.

"그래, 엄청 많이." 론이 말했다. 그와 헤르미온느는 해리의 실망한 얼굴을 보고 결국 크룩섕스와 관련된 시시한 싸움을 잊어버렸다.

"난 걱정하지 마." 태연하게 들리기를 바라며 해리가 말했다. "연회 때 보자. 재밌게 놀다 와."

해리는 두 사람과 함께 현관홀로 갔다. 건물 관리인 필치가 현관 안쪽에 서서 긴 명단의 이름을 지워 나가고 있었다. 모두의 얼굴을 의심스럽게 살펴보며 나가지 말아야 할 사람이 절대 몰래 빠져나가지 못하도록 확인하는 중이었다.

"안 가냐, 포터?" 말포이가 소리쳤다. 그는 크래브, 고일과 함께 줄을 서 있었다. "디멘터 지나가기가 무서워서?"

해리는 못 들은 척 혼자 대리석 계단을 걸어 올라가 텅 빈 복도를 지나서 그리핀도르 탑으로 돌아갔다.

"암호?" 뚱뚱한 귀부인이 졸고 있다가 흠칫 깨며 말했다.

"포르투나 메이저." 해리가 맥 빠진 목소리로 말했다.

초상화가 홱 열렸다. 그는 구멍을 지나 휴게실로 들어갔다. 휴게실은 재잘거리는 1학년과 2학년, 호그스미드에 너무 자주 가서 더 이상 신기할 것도 없는 상급생들로 붐볐다.

"해리! 해리! 안녕, 해리!"

콜린 크리비였다. 해리를 깊이 존경하는 그 2학년생은 그에게 말 걸 기회를 단 한 번도 놓친 적이 없었다.

"호그스미드에 안 가, 해리? 왜? 저기……." 콜린은 열성적으로 주위 친구들을 돌아보았다. "괜찮다면 와서 우리랑 같이 앉아도 돼, 해리!"

"어…… 고맙지만 괜찮아, 콜린." 해리가 말했다. 지금은 그 많은 사람이 이마의 흉터를 뚫어지게 응시하도록 놔둘 기분이 아니었다. "난…… 난 도서관에 가야 해. 숙제를 좀 해야 해서."

그렇게 말했으니 곧장 뒤돌아 초상화 구멍으로 나가는

수밖에 없었다.

"뭐 하자고 나를 자꾸 깨우는 게냐?" 뚱뚱한 귀부인이 멀어져 가는 그에게 짜증스럽게 소리쳤다.

해리는 의기소침해서 도서관 쪽으로 어슬렁어슬렁 걷다가 마음을 바꿨다. 숙제 따위를 할 기분이 아니었다. 그는 돌아서자마자 필치와 마주쳤다. 필치는 방금 호그스미드 방문객들을 마지막 한 명까지 내보내고 온 게 틀림없었다. "뭐 하는 거지?" 필치가 의심스럽다는 듯 으르렁거렸다.

"아무것도 안 하는데요." 해리는 사실대로 대답했다.

"아무것도 안 한다고!" 필치가 내뱉었다. 턱 밑 살이 불쾌하게 떨렸다. "거 참 그럴싸하구먼! 왜 네놈의 고약한 친구들처럼 호그스미드에서 악취 콩알탄이랑 트림 가루, 윙윙 벌레를 안 사고 혼자 살금살금 돌아다니고 있지?"

해리는 어깨를 으쓱했다.

"아무튼, 네 휴게실로 돌아가!" 필치가 으박질렀다. 그러더니 해리가 안 보일 때까지 눈을 부라리고 서 있었다.

하지만 해리는 휴게실로 돌아가지 않았다. 헤드위그를 보러 부엉이장에 가야겠다는 생각을 어렴풋이 하면서 계단을 올라 또 다른 복도를 걸어가고 있는데, 어느 방에서 웬 목소리가 그를 불러 세웠다. "해리?"

해리는 누가 말을 걸었는지 보려고 뒤돌았다가, 연구실 문 근처를 둘러보던 루핀 교수와 눈이 마주쳤다.

"뭐 하니?" 루핀이 필치와 전혀 다른 목소리로 물었다. "론이랑 헤르미온느는 어디 있고?"

"호그스미드예요." 해리는 태연한 척 말했다.

"아." 루핀이 말했다. 그는 잠깐 사려 깊은 눈으로 해리를 바라보았다. "들어올래? 다음 수업에 쓸 그린딜로가 방금 배달됐거든."

"뭐가 배달됐다고요?" 해리가 물었다.

그는 루핀을 따라 연구실로 들어갔다. 구석에 아주 커다란 수조가 있었다. 날카롭고 작은 뿔이 여러 개 달린 흉측한 녹색 생명체가 얼굴을 유리에 대고 일그러뜨리며 길고 가느다란 손가락들을 쥐었다 폈다 하고 있었다.

"수중 괴물이다." 루핀이 그린딜로를 유심히 들여다보며 말했다. "갓파를 다뤄 봤으니 별로 어렵지 않을 거야. 놈의 손아귀에서 빠져나오는 게 관건이지. 손가락이 비정상적으로 긴 거 보이니? 힘은 세지만 쉽게 부러진단다."

그린딜로가 녹색 이빨을 드러내더니 구석에 엉켜 있는 수초 속으로 숨었다.

"차 마실래?" 루핀이 주전자를 찾아 주위를 둘러보며 말했다. "한잔 마실까 하던 중이었는데."

"좋아요." 해리가 어색하게 말했다.

루핀이 마법 지팡이로 주전자를 톡톡 두드리자 주둥이에서 갑자기 증기가 한차례 뿜어 나왔다.

"앉거라." 루핀이 먼지투성이 깡통 뚜껑을 열면서 말했다. "미안하지만 티백밖에 없구나. 하지만 너도 찻잎은 질렸을 테지?"

해리는 루핀 교수를 바라보았다. 그의 눈이 반짝반짝 빛나고 있었다.

"어떻게 아셨어요?" 해리가 물었다.

"맥고나걸 교수님이 말씀해 주셨다." 루핀이 해리에게 이 빠진 찻잔을 건네며 말했다. "마음에 두고 있는 건 아니지?"

"아니에요." 해리가 말했다.

그는 잠시 루핀에게 매그놀리아가에서 봤던 개 이야기를 할까 생각했지만 그러지 않기로 했다. 루핀이 그를 겁쟁이라고 생각하는 건 싫었다. 안 그래도 루핀은 해리가 보가트를 다룰 수 없을 거라고 생각하는 듯했으니 더더욱 그랬다.

해리의 생각이 얼굴에 조금 드러났는지 루핀이 물었다. "무슨 걱정 있니, 해리?"

"아뇨." 해리는 거짓말을 했다. 그는 차를 조금 마시고 그를 향해 주먹을 휘두르는 그린딜로를 바라보았다. "아뇨, 있어요." 그가 찻잔을 루핀의 책상에 내려놓으며 갑자기 말했다. "보가트랑 싸웠던 날 기억하시죠?"

"그럼. 기억하고말고." 루핀이 천천히 말했다.

"왜 제가 보가트와 싸우게 놔두지 않으셨어요?" 해리가 불쑥 물었다.

루핀은 눈썹을 치켜올렸다.

"그게 당연하다고 생각했다만, 해리." 그가 놀란 목소리로 말했다.

루핀이 그런 적 없다고 잡아뗄 거라 예상했던 해리는 깜짝 놀랐다.

"왜요?" 그가 다시 물었다.

"뭐." 루핀이 얼굴을 살짝 찌푸렸다. "난 보가트가 너와 마주치면 볼드모트 경의 모습으로 변할 거라고 생각했거든."

해리는 그를 뚫어지게 바라보았다. 전혀 예상 못 한 대답이었다. 게다가 루핀은 볼드모트의 이름을 소리 내어 말했다. 여태껏 그 이름을 소리 내어 말했던 사람은 (해리 자신을 제외하면) 덤블도어 교수뿐이었다.

"확실히 내가 틀렸나 보구나." 루핀이 여전히 얼굴을 찌푸린 채 말했다. "난 볼드모트 경이 교무실에 나타나는 건

좋지 않다고 생각했다. 아이들이 겁에 질릴 거라고 생각했
거든."

"처음에는 볼드모트를 생각했어요." 해리는 솔직하게 말
했다. "하지만 그때…… 그때 디멘터들이 떠올랐어요."

"그랬구나." 루핀이 생각에 잠겨 말했다. "그랬군, 그랬
어……. 놀라운걸." 그는 해리의 얼굴에 떠오른 의아한 표
정을 보고 희미하게 미소 지었다. "그건 네가 무엇보다도
두려워하는 게 바로 두려움 그 자체라는 얘기거든. 아주 현
명하구나, 해리."

해리는 뭐라고 대꾸해야 할지 몰라 차를 좀 더 마셨다.

"그럼 넌 내가 너한테 보가트랑 싸울 능력이 없다고 생각
한 줄 알았겠구나?" 루핀이 예리하게 짚었다.

"아…… 네." 해리가 대답했다. 갑자기 기분이 한결 좋아
졌다. "루핀 교수님, 교수님은 디멘터들이……."

문 두드리는 소리에 말이 끊겼다.

"들어오세요." 루핀이 외쳤다.

문이 열리고 들어온 사람은 스네이프였다. 희미한 연기
가 피어오르는 잔을 들고 있던 그는 해리를 보더니 멈춰 섰
다. 그의 검은 눈이 가늘어졌다.

"아, 세베루스." 루핀이 미소 지으며 말했다. "정말 고마

워. 여기 책상에 올려놔 주겠어?"

스네이프는 연기 나는 잔을 내려놓았다. 그의 눈이 해리와 루핀 사이를 왔다 갔다 했다.

"해리에게 그린딜로를 보여 주고 있었어." 루핀이 수조를 가리키며 쾌활하게 말했다.

"멋지군." 스네이프가 보지도 않고 말했다. "바로 마셔야 해, 루핀."

"그래, 그래. 그러지." 루핀이 말했다.

"한 솥 가득 만들었어." 스네이프가 말을 이었다. "더 필요할 수 있으니."

"아마 내일 또 마셔야 할 것 같군. 정말 고마워, 세베루스."

"별말씀을." 스네이프는 그렇게 말했지만, 해리는 그의 눈빛이 별로 마음에 들지 않았다. 스네이프는 웃지도 않고 계속 이쪽을 쳐다보면서 연구실에서 나갔다.

해리는 호기심 가득한 얼굴로 잔을 바라보았다. 루핀이 미소 지었다.

"스네이프 교수님이 아주 친절하게도 내게 마법약을 만들어 주셨어." 그가 말했다. "난 전부터 마법약 만드는 데는 소질이 없었거든. 이건 특히 복잡한 약이고." 그는 잔을 들어 올려 냄새를 맡아 보았다. "설탕을 넣으면 효과가 없어진다니 안타깝지." 그가 한 모금 마시고 부르르 떨며 덧붙였다.

"왜 그걸……?" 해리가 입을 열었다. 루핀이 그를 바라보며, 해리가 미처 끝내지 못한 질문에 답해 주었다.

"몸이 좀 안 좋아진 것 같아서." 그가 말했다. "이 마법약만 듣는단다. 스네이프 교수님이랑 같이 일하다니 운이 아주 좋지. 이걸 만들 만한 실력을 가진 마법사는 그렇게 많지 않거든."

루핀 교수가 한 모금 더 마시자 해리는 그의 손에서 잔을 쳐 내고 싶은 거센 충동을 느꼈다.

"스네이프 교수는 어둠의 마법에 아주 관심이 많아요." 그가 불쑥 내뱉었다.

"그래?" 루핀은 마법약을 한 모금 더 마시면서 아주 가벼운 흥미만 보일 뿐이었다.

"어떤 사람들은……." 해리는 망설이다가 성급하게 입을 열었다. "어떤 사람들은 스네이프 교수가 어둠의 마법 방어법 교수 자리를 얻으려고 뭐든지 할 거라 생각하고요."

루핀은 잔을 다 비우고 얼굴을 찌푸렸다.

"역겹군." 그가 말했다. "자, 해리. 나는 다시 일을 해야겠구나. 이따가 연회에서 보자.”

“네.” 해리가 빈 찻잔을 내려놓으며 말했다.

루핀의 빈 잔에서는 여전히 연기가 피어오르고 있었다.

“여기.” 론이 말했다. “가져올 수 있는 만큼 가져왔어.”

밝은 색깔 과자들이 해리의 무릎 위에 쏟아져 내렸다. 해질 녘, 막 휴게실에 나타난 론과 헤르미온느는 차가운 바람에 얼굴이 발그레해진 채 생애 최고의 시간을 보낸 듯한 표정을 짓고 있었다.

“고마워.” 해리가 조그만 검은색 ‘후추 도깨비’ 한 상자를 집어 들며 말했다. “호그스미드는 어땠어? 어디어디 갔었어?”

듣자 하니 온갖 곳을 돌아다닌 모양이었다. 마법 도구점인 ‘더비시 앤 뱅스’와 ‘종코의 장난감 가게’에도 갔고, ‘스리 브룸스틱스’에 가서 머그잔 가득 거품이 이는 뜨거운 버터맥주를 마셨으며, 그 밖에도 많은 곳을 다녀왔다.

“우체국에도 갔어, 해리! 200마리쯤 되는 부엉이랑 올빼미 들이 모두 선반 위에 앉아 있었는데, 얼마나 빨리 배달되느냐에 따라 다 색깔로 구분되어 있더라!”

“허니듀크스에 신제품 퍼지가 나왔어. 맛보기로 나눠 주던데. 여기 조금 있어, 먹어 봐."

"오거도 본 것 같아. 정말이지, 스리 브룸스틱스에서는 온갖 손님을 다 받던걸."

"너한테 버터맥주를 좀 갖다줄 수 있었으면 좋았을 텐데. 몸이 정말 따뜻해지거든."

"넌 뭐 했어?" 헤르미온느가 걱정스러운 얼굴로 물었다. "숙제는 조금이라도 끝냈니?"

"아니." 해리가 말했다. "루핀 교수님 연구실에서 차를 마셨어. 그때 스네이프가 들어왔는데……."

그는 스네이프가 마법약을 가져다준 일에 대해 전부 들려주었다. 론의 입이 떡 벌어졌다.

"루핀이 그걸 마셨다고?" 그가 숨을 들이켰다. "미친 거 아냐?"

헤르미온느가 시계를 확인했다.

"내려가는 게 좋겠어. 5분 뒤에 연회가 시작될 거야……." 그들은 서둘러 초상화 구멍을 나가 여전히 스네이프 얘기를 하면서 사람들 틈에 끼었다.

"하지만 만약 스네이프가…… 그러니까……." 헤르미온느가 목소리를 낮추고 초조하게 주위를 두리번거렸다. "정말로 루핀 교수님을 독살하려고 했다면, 해리 앞에서 그러진 않았을 거야."

"그래, 아마 그렇겠지." 현관홀에 도착해 대연회장을 향해 가면서 해리가 말했다. 대연회장은 속을 양초로 채운 호박 수백 개와 날개를 퍼덕이며 구름처럼 몰려다니는 살아 있는 박쥐 떼, 타오르는 듯 선명한 오렌지색 장식용 테이프로 장식되어 있었다. 폭풍우 치는 천장을 가로지른 장식용 테이프들이 화려한 색깔의 물뱀처럼 흐느적거렸다.

음식은 맛있었다. 허니듀크스 과자를 잔뜩 먹은 탓에 배가 터질 지경이던 헤르미온느와 론도 모든 음식을 두 접시씩 먹어 치웠다. 해리는 끊임없이 교직원 식탁을 힐끔거렸다. 루핀 교수는 여느 때처럼 즐거워 보였다. 그는 작은 키의 일반 마법 담당 플리트윅 교수에게 활기차게 말을 건네고 있었다. 해리는 식탁을 따라 스네이프가 앉아 있는 곳으로 시선을 옮겼다. 그의 상상일까, 아니면 실제로 스네이프의 눈이 부자연스러울 만큼 루핀을 향해 자주 깜빡인 걸까?

연회는 호그와트 유령들이 준비한 여흥으로 끝났다. 그들이 벽과 식탁에서 튀어나와 한 차례 편대 비행을 한 것이다. 그리핀도르 유령인 목이 달랑달랑한 닉은 본인의 엉망진창 참수 장면을 재현해 큰 성공을 거뒀다.

어찌나 즐거운 저녁이었던지 다들 대연회장을 떠날 때

사람들을 헤치고 와서 "디멘터들이 안부 전해 달란다, 포터!"라고 외쳤던 말포이조차 해리의 기분을 망치지 못했다.

해리, 론, 헤르미온느는 다른 그리핀도르 학생들과 함께 늘 가던 길을 따라 그리핀도르 탑으로 향했다. 하지만 뚱뚱한 귀부인의 초상화가 있는 복도 끝에 다다르자 학생들이 잔뜩 몰려서 있는 것이 보였다.

"왜 아무도 안 들어가는 거지?" 론이 의아한 듯 말했다.

해리는 앞에 선 사람들 머리 너머를 바라보았다. 초상화가 닫혀 있는 것 같았다.

"좀 지나갈게요." 퍼시의 목소리가 들렸다. 그가 거드름을 피우며 사람들을 헤치고 부산스럽게 걸어왔다. "왜 여기 서 있지? 모두가 암호를 잊어버렸을 리는 없고…… 실례, 난 남학생 회장이야."

그때 갑자기 앞쪽부터 침묵에 휩싸이면서 냉기가 복도로 퍼져 나가는 듯했다. 퍼시가 돌연 날카로운 목소리로 말하는 것이 들렸다. "누가 덤블도어 교수님 좀 모셔 와. 빨리."

아이들이 고개를 돌렸다. 뒤에 있던 아이들은 까치발을 들었다.

"무슨 일이야?" 방금 도착한 지니가 물었다.

다음 순간, 덤블도어 교수가 나타나 다급히 초상화로 향했다. 그리핀도르 학생들이 서로 붙어 서서 길을 비켜 주었고 해리, 론, 헤르미온느는 무슨 일인지 보려고 더 바짝 붙었다.

"아, 저런……." 헤르미온느가 탄식하며 해리의 팔을 잡았다.

뚱뚱한 귀부인은 초상화에서 사라지고 없었다. 그림은 난도질되어 캔버스 조각만이 바닥에 흩어져 있고 그림의 상당 부분이 완전히 찢겨 나가 있었다.

덤블도어는 망가진 그림을 한 차례 빠르게 살피더니 고개를 돌려, 허겁지겁 다가오던 맥고나걸 교수와 루핀 교수, 스네이프 교수를 우울한 눈으로 바라보았다.

"뚱뚱한 귀부인을 찾아야 합니다." 덤블도어가 말했다. "맥고나걸 교수님, 즉시 필치 씨한테 가서 성안 모든 그림에서 뚱뚱한 귀부인을 찾으라고 전해 주세요."

"과연 그렇게 될까요?" 낄낄거리는 목소리가 말했다.

폴터가이스트 피브스였다. 그는 사람들 위에 둥둥 떠서 위아래로 흔들거리며, 언제나 그랬듯 파괴와 불안이 가득한 현장을 보며 즐거워하고 있었다.

"무슨 뜻인가, 피브스?" 덤블도어가 침착하게 묻자 피브스의 웃음이 조금 희미해졌다. 아무리 피브스라도 감히 덤블도어를 조롱하지는 못했다. 대신 그는 낄낄거리는 것보다 조금도 나을 것 없는 알랑거리는 목소리를 선택했다.

"뚱뚱한 귀부인은 부끄러워하고 있습니다요, 교장 선생님. 모습을 보이고 싶어 하지 않아요. 끔찍할 만큼 엉망진창이 됐습죠. 풍경화를 지나서 5층으로 달려 올라가는 걸 제가 봤습니다요, 교장 선생님. 나무 사이로 몸을 피하면서요. 뭐라뭐라 끔찍한 소리를 지르던뎁쇼." 그가 기분 좋은 듯 말했다. "불쌍하기도 하지." 그러고는 전혀 불쌍해하지 않는 말투로 덧붙였다.

"누구 짓이라고는 얘기하던가?" 덤블도어가 조용히 물었다.

"아, 그럼요, 교장 나리." 피브스가 엄청난 폭탄선언이라도 하려는 것처럼 말했다. "뚱뚱한 귀부인이 들여보내 주지 않으려 하니까 그놈이 아주 화를 내더란 말입죠." 피브스가 휙 돌더니 자기 다리 사이로 덤블도어를 바라보며 씩 웃었다. "성질이 아주 고약했습니다요, 그 시리우스 블랙이라는 놈."

9장
쓰라린 패배

덤블도어 교수는 그리핀도르 학생들을 모두 대연회장으로 돌려보냈다. 10분 뒤에는 후플푸프와 래번클로, 슬리데린 학생들이 대연회장에 도착했다. 다들 굉장히 혼란스러운 표정을 짓고 있었다.

"교수님들과 난 성을 철저히 수색해야 합니다." 맥고나걸 교수와 플리트윅 교수가 대연회장의 출입문을 모두 닫자 덤블도어 교수가 학생들에게 말했다. "유감스럽게도, 안전을 위해 여러분은 오늘 밤 여기서 자야 할 것 같군요. 반장들은 대연회장 출입구를 지켜 주세요. 남학생 회장과 여학생 회장에게 총 책임을 맡깁니다. 어떤 소동이 일어나더라도 그 즉시 나에게 보고하도록 하세요." 그는 엄청난 자긍심과 자부심이 깃든 표정을 짓고 있는 퍼시에게 덧붙였다. "유령 중 한 명을 통해서 소식을 전하거라."

덤블도어 교수가 대연회장을 떠나려다 말고 말했다. "아, 그렇지. 이게 필요하겠군⋯⋯."

그가 아무렇지도 않게 마법 지팡이를 한 번 휘두르자 기다란 식탁들이 대연회장 가장자리로 날아가 저절로 벽에 기대어 섰고, 또 한 번 휘두르자 푹신푹신한 보라색 침낭 수백 개가 바닥을 잔뜩 뒤덮었다.

"잘들 자거라." 덤블도어 교수가 문을 닫으면서 모두에게 말했다.

대연회장은 곧바로 흥분으로 웅성거리기 시작했다. 그리핀도르 학생들이 다른 기숙사 학생들에게 방금 있었던 일을 전해 주었다.

"모두 침낭에 들어가!" 퍼시가 소리쳤다. "어서, 당장! 이제부터 대화 금지! 10분 뒤에 불 끈다!"

"가자." 론이 해리와 헤르미온느에게 말했다. 그들은 침낭 세 개를 질질 끌고 구석으로 갔다.

"블랙이 아직 성안에 있을까?" 헤르미온느가 불안한 듯 속삭였다.

"덤블도어는 분명 그럴지도 모른다고 생각하는 것 같

아." 론이 말했다.

"그래도 오늘 밤에 와서 정말 다행이다." 헤르미온느가 말했다. 그들은 옷을 완전히 갖춰 입고 침낭에 들어가 팔꿈치를 괸 채 이야기를 나누었다. "오늘 밤에 딱 하루 탑을 비웠잖아……."

"도망 중이라 날짜 가는 줄도 몰랐나 봐." 론이 말했다. "핼러윈인 줄 몰랐던 거지. 알았다면 탑이 아니라 여기로 들이닥쳤을 텐데."

헤르미온느가 몸을 떨었다.

사방에서 사람들이 서로에게 똑같은 질문을 던지고 있었다. '그자가 대체 어떻게 들어온 거지?'

"어쩌면 순간이동 하는 방법을 아는지도 몰라." 조금 떨어진 곳에서 래번클로 학생 하나가 말했다. "그냥 갑자기 나타난 거지."

"변장했을 수도 있어." 후플푸프 5학년 학생이 말했다.

"날아들어 왔을 수도 있고." 딘 토머스가 의견을 내놨다.

"진짜, 《호그와트의 역사》를 읽어 볼 생각을 한 사람은 나뿐인 거야?" 헤르미온느가 짜증스러워하면서 해리와 론에게 말했다.

"아마 그럴걸." 론이 말했다. "왜?"

"왜냐하면 성을 지키는 건 벽만이 아니거든." 헤르미온느가 말을 이었다. "이 성에는 사람들이 몰래 들어오지 못하도록 온갖 마법이 걸려 있어. 여기선 순간이동을 할 수 없어. 게다가 디멘터들을 속일 수 있는 변장이라니, 나도 한번 보고 싶다. 디멘터들이 교내로 들어오는 문을 하나하나 지키고 있잖아. 블랙이 날아들어 왔어도 봤을 거야. 필치가 비밀 통로를 다 알고 있으니 그 통로들도 지키게 했을 거고……."

"이제 불 끈다!" 퍼시가 소리쳤다. "모두 침낭에 들어가. 더 이상 대화는 금지야!"

모든 촛불이 한꺼번에 꺼졌다. 이제 빛이라고는 반장들에게 심각하게 말을 건네며 떠다니는 은빛 유령들이 내뿜는 빛과 바깥 하늘처럼 별이 총총히 박힌 마법 천장에서 흘러나오는 별빛뿐이었다. 여기에 여전히 대연회장을 가득 채우고 있는 소곤거림이 더해지자 해리는 가벼운 바람을 맞으며 야영하는 기분마저 들었다.

한 시간에 한 번씩 교수 한 명이 대연회장에 나타나 문제가 없는지 확인했다. 마침내 수많은 학생이 잠든 3시경, 덤블도어 교수가 대연회장에 들어왔다. 그가 퍼시를 찾아 주위를 두리번거리는 모습이 보였다. 퍼시는 침낭들 사이를 돌아다니며 수다 떠는 아이들을 나무라고 있었다. 퍼시와 별로 떨어져 있지 않았던 해리, 론, 헤르미온느는 덤블도어의 발소리가 가까워지자 재빨리 잠든 척했다.

"그자의 흔적을 찾으셨습니까, 교수님?" 퍼시가 숨죽여 물었다.

"아니. 여긴 괜찮으냐?"

"모든 게 통제하에 있습니다, 교수님."

"그래. 지금 모두를 움직이게 하는 건 의미가 없지. 그리핀도르 초상화 구멍을 지킬 임시 경비원을 구해 두었으니, 내일 네가 아이들을 다시 데려가면 될 게다."

"그럼 뚱뚱한 귀부인은요, 교수님?"

"3층 아가일서 지도에 숨어 있더구나. 암호를 안 대면 들여보내 주지 않겠다고 하자 블랙이 뚱뚱한 귀부인을 공격한 모양이야. 지금도 많이 괴로워하고 있다만, 일단 진정되고 나면 필치 씨더러 복구하게 해야지."

대연회장 문이 또 한 번 삐걱 열리는 소리와 더 많은 발소리가 들렸다.

"교장 선생님?" 스네이프였다. 해리는 숨죽인 채 열심히 귀를 기울였다. "4층 전체를 수색했습니다. 놈은 거기에 없습니다. 필치가 지하 감옥을 수색했지만 역시 아무것도 없었습니다."

"천문탑은 어떤가? 트릴로니 교수 방은? 부엉이장은?"

"전부 수색했습니다만⋯⋯."

"수고했네, 세베루스. 실은 나도 블랙이 오래 머물 거라고는 예상 안 했네."

"그자가 어떻게 침입했는지에 대해 의견이 있으십니까, 교수님?" 스네이프가 물었다.

해리는 다른 쪽 귀로 소리를 들으려고 양팔에 얹은 머리를 살짝 들었다.

"그거야 많다네, 세베루스. 하나같이 가능성은 희박하지만."

해리는 실눈을 뜨고 그들이 서 있는 곳을 올려다보았다. 덤블도어는 해리를 등지고 있었지만 열심히 듣고 있는 퍼시의 얼굴과 화가 난 듯한 스네이프의 옆얼굴은 보였다.

"전에 나눴던 대화를 떠올려 보세요, 교장 선생님. 그⋯⋯ 학기 시작 직전에 했던 얘기 말입니다." 스네이프가 말했다. 그는 퍼시를 대화에서 배제하려는 듯 입술을 거의 움직이지 않았다.

"기억하고 있네, 세베루스." 덤블도어가 말했다. 그의 목소리에는 뭔가 경고 비슷한 기색이 담겨 있었다.

"제가 보기에 블랙이 내부자의 도움 없이 학교에 들어오는 건 불가능에 가깝습니다. 교장 선생님께서 그자를 임명하셨을 때 제가 염려하는 바를 말씀드렸습니다만."

"나는 이 성에 있는 어느 누구도 블랙이 들어오도록 도와줬을 거라고 생각하지 않네." 덤블도어가 말했다. 이 얘기는 여기서 끝이라는 뜻이 말투에 너무도 확연히 드러났기에 스네이프는 더 이상 대꾸하지 않았다. "난 디멘터들에게 가 봐야겠네." 덤블도어가 말했다. "우리 측 수색이 완료되면 알려 주기로 했으니."

"디멘터들이 도와주고 싶어 하지 않던가요, 교수님?" 퍼시가 물었다.

"아, 물론 도와주고 싶어 했지." 덤블도어가 싸늘하게 말했다. "하지만 유감스럽게도, 내가 교장으로 있는 한 디멘터들은 절대 이 성 안에 발을 들이지 못할 게다."

퍼시는 약간 겸연쩍은 표정을 지었다. 덤블도어는 빠르고 조용한 걸음으로 대연회장을 나갔다. 스네이프는 잠깐 서서 깊은 분노가 깃든 표정으로 교장의 뒷모습을 지켜보다가 역시 떠났다.

해리는 론과 헤르미온느를 힐끗 곁눈질했다. 둘 다 눈을 뜨고 있었다. 그들의 눈동자에 별이 총총한 천장이 비쳤다.

"저게 다 무슨 소리야?" 론이 입을 벙긋거렸다.

다음 며칠 동안 학생들은 시리우스 블랙 얘기만 주고받
았다. 그가 어떻게 성에 들어올 수 있었는지에 대한 추측들
은 점점 터무니없어졌다. 예컨대 다음번 약초학 수업에서
후플푸프의 해너 애벗은 아무나 붙잡고 블랙이 꽃을 피우
는 관목으로 변신할 수 있다는 이야기를 늘어놓으면서 수
업 시간 대부분을 보냈다.

갈가리 찢긴 뚱뚱한 귀부인의 캔버스가 내려지고 대신
벽에는 캐도건 경과 그의 뚱뚱한 잿빛 조랑말 그림이 걸렸
다. 기뻐하는 사람은 아무도 없었다. 캐도건 경은 근무 시
간의 반 정도를 사람들에게 결투 신청을 하면서 보냈고, 나
머지 반은 우스꽝스러울 정도로 복잡한 암호를 지어내며
보냈다. 암호도 하루에 최소한 두 번은 바뀌었다.

"저 사람 완전히 돌았어." 셰이머스 피니건이 화가 나서
퍼시에게 말했다. "다른 사람 그림을 걸면 안 돼?"

"어떤 초상화도 여기서 일하고 싶어 하지 않았어." 퍼시
가 말했다. "뚱뚱한 귀부인이 당한 일에 겁을 먹은 거지.
자원할 용기가 있었던 건 캐도건 경뿐이야."

그러나 캐도건 경쯤이야 해리에겐 걱정거리라고 할 수도

없었다. 이제 해리는 밀착 감시를 당하고 있었다. 교수들은 그와 함께 복도를 걸어갈 핑계를 찾아냈고, 퍼시 위즐리는 (해리가 짐작하기에는 어머니의 명령에 따라) 극도로 오만한 경비견처럼 어디든 그를 따라다녔다. 최악은 맥고나걸 교수가 해리를 연구실로 불렀을 때였는데, 그녀의 표정이 하도 우울해서 해리는 누가 죽은 게 틀림없다고 생각할 정도였다.

"더 이상 숨겨 봐야 소용없겠구나, 포터." 그녀가 아주 심각한 목소리로 말했다. "네가 충격받으리라는 걸 알지만, 시리우스 블랙은······."

"저를 쫓고 있다고요. 저도 알아요." 해리가 지친 듯 말했다. "론네 아빠가 걔네 엄마한테 얘기하시는 걸 들었어요. 위즐리 씨는 마법 정부에서 일하시거든요."

맥고나걸 교수는 꽤 놀란 것 같았다. 그녀는 잠깐 동안 해리를 뚫어지게 바라보더니 다시 입을 열었다. "그랬구나! 흠, 그렇다면 포터, 너도 이해하겠구나. 내가 볼 때 저녁에 퀴디치 훈련을 하는 건 좋은 생각이 아닌 것 같다. 팀 선수들하고만 경기장에 나가는 건 너무 위험해, 포터."

"토요일이 첫 시합이에요!" 해리가 발끈해서 말했다. "훈련을 해야 한다고요, 교수님!"

맥고나걸 교수는 골똘히 그를 바라보았다. 해리는 그녀가 그리핀도르 퀴디치 팀의 미래에 깊은 관심을 가지고 있다는 사실을 잘 알았다. 무엇보다, 애초에 해리에게 수색꾼 자리를 제안한 것도 그녀였다. 그는 숨죽이고 기다렸다.

"흠……." 맥고나걸 교수가 자리에서 일어나 빗줄기 사이로 겨우 보이는 창밖의 퀴디치 경기장을 응시했다. "그래…… 물론 나도 우리가 우승컵을 타는 모습을 보고 싶지……. 하지만 그래도 마찬가지야, 포터……. 선생님이 한 분 계시면 좀 안심이 될 것 같구나. 내가 후치 선생님께 너희 훈련을 지켜봐 달라고 부탁드리마."

첫 퀴디치 시합이 다가올수록 날씨는 점점 악화되었다. 후치 선생이 지켜보는 가운데 그리핀도르 팀은 흔들림 없이 어느 때보다도 열심히 훈련했다. 그러다가 토요일 경기 직전 마지막 훈련 시간에 올리버 우드가 팀 선수들에게 달갑지 않은 소식을 전했다.

"우리 상대는 슬리데린이 아니야!" 그가 화가 머리끝까지 난 얼굴로 말했다. "플린트가 방금 나를 찾아와서 말했어. 우린 대신 후플푸프와 경기하게 됐어."

"왜?" 나머지 선수들이 동시에 물었다.

"자기네 수색꾼 팔이 아직 낫지 않았다고 핑계를 대더라." 우드는 화가 나서 이를 바득바득 갈았다. "하지만 왜 그러는지는 뻔하지. 이런 날씨에 경기하고 싶지 않은 거야. 지금 같은 상황에서는 승산이 없다고 생각하는 거지……."

하루 종일 강풍이 불고 비가 억수같이 쏟아지고 있었다. 우드가 말하는 동안에도 멀리서 우르릉하는 천둥소리가 들렸다.

"말포이 팔은 *아무 문제* 없어! 멀쩡하다고!" 해리가 분노로 길길이 뛰며 소리쳤다. "꾸며 내고 있는 거야!"

"나도 알아. 하지만 증명할 방법이 없잖아." 우드가 씁쓸하게 말했다. "우리는 여태껏 슬리데린과 붙을 걸 가정하고 이 모든 동작을 훈련해 왔어. 그런데 후플푸프와 시합을 하라니. 걔들은 경기 스타일이 상당히 달라. 세드릭 디고리라는 새 주장 겸 수색꾼도 들어왔고."

앤젤리나, 얼리샤, 케이티가 갑자기 키득키득 웃었다.

"뭐야?" 너무나 태평한 반응에 우드가 얼굴을 찡그리며 물었다.

"그 키 크고 잘생긴 애 말하는 거지?" 앤젤리나가 말했다.

"힘도 세고, 과묵하고." 케이티가 말했다. 그들은 다시 키득거리기 시작했다.

"걔가 과묵한 건 그저 너무 멍청해서 단어 두 개를 연결하지 못하기 때문이야." 프레드가 참지 못하고 말했다. "네가 왜 걱정하는지 모르겠다, 올리버. 후플푸프쯤은 식은 죽 먹기야. 지난번에 걔들하고 경기했을 때 해리가 거의 5분만에 스니치를 잡았잖아. 기억나?"

"그때랑은 상황이 완전히 달라!" 우드가 눈을 부릅뜨며 소리쳤다. "디고리는 놀랄 만큼 팀을 아주 강하게 만들었어! 훌륭한 수색꾼이기도 하고! 혹시나 너희가 이런 식으로 받아들일까 봐 걱정한 거야! 긴장을 풀면 절대 안 돼! 집중해야 해! 슬리데린은 우리를 곤경에 빠뜨리려고 그러는 거야! 우린 *이겨야만* 해!"

"올리버, 진정해!" 프레드가 살짝 겁먹은 표정으로 말했다. "우린 후플푸프를 아주 진지하게 생각하고 있어. *진지하게.*"

시합 전날이 되자 바람은 울부짖는 지경에 이르렀고 비는 어느 때보다도 세차게 쏟아졌다. 복도와 교실이 지나치게 어두워져 평소보다 많은 횃불과 등잔으로 불을 밝혀야 했다. 슬리데린 퀴디치 팀은 정말이지 매우 의기양양한 표정이었다. 말포이가 특히 그랬다.

"아, 팔만 조금만 더 나았어도!" 바깥의 거센 바람이 창문을 두드리자 그는 짐짓 한숨을 내쉬었다.

해리는 다음 날 시합 말고 다른 건 생각할 여유가 없었다. 올리버 우드는 수업 시간 사이사이 계속 허겁지겁 찾아와 조언을 늘어놓았다. 세 번째로 그랬을 때는 우드가 너무 오랫동안 이야기하는 바람에 어둠의 마법 방어법 수업에 10분 늦었다는 사실을 갑자기 깨달았다. 해리는 "디고리는 아주 빠르게 방향을 틀 줄 알아. 해리, 그러니까 우회하는 게 나을지도 몰⋯⋯"이라고 소리치는 우드를 뒤로하고 달려갔다.

해리는 어둠의 마법 방어법 교실 앞에 미끄러지듯 멈춰서 문을 열고 안으로 뛰어들어 갔다.

"늦어서 죄송합니다, 루핀 교수님. 제가⋯⋯."

하지만 교탁에서 눈을 들어 그를 본 사람은 루핀 교수가 아니었다. 스네이프였다.

"수업은 10분 전에 시작했다, 포터. 그러니 그리핀도르에서 10점 감점해야겠군. 앉도록."

하지만 해리는 움직이지 않았다.

"루핀 교수님은 어디 계세요?" 그가 물었다.

"오늘은 몸이 너무 안 좋아서 가르칠 수 없다고 했다." 스네이프가 비틀린 미소를 머금고 말했다. "앉으라고 한 것 같은데?"

하지만 해리는 그 자리에 서 있었다.

"어디가 편찮으신데요?"

스네이프의 검은 눈이 번뜩였다.

"목숨이 위험한 정도는 아니다." 목숨이 위험했으면 좋겠다는 표정으로 스네이프가 말했다. "그리핀도르 5점 더 감점. 앉으라는 말을 한 번 더 해야 한다면 50점 감점이다."

해리는 천천히 자리로 걸어가 앉았다. 스네이프가 교실을 둘러보았다.

"포터가 말을 끊기 전에 이야기했듯이 루핀 교수가 지금껏 다룬 내용을 전혀 기록해 놓지 않았기 때문에……."

"저, 교수님, 저희는 보가트와 레드 캡, 갓파, 그린딜로를 배웠습니다." 헤르미온느가 재빨리 말했다. "그리고 이제 막……."

"조용." 스네이프가 차갑게 말했다. "나는 정보를 요구한 게 아니라 루핀 교수의 정리 능력 결여를 언급했을 뿐이다."

"그분은 저희가 여태까지 만나 본 어둠의 마법 방어법 교수님 중에 최고예요." 딘 토머스가 용감하게 말했다. 나머지 학생들도 찬성한다는 뜻으로 웅성거렸다. 스네이프는 어느 때보다도 악독한 표정을 지어 보였다.

"다들 쉽게 만족하는군. 루핀이 별 부담을 주지 않은 모양인데, 나라면 레드 캡과 그린딜로는 1학년들도 다룰 줄 안다고 생각했을 거다. 오늘 우리가 배울 건……."

해리는 스네이프가 아직 거기까지 배우지 않았다는 것을 틀림없이 알 텐데도 마지막 장(章)까지 교과서를 펄럭펄럭 넘기는 모습을 지켜보았다.

"……늑대인간이다." 스네이프가 말했다.

"하지만 교수님." 헤르미온느가 도저히 참을 수 없다는 듯 입을 열었다. "아직 늑대인간을 배울 차례가 아닌데요. 저희는 오늘 힝키펑크를 시작하기로 했……."

"그레인저 양." 스네이프가 지독할 만큼 침착한 목소리로 말했다. "이 수업을 진행하는 건 네가 아니라 나일 텐데. 그런 의미에서 너희 모두에게 분명히 말한다. 394페이지를 펴도록." 그가 주위를 쓱 둘러보았다. "모두! 당장!"

여럿이 불만스럽게 흘겨보고 또 몇몇이 시무룩하게 툴툴거리며 책을 펼쳤다.

"늑대인간과 진짜 늑대를 구분하는 법을 아는 사람 있나?" 스네이프가 물었다.

모두가 말없이 가만히 앉아 있었다. 헤르미온느를 뺀 모두가. 자주 그랬던 것처럼 헤르미온느의 손이 곧바로 번쩍 올라갔다.

"아무도 없나?" 스네이프가 헤르미온느를 못 본 체하고 말했다. 그의 얼굴에 비틀린 미소가 돌아와 있었다. "루핀 교수가 너희에게 기본적인 구분법도 가르쳐 주지 않았……."

"말씀드렸잖아요." 파르바티가 불쑥 말했다. "저희는 아직 늑대인간까지 진도를 나가지 않았어요. 아직……."

"조용!" 스네이프가 버럭 소리 질렀다. "이런, 이런, 이런. 늑대인간을 코앞에 두고도 알아보지 못하는 3학년 학급을 만나게 될 줄은 전혀 몰랐다. 너희가 얼마나 뒤처졌는지 덤블도어 교수님께 말씀드려야겠……."

"저, 교수님." 그때까지도 손을 들고 있던 헤르미온느가 말했다. "늑대인간은 진짜 늑대와 몇 가지 작은 차이점을 갖고 있습니다. 먼저 늑대인간의 주둥이는……."

"차례도 오지 않았는데 입을 연 게 벌써 두 번째다, 그레인저 양." 스네이프가 싸늘하게 말했다. "도저히 못 봐줄 만큼 잘난 척했으니 그리핀도르에서 5점 더 감점하겠다."

헤르미온느는 얼굴이 새빨개진 채 손을 내리고 그렁그렁

한 눈으로 바닥을 응시했다. 모두가 스네이프를 노려보았다. 다들 적어도 한 번쯤은 헤르미온느가 잘난 척한다고 말한 적이 있었으므로, 그것은 그들이 스네이프를 얼마나 싫어하는지를 알려 주는 증거였다. 1주일에 적어도 두 번은 헤르미온느가 잘난 척을 한다고 욕하는 론이 큰 소리로 말했다. "교수님이 질문했고 쟤가 답을 알잖아요! 답을 듣고 싶은 게 아니라면 왜 물어봐요?"

학생들은 곧 그가 선을 넘었다는 것을 알았다. 스네이프가 천천히 론에게 다가가자 아이들은 숨을 죽였다.

"방과 후 징계다, 위즐리." 스네이프가 론에게 얼굴을 바짝 들이대면서 부드러운 목소리로 말했다. "그리고 한 번만 더 내 지도 방식을 비판했다간 진심으로 후회하게 될 거다."

남은 수업 내내 아무도 소리를 내지 않았다. 모두가 가만히 앉아 교과서에서 늑대인간에 관한 내용을 옮겨 적는 가운데 스네이프는 책상 사이를 돌아다니며 루핀 교수와 함께했던 수업 내용을 들춰 보았다.

"아주 형편없는 설명이군……. 틀렸어, 갓파는 몽골에서 더 자주 발견된다. ……루핀 교수가 이걸 10점 만점에 8점을 줬다고? 나라면 3점을 줬을 거다……."

마침내 종이 울렸지만 스네이프는 그들을 붙들었다.

"다들 늑대인간을 알아보고 없애는 방법에 관한 작문 숙제를 제출하도록. 양피지 두루마리 두 개 분량으로 월요일 아침까지. 이젠 누구든 책임지고 이 학급을 지도해야지. 위즐리, 너는 남도록. 방과 후 징계 내용을 정해야 하니까."

해리와 헤르미온느는 다른 학생들과 함께 교실을 나섰다. 소리가 들리지 않는 곳까지 한참을 가서야 그들은 분통을 터뜨리며 스네이프에 대해 열변을 토했다.

"스네이프가 아무리 그 자리를 탐냈어도 다른 어둠의 마법 방어법 교수들한테는 한 번도 이런 태도를 보인 적이 없었어." 해리가 헤르미온느에게 말했다. "루핀 교수님한테는 왜 앙심을 품은 거지? 보가트 때문에?"

"모르겠어." 헤르미온느가 멍하니 생각에 잠겨서 말했다. "하지만 진심으로 루핀 교수님이 빨리 나으셨으면 좋겠다……."

5분 뒤 머리끝까지 화가 난 론이 그들을 따라잡았다.

"나한테 그…… (헤르미온느는 론이 스네이프를 부르는 말을 듣고 "론!" 하고 소리쳤다) ……가 뭘 시켰는지 알아? 병동의 환자용 변기를 닦으래. *마법을 쓰지 말고!*" 그가 두 주먹을 부르쥐고 숨을 몰아쉬었다. "블랙은 스네이프의 연구실에 안 숨어들고 뭐 한 거야? 우리를 위해 그 자식을 끝장내 줄 수도 있었잖아!"

해리는 다음 날 아침 꽤 이른 시간에 잠에서 깼다. 너무 일러 주위는 아직 어두웠다. 눈을 뜨고 잠깐 동안은 요란한 바람 소리에 깼다고 생각했지만, 다음 순간 목덜미에 차가운 바람이 불어오는 것을 느끼고 벌떡 일어나 앉았다. 폴터가이스트 피브스가 해리 옆에 둥둥 떠서 그의 귓가에 세찬 입김을 불어 대고 있었다.

"왜 이래?" 해리가 버럭 화를 냈다.

피브스는 볼을 잔뜩 부풀리고 더욱 세게 입김을 불더니 낄낄거리며 뒤로 쌩 날아서 방을 나갔다.

해리는 손을 더듬거리면서 자명종 시계를 찾았다. 겨우 4시 30분이었다. 그는 피브스에게 욕을 하면서 몸을 뒤척이며 다시 잠을 청했지만, 일단 잠이 깨고 나자 위에서 우르릉대는 소리와 성벽에 부딪치는 바람 소리, 저 멀리 금지된 숲에서 나무들이 흔들리는 소리를 못 들은 척하기가 꽤 어려웠다. 몇 시간 뒤면 퀴디치 경기장에 나가 저 강풍 속에서 싸우고 있을 것이다. 결국 그는 더 자려는 생각은 아예 접고 일어나 옷을 입은 뒤 님부스 2000을 들고 조용히 기숙사 침실을 나섰다.

문을 열자마자 무언가가 해리의 다리를 쓸고 지나갔다. 그는 때마침 허리를 구부려 크룩섕스의 북슬북슬한 꼬리 끝을 잡고 밖으로 질질 끌고 나왔다.

"너에 대해서는 론이 맞는 것 같다." 해리가 수상쩍다는 듯 크룩섕스에게 말했다. "여기에는 쥐가 많으니까 가서 걔들이나 쫓아. 가." 그가 발로 크룩섕스를 쿡쿡 밀어 나선형 계단으로 내려보내며 덧붙였다. "스캐버스는 내버려 두란 말이야."

휴게실에서는 폭풍우 소리가 더 크게 들렸다. 해리는 시합이 취소될 거라고 생각할 만큼 멍청하지 않았다. 퀴디치 시합은 폭풍우 따위의 사소한 일로는 취소되지 않았다. 그래도 굉장히 걱정되기는 했다. 언젠가 우드가 복도에서 세드릭 디고리를 가리키며 누군지 알려 준 적이 있었다. 디고리는 5학년생으로 해리보다 훨씬 덩치가 컸다. 수색꾼들은 보통 가볍고 날쌔지만, 이런 날씨에서는 디고리의 몸무게가 바람에 날려 경로를 이탈할 가능성을 낮춰 주는 이점이 될 것이었다.

해리는 난롯불 앞에 앉아 새벽이 올 때까지 시간을 보냈다. 또다시 남학생 기숙사 계단을 몰래 오르려는 크룩섕스를 막으려고 가끔씩 자리에서 일어나기도 했다. 한참 뒤 이제는 분명 아침 식사 시간이 됐을 거라고 생각한 해리는 혼자 초상화 구멍으로 걸어갔다.

"거기 멈춰! 싸우자, 이 비겁한 똥개야!" 캐도건 경이 소리쳤다.

"아, 시끄러워요." 해리는 쩍 하품했다.

포리지를 큰 그릇으로 한 대접 먹자 기운이 조금 돌아왔고, 토스트를 먹기 시작했을 때쯤에는 팀 동료들이 나타났다.

"힘든 경기가 될 거야." 우드가 음식을 입에 대지도 않고 말했다.

"걱정 그만해, 올리버." 얼리샤가 어르듯 말했다. "우린 비 조금 오는 것쯤 신경 안 써."

하지만 '비 조금 오는 것쯤'이라기에 날씨는 상당히 심각했다. 퀴디치의 인기가 워낙 높아 전교생이 평소처럼 시합을 보려고 나오긴 했지만, 다들 사나운 바람 탓에 경기장까지 머리를 숙인 채 뛰어가야 했다. 가는 동안 손에 든 우산들이 바람에 날아가 버렸다. 해리는 탈의실에 들어가기 직전, 말포이와 크래브와 고일이 큼직한 우산을 쓰고 경기장으로 걸어가는 길에 그를 보고 웃으며 손가락질하는 모습을 보았다.

진홍색 로브로 갈아입은 그리핀도르 팀 선수들은 우드가 시합을 시작하기 전 늘 하던 격려 연설을 하길 기다렸지만 그런 일은 일어나지 않았다. 우드는 몇 번 말을 쥐어짜느라 이상하게 꿀꺽거리는 소리를 내더니, 절망적으로 고개를 젓고 따라오라고 손짓했다.

바람이 워낙 거세게 부는 탓에 경기장으로 걸어가는 내내 몸이 옆으로 비틀거렸다. 관중이 환호하고 있다 해도 그 소리는 우르릉거리는 천둥소리에 묻혀 들리지 않을 게 틀림없었다. 해리의 안경에 빗방울이 잔뜩 튀었다. 이런 상황에서 대체 어떻게 스니치를 보지?

후플푸프 선수들이 카나리아 빛깔의 노란 망토를 입고 경기장 맞은편에서 나타났다. 주장들이 서로에게 다가가서 악수했다. 디고리는 우드에게 미소 지어 보였지만 우드는 이제 턱에 쥐라도 났는지 고개만 끄덕였다. 해리는 어떤 단어들을 내뱉는 후치 선생의 입을 보았다. "빗자루에 오른다." 그는 질척거리는 소리를 내며 진창에서 오른발을 떼고 님부스 2000 위에 올라탔다. 후치 선생이 호루라기를 입술에 대고 불자 멀리서 들려오는 듯한 날카로운 소리가 났다. 선수들이 일제히 날아올랐다.

해리는 빠르게 솟구쳤지만 바람 탓에 님부스의 방향이

조금씩 틀어졌다. 그는 빗자루가 틀어지지 않도록 할 수 있는 한 꽉 붙잡은 채 고개를 돌려 눈을 가늘게 뜨고 빗속을 바라보았다.

5분 만에 몸이 흠뻑 젖고 얼어붙었다. 작디작은 스니치는커녕 팀 동료들도 거의 보이지 않았다. 그는 빨간색과 노란색의 흐릿한 형상들을 지나치며 경기장을 앞뒤로 날아다녔다. 경기장 다른 곳에서 무슨 일이 벌어지는지는 전혀 알 수 없었다. 바람 때문에 중계하는 소리가 들리지 않았다. 관중은 망토들과 망가진 우산들의 바다 아래 가려져 있었다. 블러저의 공격을 받고 두 번씩이나 아주 아슬아슬하게 빗자루에서 떨어질 뻔했다. 안경에 빗방울이 맺혀 시야가 너무 흐린 탓에 날아오는 블러저를 보지 못한 것이다.

시간이 얼마나 흘렀는지 알 수 없었다. 빗자루를 똑바로 쥐고 있기가 점점 더 어려워졌다. 밤이 일찍 찾아오기로 작정한 듯 하늘이 어두워졌다. 해리는 두 번이나 팀 동료인지 상대편인지 모를 선수와 부딪칠 뻔했다. 이제는 모두가 흠뻑 젖은 데다가, 억수같이 내리는 비에 누가 누군지 구분하기도 어려웠다…….

처음으로 번개가 번쩍했을 때 후치 선생의 호루라기 소리가 들렸다. 해리는 굵은 빗줄기 사이로 자신을 보며 땅을 가리키는 우드의 윤곽만 볼 수 있었다. 팀 전원이 진창에 철퍽 내려섰다.

"내가 타임아웃을 요청했어!" 우드가 팀 선수들에게 소리쳤다. "어서, 이 밑으로 와."

그들은 경기장 가장자리의 커다란 우산 아래 옹송그리고 모였다. 해리는 안경을 벗어 황급히 로브로 닦았다.

"점수는?"

"우리가 50점 앞서고 있어." 우드가 말했다. "하지만 스니치를 빨리 잡지 않으면 경기가 밤까지 이어질 거야."

"이걸 끼고는 전혀 가망이 없어." 해리는 화가 나서 안경을 흔들며 말했다.

바로 그때 헤르미온느가 그의 옆에 나타났다. 머리 위로 망토를 뒤집어쓴 그녀는 왜인지 환하게 웃고 있었다.

"나한테 좋은 생각이 있어, 해리! 안경 이리 줘 봐, 빨리!"

해리가 안경을 건네자 헤르미온느는 팀 선수들이 놀라서 지켜보는 가운데 마법 지팡이로 안경을 살짝 두드리며 말했다. "임페르비우스!"

"자!" 그녀가 해리에게 안경을 돌려주며 말했다. "안경이 빗물을 튕겨 낼 거야!"

우드는 그녀에게 입이라도 맞출 것 같은 표정이었다.

"넌 천재야!" 우드는 관중 속으로 사라지는 헤르미온느의 뒷모습을 보며 쉰 목소리로 외쳤다. "좋아, 선수들, 가자!"

헤르미온느의 주문은 효과가 있었다. 여전히 추위 때문에 온몸이 얼얼했고 이렇게 푹 젖은 건 처음이었지만 앞은 보였다. 해리는 새로운 결의로 가득 차 빗자루에 오른 뒤 사나운 공기를 가르고 블러저를 피하면서 스니치를 찾아 사방을 뚫어지게 바라보았다. 반대쪽으로 쏜살같이 움직이는 디고리 밑으로 재빨리 빠져나가는데……

여러 갈래로 갈라진 번개가 번쩍하더니 곧이어 또 한 번 천둥이 쳤다. 점점 위험해지고 있었다. 빨리 스니치를 잡아야 했다.

해리는 몸을 돌렸다. 경기장 한가운데로 돌아갈 생각이었다. 하지만 그 순간, 또 한 차례 번개가 번쩍하면서 관중석을 비췄다. 뭔가를 본 순간 해리는 집중력이 완전히 흐트러지고 말았다. 비어 있는 관중석 맨 윗줄에서 꼼짝도 않는 거대한 털복숭이 검은 개의 윤곽이 하늘을 배경으로 선명하게 새겨져 있었다.

얼얼해진 손이 빗자루 손잡이에서 미끄러지고, 님부스가 1미터쯤 낙하했다. 머리를 흔들어 시야를 가린 젖은 머리카락을 치우고 눈을 가늘게 뜬 채 다시 관중석을 바라보았다. 개는 사라지고 없었다.

"해리!" 그리핀도르 골대에서 우드의 애타는 외침이 들렸다. "해리, 네 뒤에!"

해리는 휙 돌아보았다. 세드릭 디고리가 경기장을 솟구쳐 오르고 있었다. 빗줄기로 가득 찬 둘 사이의 허공에 아주 작은 황금색 점이 어른거렸다…….

해리는 깜짝 놀라 빗자루 손잡이에 몸을 바짝 붙이고 스니치를 향해 붕 날아갔다.

"힘내!" 빗줄기가 채찍처럼 얼굴을 후려치는 가운데 그는 님부스에게 애원하듯 고함을 내질렀다. "더 빨리!"

그런데 뭔가 이상한 일이 벌어졌다. 경기장 전체에 섬뜩한 침묵이 내려앉았다. 바람은 여전히 강했지만 울부짖는 법을 잊은 듯했다. 마치 누군가가 소리를 꺼 버린 것 같았다. 해리는 갑자기 귀머거리가 된 것 같았다. 무슨 일이지?

그때 끔찍할 만큼 익숙한 냉기의 물결이 해리를, 그의 내면을 휩쓸었다. 그 순간 해리는 저 아래 경기장에서 뭔가가 움직이는 것을 알아차렸다…….

생각할 겨를도 없이 해리는 스니치에서 눈을 떼고 아래를 내려다보았다.

수가 적어도 백 명은 되는 디멘터들이 가려진 얼굴을 해리를 향해 쳐들고 저 아래 서 있었다. 얼음장 같은 물이 그의 가슴속에 차오르며 심장을 도려내는 듯했다. 그때, 다시 그 소리가 들렸다……. 누군가의 비명이 들렸다. 해리의 머릿속에서 누가 비명을 지르고 있었다……. 어떤 여자의 목소리…….

"해리는 안 돼, 해리는 절대 안 돼, 제발, 해리는 안 돼요!"

"비켜라, 멍청한 여자 같으니……. 비켜라, 당장……."

"해리는 안 돼요, 제발, 안 돼, 나를 죽여요, 대신 날 죽여……."

감각을 마비시키는 하얀 안개의 소용돌이가 머릿속을 가득 메웠다……. 난 뭘 하는 거지? 왜 날고 있지? 저 사람을 도와줘야 해……. 저러다 죽을 거야……. 살해당할 거라고…….

그는 얼음장 같은 안개 속으로 끊임없이 떨어져 내렸다.

"해리는 안 돼요! 제발…… 해리만은 살려 줘요…… 제발……."

날카로운 목소리가 웃었고 여자는 비명을 질렀다. 해리는 그 이상은 아무것도 알 수 없었다.

"땅이 물러져서 다행이지."

"나는 틀림없이 죽은 줄 알았어."

"근데 안경도 안 부러지다니."

속삭이는 목소리들이 들렸지만 무슨 말을 하는지 전혀 알 수 없었다. 해리는 자기가 어디에 있는지, 어떻게 거기에 왔는지, 오기 전에는 뭘 하고 있었는지 그 무엇도 알지 못했다. 그가 아는 거라고는 온몸 곳곳이 두들겨 맞은 것처럼 아프다는 것뿐이었다.

"그렇게 무서운 건 생전 처음 봤어."

무섭다……. 가장 무서운 것……. 후드를 뒤집어쓴 검은 형체들…… 싸늘한…… 비명…….

해리는 번쩍 눈을 떴다. 그는 병동에 누워 있었다. 그리핀도르 퀴디치 팀이 머리부터 발끝까지 진흙을 뒤집어쓴 채 침대 주위에 모여 있었다. 론과 헤르미온느도 수영장에서 막 나온 듯한 모습으로 그곳에 있었다.

"해리!" 프레드가 진흙이 잔뜩 묻은 극도로 창백한 얼굴로 소리쳤다. "좀 어때?"

해리의 머릿속에서 기억이 빠르게 되감기는 것 같았다. 번개…… 죽음의 개…… 스니치…… 디멘터들…….

"무슨 일이 있었던 거야?" 그가 불쑥 몸을 일으키며 묻는 바람에 다들 헛숨을 들이켰다.

"네가 빗자루에서 떨어졌어." 프레드가 말했다. "아마…… 한 15미터는 됐을걸?"

"우리는 네가 죽은 줄 알았어." 얼리샤가 부들부들 떨면서 말했다.

헤르미온느가 조그맣게 새된 소리를 냈다. 눈이 빨갛게 충혈되어 있었다.

"그런데 시합은?" 해리가 말했다. "어떻게 됐어? 재시합 하는 거야?"

아무도 말을 하지 않았다. 끔찍한 진실이 돌처럼 무겁게 해리를 짓눌렀다.

"설마…… 진 건 아니지?"

"디고리가 스니치를 잡았어." 조지가 담담하게 말했다. "네가 떨어진 직후에. 걔는 무슨 일이 일어났는지 몰랐거든. 뒤를 돌아보고 땅에 떨어진 널 보더니 잡은 걸 취소하려고 하더라. 재시합을 원했어. 하지만 걔들은 정정당당하게 이긴 거야……. 그건 우드도 인정해."

"우드는 어디 있어?" 해리는 문득 우드가 그 자리에 없는 걸 깨닫고 물었다.

"아직도 샤워 중이야." 프레드가 말했다. "물에 잠겨 죽으려나 봐."

해리는 무릎에 얼굴을 묻고 양손으로 머리를 쥐어뜯었다. 프레드가 그의 어깨를 잡고 거칠게 흔들었다.

"그만해, 해리. 전에는 한 번도 스니치를 놓치지 않았잖아."

"한 번쯤은 못 잡을 때도 있는 거야." 조지가 말했다.

"아직 끝나지 않았어." 프레드가 말했다. "우리가 100점 차이로 졌잖아? 그러니까 후플푸프가 래번클로한테 지고, 우리가 래번클로와 슬리데린을 이기면……."

"후플푸프가 최소한 200점 차로 져야 해." 조지가 말했다.

"하지만 걔들이 래번클로를 이기면……."

"그럴 리는 없지. 래번클로가 워낙 잘하잖아. 하지만 슬리데린이 후플푸프에 진다면……."

"오로지 점수에 달려 있어. 어느 쪽이든지 100점 차로……."

해리는 아무런 말 없이 그대로 누워 있었다. 졌다……. 난생처음 퀴디치 시합에서 지고 말았다.

10분쯤 지나자 폼프리 선생이 와서 해리를 좀 쉬게 놔두고 가라고 말했다.

"나중에 보러 올게." 프레드가 말했다. "너무 자책하지 마, 해리. 너는 지금도 우리의 역대 최고 수색꾼이야."

선수들이 바닥에 진흙 자국을 남기며 몰려 나갔다. 폼프리 선생은 못마땅한 표정으로 그들의 등 뒤에서 문을 닫았다. 론과 헤르미온느가 해리의 침대로 더 가까이 다가왔다.

"덤블도어 교수님이 크게 화를 내셨어." 헤르미온느가 떨리는 목소리로 말했다. "그렇게 화내시는 건 처음 봤어. 네가 떨어졌을 때 덤블도어 교수님이 경기장으로 뛰어나와 마법 지팡이를 휘두르니까 그나마 네가 땅바닥에 부딪치기 전에 속도가 조금 느려지더라. 그리고 나서 덤블도어 교수님이 디멘터들한테 마법 지팡이를 휘두르자 은빛이 나는 뭔가가 튀어나갔어. 디멘터들은 곧바로 경기장을 떠났고……. 덤블도어 교수님이 디멘터들이 교내에 들어왔다고 크게 화내시는 걸 들었어."

"그런 다음 덤블도어가 마법으로 너를 들것에 실었어." 론이 말했다. "그리고 그 들것을 띄워서 학교로 옮겼고. 모두 네가……."

론의 목소리가 희미해졌지만 해리는 거의 눈치채지 못했다. 그는 디멘터들이 자신에게 무슨 짓을 저질렀는지를 생각하고 있었다……. 비명 지르던 목소리를 생각하고 있었다. 그는 고개를 들어 굉장히 걱정스러운 얼굴을 하고 있는 론과 헤르미온느를 보고 평범한 화제로 말을 돌렸다.

"내 님부스는 누가 챙겼어?"

론과 헤르미온느는 재빨리 서로를 바라보았다.

"어⋯⋯."

"왜?" 해리가 둘을 번갈아 보며 물었다.

"그게⋯⋯ 네가 떨어졌을 때, 빗자루가 날아갔어." 헤르미온느가 머뭇거리며 말했다.

"그런데?"

"그러니까, 그게⋯⋯ 아, 해리, 네 빗자루가 후려치는 버드나무에 부딪쳤어."

해리는 가슴이 철렁 내려앉는 것을 느꼈다. 후려치는 버드나무는 교정 한가운데 외따로 서 있는 아주 사나운 나무였다.

"그래서?" 그는 대답을 두려워하면서도 그렇게 물었다.

"그게, 너도 후려치는 버드나무에 대해 알잖아." 론이 말했다. "그, 그 나무는 뭐가 와서 부딪치는 걸 싫어해."

"네가 깨어나기 직전에 플리트윅 교수님이 빗자루를 가지고 돌아오셨어." 헤르미온느가 기어들어 가는 목소리로 말했다.

그녀는 천천히 발치에 놓여 있던 자루를 들어 올리더니 거꾸로 뒤집었다. 쪼개진 나무 파편과 가지 10여 조각이 침대 위에 쏟아졌다. 해리의 충실했던, 마침내 망가져 버린 빗자루의 유일한 흔적이었다.

10장
도둑 지도

폼프리 선생은 남은 주말 동안 해리를 병동에 두어야 한다고 고집을 부렸다. 해리는 말대꾸를 하거나 불평하지 않았지만 그녀가 박살 난 님부스 2000의 잔해를 버리게 놔두진 않았다. 님부스가 수리할 수 없는 지경이라는 것도 알고, 그러므로 그 잔해를 간직하는 게 멍청한 짓이라는 것도 알았지만 어쩔 수 없었다. 가장 친한 친구 하나를 잃은 듯한 기분이었다.

사람들이 줄지어 병문안을 왔다. 모두 해리의 기운을 북돋아 주려고 열심이었다. 해그리드는 노란색 양배추처럼 생긴 집게벌레투성이 꽃 한 다발을 보냈고, 지니 위즐리는 새빨개진 얼굴로 직접 만든 회복 기원 카드를 들고 나타났다. 그 카드는 조금만 펼쳐져도 날카로운 소리로 노래를 불러 대서 과일 그릇 아래 눌러 놓아야 했다. 그리핀도르 팀 동료들이 일요일 아침에 다시 방문했는데 이번에는 우드도 함께였다. 그는 공허한 목소리로 해리를 조금도 탓하지 않는다고 말했다. 론과 헤르미온느는 밤에만 해리 곁을 비웠다. 하지만 누구의 어떤 말이나 행동도 해리의 기분을 나아지게 만들지 못했다. 그들은 정작 해리를 괴롭히는 문제가 무엇인지 다 알지 못했다.

해리는 누구에게도, 심지어 론이나 헤르미온느에게도 죽음의 개 이야기를 하지 않았다. 론은 겁에 질릴 테고 헤르미온느는 코웃음 칠 게 뻔했던 것이다. 하지만 죽음의 개가 벌써 두 번째 나타났고 두 번의 출현 모두 치명적인 사고로 이어질 뻔했다는 사실은 결코 부정할 수 없었다. 처음에는 나이트 버스에 치일 뻔했다. 두 번째에는 빗자루에서 15미터 아래로 떨어졌다. 해리가 진짜로 죽을 때까지 죽음의 개가 그를 따라다닐까? 남은 평생 그 짐승이 뒤에 있는 건 아닌지 어깨 너머를 돌아보면서 살아야 하는 걸까?

게다가 디멘터 문제도 있었다. 그 생각만 하면 메스껍고 수치스러웠다. 다들 디멘터가 끔찍하다고 말했지만, 놈들이 가까이 올 때마다 기절하는 사람은 그 말고 아무도 없었다……. 다른 사람은 누구도 머릿속에서 메아리치는 죽어 가는 부모님의 목소리를 듣지 않았다.

이제는 비명을 지르는 그 목소리가 누구 것인지 알 것 같았다. 뜬눈으로 누워서 천장에 길게 드리워진 달빛을 바라보며 병동에서 밤을 지새우는 동안 그는 그 목소리를 계속해서 듣고 또 들었다. 디멘터들이 가까이 오면 어머니의 생전 마지막 순간이 들렸다. 볼드모트에게서 그를, 해리를 지키려고 애쓰는 소리, 어머니를 살해하기 직전에 볼드모트가 웃는 소리……. 해리는 깜빡깜빡 잠들 때마다 축축한 썩은 손이며 겁에 질린 애원으로 가득한 꿈에 빠져들었고, 흠칫 깨어나서도 어머니의 목소리를 곱씹을 뿐이었다.

해리는 월요일이 되어 시끄럽고 소란스러운 학교 한복판으로 돌아온 뒤에야 마음을 놓을 수 있었다. 드레이코 말포이의 비웃음을 견뎌야 하긴 했지만 이곳에서는 억지로라도 다른 생각을 할 수 있었던 것이다. 말포이는 그리핀도르가 패배하자 너무 기뻐서 어쩔 줄을 몰라 했다. 끝내 붕대를 푼 말포이는 빗자루에서 떨어지는 해리를 생생하게 흉내 내면서 양팔을 온전히 다시 쓸 수 있게 된 것을 자랑했다. 말포이는 이어진 마법약 수업 시간 대부분을 지하 감옥 교실 저편에서 디멘터를 흉내 내는 데 보냈다. 론이 끝내 참지 못하고 크고 미끌미끌한 악어 심장을 말포이에게 던져서 그의 얼굴을 맞히는 바람에 스네이프가 그리핀도르의 점수를 50점씩이나 깎아 버렸다.

"스네이프가 또 어둠의 마법 방어법 수업을 맡으면 난 아프다고 하고 결석할 거야." 점심 식사 후 루핀의 교실로 향하며 론이 말했다. "안에 누가 있나 봐 봐, 헤르미온느."

헤르미온느가 교실 문 앞에 서서 안을 들여다보았다.

"괜찮아!"

루핀 교수가 돌아와 있었다. 그는 확실히 아팠던 것처럼 보였다. 걸치고 있는 낡은 로브가 더 헐렁해졌고 눈 밑에는 어두운 그림자가 드리워져 있었다. 그럼에도 그는 학생들이 자리에 앉자 미소를 머금었다. 학생들은 루핀이 아파서 자리를 비운 동안 스네이프가 대신 수업을 하러 들어와서 보인 만행에 대해 일제히 불만을 터뜨렸다.

"말이 안 되잖아요. 스네이프 교수님은 그냥 자리를 때운 건데 왜 우리한테 숙제를 내줘요?"

"우린 늑대인간에 대해 하나도 모르는데……."

"……양피지 두루마리 두 개래요!"

"스네이프 교수님한테 늑대인간까지 아직 진도가 안 나갔다고 말씀드렸니?" 루핀이 살짝 얼굴을 찌푸리며 물었다.

조잘대는 소리가 다시 한 번 터져 나왔다.

"네, 근데 우리 진도가 너무 뒤처졌대요."

"들은 척도 안 하더라니까요."

"……양피지 두루마리 두 개래요!"

루핀 교수는 모두의 분노 어린 표정을 보고 미소 지었다.

"걱정 마라. 내가 스네이프 교수님한테 얘기하마. 작문 숙제는 하지 않아도 된다."

"아, 말도 안 돼." 헤르미온느가 매우 실망한 표정으로 말했다. "난 벌써 다 했단 말이야!"

수업은 매우 즐거웠다. 루핀 교수는 힝키펑크라는 다리 하나 달린 작은 생물이 들어 있는 유리 상자를 가져왔는데, 녀석은 연기로 만들어진 듯 허약하고 무해해 보였다.

"이 녀석들은 여행자들을 늪지대로 유인한다." 학생들은 루핀 교수의 말을 받아 적었다. "손에 등불이 달랑거리는 게 보이지? 이 녀석이 앞에서 폴짝폴짝 뛰어가면 사람들은 그 빛을 따라가지. 그러다가……."

힝키펑크가 유리에 착 달라붙어 듣기 싫은 찔꺼덕 소리를 냈다.

종이 울리자 모두가 가방을 챙겨서 문으로 향했다. 해리도 그중 한 명이었는데······

"잠깐만, 해리." 루핀이 해리를 불러 세웠다. "얘기 좀 하자."

해리는 뒤돌아 힝키펑크 상자를 천으로 덮는 루핀 교수를 바라보았다.

"시합 얘기는 들었다." 루핀이 책상 쪽으로 돌아서서 서류 가방 안에 책들을 집어넣으며 말했다. "빗자루가 그렇게 돼서 정말 유감이다. 고칠 수는 있니?"

"아뇨." 해리가 말했다. "그 나무가 빗자루를 산산조각 내 놨어요."

루핀이 한숨을 쉬었다.

"후려치는 버드나무는 내가 호그와트에 입학한 해에 학교에서 심은 거다. 학생들은 그 나무둥치에 가까이 다가가서 만지고 오는 놀이를 하곤 했지. 결국 데이비 거전이라는 소년이 공격당해 한쪽 눈을 실명할 뻔하는 일이 일어나자 후려치는 버드나무 가까이 가는 게 금지됐단다. 어떤 빗자루라도 가망이 없었을 거야."

"디멘터 얘기도 들으셨어요?" 해리가 힘겹게 물었다.

루핀이 재빨리 그를 바라보았다.

"그래, 들었다. 덤블도어 교수님이 그렇게 화난 건 아무도 본 적 없을 거야. 디멘터들은 꽤 오래전부터 초조해하고 있었거든……. 덤블도어 교수님이 교내에 들어오지 못하게 하니까 크게 화를 냈어……. 네가 빗자루에서 떨어진 것도 그놈들 때문인 것 같던데?"

"네." 해리가 말했다. 그는 망설였지만, 다음 순간 꼭 해야만 하는 질문이 곧바로 튀어나왔다. "왜죠? 왜 그놈들이 저한테 그런 영향을 미치는 걸까요? 그냥 제가……."

"나약한 거랑은 아무 상관 없어." 루핀 교수가 해리의 마음을 읽은 듯 예리하게 말했다. "디멘터들이 다른 사람들보다 너한테 더 안 좋은 영향을 끼치는 건 네가 과거에 다른 사람들은 겪지 않은 끔찍한 일을 겪었기 때문이다."

겨울 햇살 한 줄기가 교실 안으로 들어와 루핀의 잿빛 머리카락과 젊은 얼굴에 진 주름을 선명하게 비췄다.

"디멘터들은 이 땅을 걸어 다니는 가장 추잡한 생명체 가운데 하나야. 그것들은 가장 어둡고 더러운 공간에 출몰하면서 부패와 절망에 기뻐하고 주위에서 평화와 희망, 행복을 빨아내 버리지. 심지어 머글들도 놈들의 존재를 느낀단다. 보지는 못하겠지만 말이야. 디멘터에게 너무 가까이 다가가면 좋은 기분과 행복한 기억들이 다 빨려 나가게 된다.

디멘터들은 할 수만 있다면 네가 자기들처럼 영혼 없고 사악한 존재로 변할 때까지 널 먹이로 삼을 거야. 너에게는 생애 가장 끔찍한 경험만 남게 되지. 그리고 해리, *네가* 겪은 그 끔찍한 일은 누구라도 빗자루에서 떨어지게 만들었을 거다. 부끄러워할 건 전혀 없어."

"그놈들이 가까이 오면……." 해리는 목이 메어 루핀의 책상을 뚫어지게 바라보았다. "볼드모트가 엄마를 살해하는 소리가 들려요."

루핀은 해리의 어깨를 잡기라도 할 것처럼 갑자기 팔을 들어 올렸다가 마음을 바꿨는지 다시 내려놓았다. 잠깐 침묵이 흐르고……

"그놈들이 왜 경기장에 왔을까요?" 해리가 비통한 어조로 물었다.

"배가 고파져서겠지." 루핀이 서류 가방을 탁 닫으며 싸늘한 목소리로 말했다. "덤블도어 교수님이 학교에 들여보내 주지 않으니 인간에게서 공급받는 먹이가 바닥난 거야……. 엄청나게 많은 사람이 퀴디치 경기장 주위에 몰려 있으니 그 유혹에 저항할 수 없었을 거다. 그 모든 흥분…… 고조되는 감정…… 놈들이 느끼기엔 진수성찬이나 마찬가지였겠지."

"아즈카반은 끔찍하겠네요." 해리가 중얼거렸다. 루핀이 우울하게 고개를 끄덕였다.

"아즈카반은 바다 먼 곳 아주 작은 섬에 만들어진 요새지만 죄수들을 안에 붙잡아 놓는 데는 굳이 성벽이나 바닷물이 필요하지 않단다. 모두 기분 좋은 생각이라고는 조금도 하지 못하고 자기 머릿속에만 갇혀 있으니까. 대부분은 몇 주 안에 미쳐 버리지."

"하지만 시리우스 블랙은 탈옥했잖아요." 해리가 천천히 말했다. "도망쳤어요……."

루핀의 서류 가방이 책상에서 스르르 미끄러졌다. 그는 떨어지기 전에 가방을 잡으려고 재빨리 몸을 구부렸다.

"그래." 그가 다시 몸을 펴면서 말했다. "블랙은 놈들을 물리칠 방법을 찾은 게 틀림없어. 나라면 불가능하다고 생각했을 거야……. 마법사가 디멘터들과 너무 오래 같이 있으면 힘을 다 빼앗긴다고 알려져 있거든……."

"하지만 교수님은 기차에서 그 디멘터를 물러나게 하셨잖아요." 해리가 불쑥 말했다.

"쓸 수 있는 방어법이 몇 가지 있긴 하다." 루핀이 말했다. "하지만 기차에 나타난 디멘터는 하나뿐이었어. 수가 많을수록 저항하기 어렵단다."

"어떤 방어법인데요?" 해리가 대번에 물었다. "저한테 가르쳐 주실 수 있나요?"

"디멘터와 싸우는 전문가인 척하고 싶진 않구나, 해리. 오히려 그 반대야……."

"하지만 디멘터들이 시합 때 또 나타난다면 저도 놈들과 싸울 수 있어야 하잖아요……."

루핀은 해리의 단호한 얼굴을 보고 잠깐 망설이다가 입을 열었다. "뭐…… 좋아. 내가 도와주마. 그런데 안타깝게도 다음 학기까지 기다려야 할 것 같구나. 연휴 전에 할 일이 아주 많거든. 하필 이럴 때 아파서 말이야."

루핀에게서 디멘터 퇴치법을 가르쳐 주겠다는 약속을 받아 낸 해리는 두 번 다시 어머니가 죽는 소리를 듣지 않아도 될 거라는 생각과, 11월 말에 있었던 퀴디치 시합에서 래번클로가 후플푸프를 박살 낸 사실 덕분에 기분이 확실히 좋아졌다. 앞으로 있을 시합에서 지지만 않으면 아직 그리핀도르가 우승을 차지할 가능성이 있었다. 우드는 특유의 광기 어린 에너지에 다시 사로잡혀 12월에 들어서까지 계속된 차가운 비안개 속에서 어느 때보다도 혹독하게 선수들을 훈련시켰다. 교내에는 디멘터의 그림자조차 보이지 않았다. 덤블도어의 분노가 그들을 학교 출입구에 있는 주둔지에 붙들어 두는 듯했다.

학기가 끝나기 2주 전, 하늘은 갑자기 유백색으로 눈부시게 빛났고 질퍽질퍽했던 땅은 어느 날 아침 반짝이는 서리로 뒤덮였다. 성안은 크리스마스 분위기로 소란스러웠다. 일반 마법을 가르치는 플리트윅 교수는 벌써부터 은은한 조명으로 교실을 장식했는데, 자세히 보니 그것은 날개를 퍼덕이는 진짜 요정들이었다. 학생들 모두 크리스마스 연휴에 무엇을 할지 즐겁게 떠들어 댔다. 론과 헤르미온느 둘 다 호그와트에 남기로 했다. 론은 퍼시와 2주씩이나 함께 지내는 것을 도저히 견딜 수 없기 때문이라고 했고 헤르미온느는 도서관을 이용해야 한다고 우겼지만 해리는 그 말에 속지 않았다. 그들은 해리와 함께 있어 주려는 것이었다. 해리는 두 사람이 정말 고마웠다.

해리를 제외한 모두에게 기쁜 소식이 있었다. 학기 마지막 주말에 또 한 번 호그스미드 방문 일정이 잡힌 것이나.

"크리스마스 쇼핑은 거기서 다 하면 되겠네!" 헤르미온느가 기뻐하며 말했다. "우리 엄마 아빠는 허니듀크스에서 파는 치실 박하사탕을 정말 좋아하실 거야!"

해리는 이번에도 3학년 중 남는 건 자기뿐이라는 사실에

체념하고 우드에게 《어떤 빗자루?》라는 잡지를 빌려 다양한 제품들에 관한 이야기를 읽으면서 그날을 보내기로 결심했다. 팀 훈련 때는 학교 공용 빗자루인 낡은 슈팅스타를 탔는데, 엄청 느린 데다가 덜커덩거리기까지 했다. 확실히 그만의 새 빗자루가 필요했다.

호그스미드를 방문하는 토요일 아침, 해리는 망토와 목도리로 몸을 둘둘 감싼 론과 헤르미온느에게 작별 인사를 하고 돌아서서 혼자 대리석 계단을 올라 다시 그리핀도르 탑 쪽으로 갔다. 창밖에서 눈이 내리기 시작했다. 수많은 학생이 빠져나간 성은 무척 고요하고 조용했다.

"잠깐, 해리!"

4층 복도를 걸어가고 있는데 누군가가 그를 불렀다. 해리가 몸을 돌리니 프레드와 조지가 복도 중간에 있는, 등뼈가 혹처럼 튀어나온 외눈 마녀 조각상 뒤에서 그를 바라보고 있었다.

"거기서 뭐 해?" 해리가 의아한 듯 물었다. "호그스미드엔 왜 안 갔어?"

"가기 전에 너한테 축제 기분을 좀 맛보여 주려고." 프레드가 의미심장하게 눈을 찡긋하며 말했다. "이리 와 봐……."

프레드가 외눈 마녀 조각상 왼쪽의 빈 교실을 고갯짓으로 가리켰다. 해리는 프레드와 조지를 따라 교실로 들어갔다. 조지가 조용히 문을 닫고 돌아서더니 활짝 웃으며 해리를 보았다.

"크리스마스 선물 미리 주는 거야, 해리." 조지가 말했다.

프레드가 과장된 동작으로 망토 안에서 무언가를 꺼내 책상 위에 올려놓았다. 크고 네모난, 아무것도 쓰여 있지 않은 낡아 빠진 양피지였다. 해리는 프레드와 조지가 또 장난을 치는 건 아닌지 의심하며 양피지를 뚫어지게 바라보았다.

"이게 뭔데?"

"이건 말이지, 해리, 우리의 성공 비결이야." 조지가 애정 어린 손길로 양피지를 두드리며 말했다.

"가슴이 미어진다, 이걸 너한테 주려니." 프레드가 말했다. "하지만 우리보다 너한테 훨씬 필요하다고 판단했어."

"어쨌거나, 우린 다 외웠거든." 조지가 말했다. "너한테 물려줄게. 사실 우리한테는 더 이상 필요 없으니까."

"나한테 낡은 양피지가 왜 필요하다는 거야?" 해리가 물었다.

"낡은 양피지라니!" 해리에게 엄청난 모욕을 당했다는 듯 프레드가 찌푸린 얼굴로 눈을 감고 말했다. "설명해 줘라, 조지."

"그러니까…… 우리가 1학년일 때 말이야, 해리. 어리고, 태평하고, 천진난만하던 그 시절에……."

해리는 코웃음을 쳤다. 프레드와 조지에게 한 번이라도 천진난만했던 시절이 있었는지 의심스러웠기 때문이다.

"……뭐, 지금보다는 천진난만했을 때 말이야. 그때 필치랑 말썽이 좀 있었어."

"우리가 복도에서 똥폭탄을 터뜨렸는데, 글쎄 그게 무슨 이유에서인지 필치를 화나게 한 모양이더라고."

"필치는 우리를 자기 사무실로 끌고 가더니 평소처럼 위협하기 시작했지."

"방과 후 징계를 주겠다느니……."

"내장을 도려내겠다느니……."

"그래서 우리는 필치의 서류 보관함에서 '굉장히 위험한 압수품'이라고 표시된 서랍을 발견할 수밖에 없었던 거야."

"설마……." 해리의 얼굴에 슬슬 웃음이 떠오르기 시작했다.

"글쎄, 너라면 어떻게 했을 것 같아?" 프레드가 말했다.

"조지가 똥폭탄 하나를 더 떨어뜨려서 주의를 돌렸어. 그
때 내가 재빨리 서랍을 열고 가져온 게…… 이거야."

"그렇게 나쁜 짓을 했다고는 볼 수 없어." 조지가 말했
다. "우리가 보기에 필치는 이걸 사용하는 방법을 알아내
지 못한 것 같았거든. 그래도 수상하게 여기긴 했겠지. 그
렇지 않으면 압수하지 않았을 테니까."

"그럼 어떻게 쓰는 건지 알아?"

"아, 물론." 프레드가 히죽거리며 말했다. "이 학교 모든
교수들보다 요 귀염둥이가 우리한테 더 많은 걸 알려 줬어."

"너무 뜸 들이지 마." 해리가 낡고 너덜너덜한 양피지를
보며 말했다.

"아, 좀 그랬나?" 조지가 말했다.

그가 마법 지팡이를 꺼내 양피지를 가볍게 건드리며 말
했다. *"나는 못된 짓을 꾸미고 있음을 엄숙히 맹세합니다."*

그 순간, 조지의 마법 지팡이가 닿은 지점에서부터 가느
다란 잉크 선이 거미줄처럼 퍼지기 시작했다. 선들은 서로
합치고 얽히며 양피지 구석구석까지 부채꼴로 뻗어 나갔
다. 이어서 양피지 맨 윗부분을 가로지르며 단어들이 모습
을 드러내기 시작했다. 크고 구불구불한 녹색 단어들이 다
음과 같은 문장을 만들어 냈다.

마법 말썽꾼들의 협조자
무니, 웜테일, 패드풋, 프롱스가
자랑스럽게 선보이는

도둑 지도

그것은 호그와트 성과 교정 곳곳을 상세하게 보여 주는 지도였다. 하지만 무엇보다 놀라운 것은 지도 위를 돌아다니는 작디작은 잉크 점들이었다. 그 점에는 아주 작은 글자로 하나하나 이름이 붙어 있었다. 해리는 깜짝 놀라 그 위로 몸을 구부리고 자세히 들여다보았다. 맨 위 왼쪽 구석에 표시된 점이 본인의 연구실을 서성이는 덤블도어 교수를 보여 주었다. 건물 관리인의 고양이 노리스 부인은 3층을 어슬렁거리고 있었고, 폴터가이스트 피브스는 현재 트로피 전시실 주위를 통통 튀어 다니고 있었다. 익숙한 복도를 이리저리 훑어보던 해리의 눈이 무언가 다른 것을 발견했다.

지도는 한 번도 가 본 적 없는 통로들을 보여 주었다. 그리고 그중 대부분은……

"호그스미드와 바로 연결돼 있지." 프레드가 통로 하나를 손가락으로 따라가며 말했다. "모두 일곱 군데가 있어. 봐 봐, 이 네 군데는 필치도 알지만……." 그가 통로들을 하나하나 짚었다. "나머지 세 곳을 아는 사람은 확실히 우리뿐이야. 5층 거울 뒤에 있는 통로는 신경 쓰지 마. 작년 겨울까지는 썼었는데 지금은 무너졌어. 완전히 막혔지. 그리고 여기 이 통로는 아무도 사용하지 않았을 거야. 출입구 바로 위에 후려치는 버드나무가 있거든. 하지만 여기 이거, 이 통로는 허니듀크스 지하실로 바로 이어져. 우리가 엄청 많이 이용했어. 눈치챘을지 모르겠는데, 그 출입구는 바로 이 교실 앞에 있는 저 외눈 할멈의 혹 속에 있어."

"무니, 웜테일, 패드풋, 프롱스." 조지가 지도의 제목 글자들을 손가락으로 톡톡 두드리며 한숨을 쉬듯 말했다. "우리가 이분들한테 참 많은 걸 빚지고 있다."

"훌륭한 분들이야. 새로운 세대의 무법자들을 돕고자 쉴 새 없이 일하셨지." 프레드가 엄숙한 목소리로 말했다.

"맞아." 조지가 활기찬 어조로 동의했다. "다 쓰고 난 다음에는 지우는 걸 잊지 마."

"안 그러면 아무나 다 볼 수 있으니까." 프레드가 경고하듯 말했다.

"그냥 다시 한 번 두드리면서 '장난 성공!'이라고 말하면 돼. 그러면 지워질 거야."

"그러니까, 해리 군." 프레드가 소름 끼치도록 퍼시를 똑같이 흉내 내면서 말했다. "행실 똑바로 하도록."

"허니듀크스에서 보자." 조지가 눈을 찡긋하며 말했다.

그들은 만족스러운 듯 히죽히죽 웃으며 교실을 나갔다.

해리는 가만히 서서 그 기적 같은 지도를 멍하니 바라보았다. 그는 잉크로 작디작게 표시된 노리스 부인이 왼쪽으로 돌다가 멈춰 서더니 바닥에서 무언가의 냄새를 킁킁 맡는 모습을 지켜보았다. 필치가 정말로 모른다면…… 굳이 디멘터들을 지나가지 않아도 된다…….

하지만 흥분으로 가득한 채 그 자리에 서 있는 해리의 머릿속에 언젠가 위즐리 씨가 했던 말이 떠올랐다.

'뇌가 어디에 있는지 알 수 없는데도 스스로 생각할 수 있는 존재는 절대로 믿지 말아라.'

이 지도는 위즐리 씨가 주의를 주었던 그런 위험한 마법 물건 중 하나였다……. '마법 말썽꾼들의 협조자'…….
그렇긴 해도 해리는 호그스미드에 갈 때나 쓰고 싶을 뿐 그 지도로 뭘 훔치거나 누군가를 공격하고 싶은 건 아니었다……. 게다가 프레드와 조지는 그 어떤 끔찍한 일도 겪지 않고 이 지도를 오랫동안 사용해 왔다…….

해리는 손가락으로 허니듀크스로 이어지는 비밀 통로를 따라갔다.

그러다가 무척 갑작스럽게, 뭔가에 홀리기라도 한 듯 지도를 둘둘 말아 로브 안에 쑤셔 넣고 서둘러 교실 문 쪽으로 갔다. 그는 문을 살짝 열어 보았다. 밖에는 아무도 없었다. 해리는 아주 조심스럽게 살금살금 교실을 나가 외눈 마녀 조각상 뒤로 슬쩍 들어갔다.

뭘 해야 하지? 그는 다시 지도를 꺼내 보았다. 놀랍게도 지도 위에 '해리 포터'라고 이름 붙은 새로운 잉크 점이 나타나 있었다. 그 점은 진짜 해리가 서 있는 바로 그곳, 4층 복도 중간쯤에 찍혀 있었다. 해리는 그것을 조심스럽게 지켜보았다. 그의 이름을 달고 있는 작은 잉크 점이 아주 조그만 마법 지팡이로 마녀 조각상을 두드리는 것처럼 보였다. 해리는 재빨리 진짜 마법 지팡이를 꺼내 조각상을 두드렸다. 아무 일도 일어나지 않았다. 그는 다시 지도를 들여다보았다. 잉크 점 옆에 아주 작은 말풍선이 나타나 있고 그 안에 '*디센디움*'이라는 단어가 써 있었다.

"*디센디움.*" 해리는 마녀 조각상을 다시 두드리며 속삭였다.

그 말이 떨어지기가 무섭게 조각상의 혹이 꽤 마른 사람이라면 충분히 들어갈 수 있을 만큼 열렸다. 해리는 복도 이쪽저쪽을 재빨리 곁눈질하고 지도를 쑤셔 넣은 다음 구멍으로 머리를 집어넣고 몸을 쑥 밀어 넣었다.

그는 돌 미끄럼틀을 타듯 한참을 미끄러져 내려간 끝에 차갑고 축축한 땅바닥에 내려섰다. 일어나서 주위를 둘러보았다. 칠흑같이 캄캄했다. 그는 마법 지팡이를 들고 "루모스"라고 중얼거렸다. 그는 아주 좁고 천장이 낮은, 흙이 깔린 통로에 와 있었다. 그는 지도를 들고 마법 지팡이 끝으로 두드린 다음 "장난 성공!"이라고 말했다. 지도는 곧바로 아무것도 쓰여 있지 않은 빈 양피지로 변했다. 그는 지도를 조심스럽게 접어서 로브 안에 집어넣고 출발했다. 심장이 두근거렸다. 흥분되기도 하고 불안하기도 했다.

통로는 커다란 토끼가 사는 굴처럼 꼬불꼬불했다. 해리는 마법 지팡이를 빼 든 채 빠른 걸음으로 가끔씩 울퉁불퉁한 바닥에 발을 헛디디면서 그 길을 따라갔다.

시간이 제법 걸렸지만 해리는 허니듀크스를 생각하면서 버텼다. 한 시간쯤 걸어온 것처럼 느껴졌을 때 오르막길이 시작됐다. 해리는 헐떡거리면서도 속도를 올렸다. 얼굴은 뜨거운 반면 발은 매우 차가웠다.

10분 뒤, 그는 시선이 닿지 않는 곳까지 뻗어 있는 닳아

빠진 돌계단 앞에 다다랐다. 해리는 아무 소리도 내지 않으려고 주의를 기울이며 계단을 올라가기 시작했다. 100, 200, 그는 그렇게 자기 발만 보면서 올라가다가 숫자를 잊어버리고 말았다……. 그리고 다음 순간 갑자기 뭔가 단단한 것에 머리를 부딪혔다.

뚜껑문 같았다. 해리는 정수리를 문지르고 서서 가만히 귀를 기울였다. 위에서는 아무 소리도 들리지 않았다. 그는 아주 천천히 뚜껑문을 밀어서 열고 주위를 살폈다.

그곳은 나무함과 상자 들로 가득한 지하실 창고였다. 해리는 바닥으로 기어 나와 뚜껑문을 닫았다. 문은 먼지투성이 바닥과 완벽하게 섞여서 거기에 있는지도 알 수 없었다. 해리는 위층으로 이어지는 나무 계단을 향해 천천히 다가갔다. 이제는 종 울리는 소리와 문이 여닫히는 소리는 물론 목소리까지 확실히 들렸다.

뭘 해야 하나 생각하는데 갑자기 훨씬 가까운 곳에서 문 열리는 소리가 들렸다. 누군가가 아래층으로 내려오려 하고 있었다.

"민달팽이 젤리도 한 상자 더 가져다줘, 여보. 거의 싹쓸이해 갔네." 어떤 여자의 목소리가 말했다.

한 쌍의 발이 계단을 내려왔다. 해리는 얼른 커다란 나무

함 뒤로 몸을 숨기고 발걸음이 지나쳐 가기를 기다렸다. 한 남자가 반대쪽 벽으로 상자들을 옮겨 놓는 소리가 들렸다. 기회는 다시 오지 않을지도 몰랐다.

해리는 숨은 곳에서 조용히 재빠르게 빠져나와 계단을 올라갔다. 몸을 돌리자 상자 속으로 몸을 기울이고 있는 널찍한 등짝과 번쩍거리는 대머리가 보였다. 해리는 계단 꼭대기에 있는 문에 다다라 슬그머니 밖으로 나갔다. 허니듀크스의 계산대가 나왔다. 그는 허리를 잔뜩 구부린 채 옆걸음으로 살금살금 걷다가 잠시 후 몸을 폈다.

허니듀크스는 호그와트 학생들로 굉장히 북적거려서 누구도 해리를 눈여겨보지 않았다. 해리는 학생들 틈에 끼어들어 주위를 둘러보면서 웃음이 나오려는 것을 참았다. 해리가 지금 와 있는 곳을 보면 더들리의 돼지 같은 얼굴에 어떤 표정이 번질지 상상이 됐던 것이다.

겹겹이 쌓인 선반에는 상상을 초월할 만큼 흥미로운 과자들이 잔뜩 놓여 있었다. 부드러운 누가 크림 덩어리, 은은히 빛을 발하는 분홍색 코코넛 얼음, 꿀빛의 두툼한 토피사탕, 깔끔하게 줄지어 선 수백 종류의 초콜릿. 모든 맛이 나는 강낭콩 젤리가 담긴 커다란 통도 있고, 론이 말했던 공중부양 셔벗 볼 '피징 위즈비'가 담긴 통도 있었다. 또 한쪽 벽에는 '특수 효과' 과자들이 있었다. '드루블의 엄청 잘 불어지는 풍선껌'(며칠 동안 터지지 않는 푸른색 거품으로 방을 가득 채우는 껌), 길게 찢어지는 요상한 '치실 박하사탕', 작디작은 검은색 '후추 도깨비'("친구들에게 불을 뿜으세요!"), '얼음 쥐'("치아를 딱딱거리면 찍찍거리는 소리가 나요!"), 두꺼비 모양 페퍼민트 크림("배 속에서 진짜 두꺼비처럼 폴짝폴짝 뛰어요!"), 잘 부러지는 솜사탕 깃펜과 폭발하는 봉봉 사탕 등등.

잔뜩 몰려 있는 6학년들 사이를 뚫고 가자, 가게 저쪽 구석에 걸린 '특이한 맛'이라고 쓰인 팻말이 보였다. 론과 헤르미온느가 그 아래 서서 피 맛이 나는 막대사탕을 들여다보고 있었다. 해리는 그들 뒤로 몰래 다가갔다.

"으웩, 이건 아냐. 해리가 싫어할 것 같아. 아마 뱀파이어들이 먹는 걸 거야." 헤르미온느가 말을 하고 있었다.

"이건 어때?" 론이 바퀴벌레 과자 한 병을 헤르미온느의 코밑에 들이밀며 말했다.

"당연히 싫지." 해리가 말했다.

론은 하마터면 병을 떨어뜨릴 뻔했다.

"*해리!*" 헤르미온느가 꺅 소리 질렀다. "여기서 뭐 해? 어떻게…… 어떻게……?"

"이야!" 론이 매우 감명받은 표정으로 말했다. "순간이동을 배웠구나!"

"그럴 리가." 해리가 말했다. 그는 6학년들에게 들리지 않도록 목소리를 낮추고 '도둑 지도' 이야기를 모두 들려주었다.

"프레드랑 조지는 어떻게 그걸 *나한테* 안 주고 널 줄 수 있지?" 론이 화가 나서 씩씩거렸다. "나는 동생인데!"

"하지만 해리도 계속 갖고 있진 않을 거야!" 헤르미온느는 생각만 해도 어이없다는 듯 말했다. "맥고나걸 교수님한테 갖다 드릴 테니까. 그럴 거지, 해리?"

"아니, 안 드릴 건데!" 해리가 말했다.

"너 미쳤냐?" 론이 헤르미온느에게 눈을 부라리며 말했다. "저렇게 좋은 걸 갖다준다니?"

"갖다 드릴 거면 어디서 났는지도 말해야 하잖아! 프레드랑 조지가 슬쩍한 걸 필치도 당연히 알게 될 테고!"

"하지만 시리우스 블랙은 어떻게 하고?" 헤르미온느가 씩씩대며 말했다. "그 지도에 나온 통로로 성안에 들어오는 걸지도 모르잖아! 교수님들도 아셔야지!"

"이 통로로 들어올 리가 없어." 해리가 재빨리 말했다. "지도에 나오는 비밀 굴은 일곱 군데야. 맞지? 프레드랑 조지 말로는 필치가 그중 네 군데를 이미 알고 있대. 나머지 세 군데는…… 한 곳은 무너져서 아무도 지나갈 수 없어. 한 곳은 출입구 위에 후려치는 버드나무가 있으니 빠져나 갈 수 없고. 내가 방금 나온 곳은…… 뭐, 저 아래 지하 창 고에 있는데, 출입구가 잘 안 보여. 그러니까 시리우스 블 랙이 거기에 출입구가 있다는 사실을 알고 있었던 게 아닌 이상……."

해리는 말하다 말고 머뭇거렸다. 만약 블랙이 통로의 위 치를 알고 있다면? 그러나 론이 의미심장하게 목을 가다듬 더니 과자 가게 문 안쪽에 붙어 있는 공고문을 가리켰다.

마법 정부의 지시에 따라 손님 여러분께 알려드립니다. 별 도의 공지가 있기 전까지 매일 밤 일몰 후 디멘터들이 호그 스미드의 거리를 순찰할 예정입니다. 이 조치는 호그스미드 주민들의 안전을 지키기 위한 것으로, 시리우스 블랙이 체포 되는 즉시 중단될 것입니다. 그러므로 손님 여러분께서는 일 몰 전에 여유를 두고 쇼핑을 마무리하시기를 바랍니다.

메리 크리스마스!

"봤지?" 론이 조용히 말했다. "디멘터들이 저렇게 떼를

지어서 마을에 몰려 다니는데 블랙이 어떻게 감히 허니듀
크스에 몰래 들어가겠냐? 그것도 그렇고, 헤르미온느, 누
가 침입하면 허니듀크스의 주인들이 소리를 듣지 않겠어?
그 사람들은 가게 위층에 사니까!"

"그래. 하지만…… 하지만……." 헤르미온느는 다른 문
제를 찾으려고 애쓰는 것 같았다. "저기, 그래도 해리는 원
래 호그스미드에 오면 안 되는 거였잖아. 허가서에 서명을
받지 못했으니까! 누구한테 들키기라도 하면 해리는 엄청
난 곤경에 처하고 말 거야! 아직 해가 지지도 않았고. 오늘
이라도 시리우스 블랙이 나타나면 어떡해? 지금이라도 당
장 나타나면?"

"이런 상황에서 해리를 찾는 건 만만치 않을걸." 론이 창
살 사이로 짙게 휘몰아치는 눈을 고갯짓하며 말했다. "그
만 좀 해, 헤르미온느. 크리스마스잖아. 해리도 쉴 자격이
있어."

헤르미온느는 한없이 걱정스러운 표정으로 입술을 깨물
었다.

"이를 거야?" 해리가 씩 웃으며 헤르미온느에게 물었다.

"그야 당연히 아니지. 하지만 솔직히, 해리……."

"피징 위즈비 봤어, 해리?" 론이 피징 위즈비 통으로 해

리를 홱 끌고 가며 말했다. "민달팽이 젤리는? 산성 사탕은 어때? 내가 일곱 살 때 프레드가 산성 사탕을 하나 줬는데, 혀가 바로 타면서 구멍이 나더라. 엄마가 빗자루로 형을 때려눕혔던 게 기억나." 론이 생각에 잠긴 채 산성 사탕 상자를 바라보며 말했다. "내가 땅콩이라고 하면서 주면 프레드가 바퀴벌레 과자를 먹을까?"

론과 헤르미온느가 과자 값을 다 치른 뒤 세 사람은 허니듀크스를 떠나 눈보라가 치는 바깥으로 나왔다.

호그스미드는 꼭 크리스마스카드에 그려진 풍경 같았다. 짚으로 지붕을 이은 작은 집들과 가게들은 온통 파삭파삭한 눈으로 한 겹씩 덮여 있었다. 문에는 호랑가시나무 화환들이 걸려 있고, 나무에는 마법에 걸린 촛불들이 매달려 있었다.

해리가 몸을 떨었다. 두 사람과 달리 그는 망토를 입지 않았던 것이다. 셋은 바람에 맞서 고개를 숙이고 거리를 나아갔다. 론과 헤르미온느가 목도리 너머로 소리를 질렀다.

"저게 우체국이야."

"종코의 장난감 가게는 저 위에 있어."

"악쓰는 오두막까지 갈 수 있을 거야."

"있잖아." 론이 추워서 이를 딱딱 부딪치며 말했다. "스리 브룸스틱스에서 버터맥주 한잔 어때?"

해리는 그보다 더 바랄 게 없었다. 바람은 사납고 손은 얼어붙을 것 같았으므로 그들은 길을 건너 잠시 후 자그마한 여관 겸 술집에 들어갔다.

스리 브룸스틱스는 굉장히 붐비고 시끄럽고 따뜻하고 연기가 자욱한 곳이었다. 예쁜 얼굴에 근사한 몸매를 가진 아름다운 한 여자가, 바에 앉아 소란스럽게 떠드는 마전사들에게 서빙을 하고 있었다.

"저 사람이 로즈메르타 씨야." 론이 말했다. "내가 가서 맥주 가져올까?" 그가 살짝 얼굴을 붉히고 덧붙였다.

해리와 헤르미온느는 가게 안쪽으로 더 들어갔다. 난로 근처 멋들어진 크리스마스트리와 창문 사이에 조그만 빈 탁자가 하나 있었다. 5분 뒤, 론이 거품이 이는 뜨거운 버터맥주 세 잔을 들고 그들 쪽으로 왔다.

"메리 크리스마스!" 그가 맥주잔을 들어 올리며 즐겁게 말했다.

해리는 버터맥주를 쭉 들이켰다. 이렇게 맛있는 건 처음 마셔 봤다. 안쪽에서부터 온몸이 조금씩 따뜻해지는 것 같았다.

갑작스럽게 불어온 바람이 그의 머리카락을 흐트러뜨렸

다. 스리 브룸스틱스의 문이 다시 열려 있었다. 해리는 맥주잔 너머를 본 순간 숨이 턱 멎을 뻔했다.

맥고나걸 교수와 플리트윅 교수가 막 눈송이를 휘날리며 가게 안으로 들어온 것이다. 곧이어 해그리드가 밝은 녹색 중산모에 가는 세로줄무늬 망토를 입은 뚱뚱한 남자, 마법 정부 총리인 코닐리어스 퍼지와 열심히 대화를 나누며 들어왔다.

그 즉시 론과 헤르미온느가 동시에 해리의 머리에 손을 올리고 그를 탁자 밑으로 밀어 넣었다. 버터맥주를 뚝뚝 흘리며 보이지 않는 곳으로 몸을 웅크린 해리는 빈 맥주잔을 꽉 쥔 채, 교수들과 퍼지 총리의 발이 바를 향해 움직였다가 잠시 멈춘 뒤 돌아서서 그들 쪽으로 곧장 걸어오는 모습을 지켜보았다.

해리의 위쪽에서 헤르미온느의 속삭임이 들렸다. "모빌리아르부스."

탁자 옆에 있던 크리스마스트리가 땅에서 몇 센티미터 떠올라 옆으로 움직이더니 살짝 쿵 소리를 내며 탁자 바로 앞에 내려앉아 그들을 가려 주었다. 트리 아래쪽 빽빽한 나뭇가지 사이로 바로 옆 탁자에서 의자 네 개가 뒤로 물러나는 광경이 보였다. 그런 다음 교수들과 총리가 앉으면서 끙

하는 소리와 한숨 쉬는 소리가 들려왔다.

뒤이어 반짝이는 터키옥색 하이힐을 신은 또 다른 발 한 쌍이 보이고 여자 목소리가 들렸다.

"아가미수 작은 잔요."

"제 겁니다." 맥고나걸 교수의 목소리가 말했다.

"데운 벌꿀술 2리터는……."

"고마워요, 로즈메르타." 해그리드가 말했다.

"체리 시럽에, 얼음 넣고 우산 장식을 꽂은 소다수 시키신 분은……."

"음!" 플리트윅 교수가 입맛을 다시며 말했다.

"그럼 총리께서는 적건포도 럼주겠네요."

"고맙소, 로즈메르타." 퍼지의 목소리가 말했다. "다시 만나서 아주 반갑군요. 같이 한잔하지 않겠소? 와서 같이 앉아요……."

"아, 정말 감사합니다, 총리님."

해리는 반짝이는 하이힐이 멀어져 갔다가 다시 돌아오는 모습을 지켜보았다. 심장이 목구멍에서 불쾌하게 두근거렸다. 교수들에게도 오늘이 학기 마지막 주말이라는 생각을 왜 못 했을까? 그런데 저들은 여기 얼마나 오래 앉아 있으려나? 오늘 밤에 학교로 돌아가려면 허니듀크스 지하실에 몰래 들어갈 시간이 필요했다……. 옆에서 헤르미온느의 다리가 긴장으로 움찔거렸다.

"근데 어쩌다 이 동네까지 오셨나요, 총리님?" 로즈메르타 씨의 목소리가 들렸다.

엿듣는 사람이 있는지 살피려는 듯 퍼지 총리의 두꺼운 몸 아랫부분이 의자 위에서 비틀어지는 것이 보였다. 그런 다음 퍼지가 나직한 목소리로 말했다. "다른 일이 있겠소? 시리우스 블랙 때문이지. 핼러윈에 학교에서 무슨 일이 있었는지는 이미 들었겠죠?"

"소문은 들었죠." 로즈메르타 씨가 대답했다.

"온 술집에 떠벌린 겁니까, 해그리드?" 맥고나걸 교수가 매우 화난 듯 말했다.

"블랙이 아직도 이 지역에 있을 거라고 생각하세요, 총리님?" 로즈메르타 씨가 속삭였다.

"확신하오." 퍼지가 단호하게 말했다.

"디멘터들이 제 술집을 두 번이나 수색한 건 아시죠?" 로즈메르타 씨가 약간 날 선 목소리로 말했다. "손님들을 모두 겁줘서 쫓아냈어요. ……영업에 지장이 많답니다, 총리님."

"로즈메르타, 나도 당신만큼이나 디멘터들을 싫어해요." 퍼지가 기분이 언짢은 듯 말했다. "필수적인 예방 조치요……. 불편하지만 그래도 어쩌겠습니까……. 방금 그들을 몇 만나고 오는 길이오. 성안으로 들여보내 주지 않는다고 덤블도어한테 엄청 화가 나 있더군."

"저도 그래서는 안 된다고 생각합니다." 맥고나걸 교수가 날카롭게 말했다. "그 끔찍한 것들이 주변을 떠다니는 와중에 어떻게 학생들을 가르치라는 겁니까?"

"암요, 그렇고말고요!" 조그마한 플리트윅 교수가 꽥꽥거렸다. 두 발이 바닥에서 30센티미터는 떠서 달랑거렸다.

"그렇대도 마찬가지요." 퍼지가 반박했다. "디멘터들은 훨씬 심각한 문제로부터 여러분을 지켜 주려고 와 있는 거예요……. 다들 블랙이 무슨 짓을 저지를 수 있는지 알잖습니까……."

"글쎄, 저는 아직도 믿기지 않아요." 로즈메르타 씨가 생각에 잠겨서 말했다. "어둠의 편으로 간 사람은 아주 많지만 제 생각에 시리우스 블랙은 절대…… 그러니까 전 블랙이 호그와트 학생이던 시절을 기억하거든요. 당시에 누가 블랙이 이렇게 될 거라고 말했다면 전 그 사람한테 술을 너무 많이 마신 것 같다고 했을 거예요."

"사정을 잘 몰라서 그러는 거요, 로즈메르타." 퍼지가 퉁명스럽게 말했다. "그놈이 저지른 가장 나쁜 짓은 그다지 알려지지 않았으니까."

"가장 나쁜 짓이라뇨?" 호기심으로 로즈메르타 씨의 목소리에 생기가 돌았다. "그 가엾은 사람들을 모조리 죽인 것보다 더 나쁜 짓을 저질렀다는 건가요?"

"물론이오." 퍼지가 말했다.

"믿을 수가 없네요. 그보다 더 나쁜 짓이란 게 대체 뭐죠?"

"호그와트 시절의 블랙을 기억한다고 했지요, 로즈메르타." 맥고나걸 교수가 중얼거렸다. "블랙과 가장 친했던 친구가 누구였는지도 기억합니까?"

"그럼요." 로즈메르타 씨가 작게 웃으며 말했다. "서로 떨어져 있는 걸 한 번도 못 봤는걸요? 여길 수없이 드나들면서…… 아아, 두 사람을 보고 있으면 웃음이 나곤 했어요. 대단한 단짝이었죠, 시리우스 블랙과 제임스 포터!"

해리는 요란한 쨍그랑 소리를 내며 맥주잔을 떨어뜨리고 말았다. 론이 그를 걷어찼다.

"맞습니다." 맥고나걸 교수가 말했다. "블랙과 포터. 작은 패거리를 이끌었죠. 물론 둘 다 아주 똑똑했고…… 실은, 특출 나게 머리가 좋았습니다. 그런 말썽쟁이 단짝도 없었을 거예요."

"글쎄요." 해그리드가 낄낄거렸다. "프레드와 조지 위즐리라면 박빙이겠네요."

"형제라고 해도 믿었을 거예요!" 플리트윅 교수가 맞장구를 쳤다. "떼어 놓을 수가 없었지요!"

"물론 그랬죠." 퍼지가 말했다. "포터는 다른 어떤 친구보다도 블랙을 믿었소. 졸업한 뒤에도 달라지는 건 없었고. 제임스가 릴리와 결혼했을 때는 블랙이 들러리를 섰고, 그 다음에는 포터 부부가 블랙을 해리의 대부로 지명했소. 물론 해리는 전혀 몰라요. 그걸 알면 얼마나 괴로워할지 충분히 상상이 될 겁니다."

"블랙이 '그 사람' 편이라는 게 밝혀져서요?" 로즈메르타 씨가 속삭였다.

"그건 아무것도 아니라오……." 퍼지가 목소리를 낮추고 나직이 울리는 목소리로 말을 이었다. "이 얘길 아는 사람은 별로 없지만, 포터 부부는 '그 사람'이 자기들을 쫓는다는 사실을 이미 알고 있었소. 물론 지칠 줄 모르고 '그 사람'에 맞서 싸웠던 덤블도어에게는 쓸 만한 첩보원이 여럿 있었죠. 그중 한 명이 덤블도어에게 귀띔해 주었고 덤블도어는 그 즉시 제임스와 릴리에게 경고했소. 숨으라고 조언한 거요. 뭐, 물론 '그 사람'한테서 숨는다는 게 쉬운 일은 아니지만. 덤블도어는 제임스와 릴리 두 사람에게 가장 승산이 높은 방법은 피델리우스 마법이라고 말해 줬다오."

"어떤 마법인데요?" 로즈메르타 씨가 흥미로운 듯 숨도 못 쉬고 물었다. 플리트윅 교수가 목을 가다듬었다.

"엄청나게 복잡한 주문이에요." 그가 꽥꽥거리는 목소리로 말했다. "마법으로 단 하나의 살아 있는 영혼 안에 비밀을 숨기는 거죠. 일단 '비밀 수호자'로 선택된 사람 안에 정보를 숨기면 그 뒤로는 무슨 수를 써도 알아낼 수 없어요. 물론, 비밀 수호자가 그걸 누설하기 전까지는 말이죠. 비밀 수호자가 말하지 않는 한, 릴리와 제임스가 몇 년째 살고 있는 마을을 아무리 뒤져도 '그 사람'은 결코 그들을 찾을 수 없어요. 포터네 거실 창문에 코를 갖다 대더라도 말예요!"

"그러니까 블랙이 포터 부부의 비밀 수호자였단 건가요?" 로즈메르타 씨가 속삭였다.

"물론입니다." 맥고나걸 교수가 말했다. "제임스 포터는 덤블도어 교수님께 블랙이라면 자기들이 있는 곳을 알려 주느니 차라리 죽을 것이며, 블랙 본인도 숨을 계획이라고 했습니다……. 하지만 덤블도어 교수님은 계속 걱정하셨어요. 본인이 직접 포터 부부의 비밀 수호자가 되겠다고 제안하셨던 게 기억납니다."

"블랙을 의심하신 건가요?" 로즈메르타 씨가 숨을 들이 켰다.

"덤블도어 교수님은 포터 부부와 가까운 누군가가 '그 사람'에게 그들의 움직임을 계속 알려 주고 있다고 확신하셨 습니다." 맥고나걸 교수가 어두운 어조로 말했다. "실은 꽤 오랫동안 우리 편의 누군가가 배신자가 되어 '그 사람'에게 막대한 정보를 넘겨주고 있다고 의심하셨죠."

"그런데 제임스 포터가 블랙을 선택하겠다고 우긴 거군 요?"

"그랬다오." 퍼지가 무겁게 말했다. "그러더니 피델리우 스 마법을 걸고 겨우 1주일이 지나서……."

"블랙이 배신한 건가요?" 로즈메르타 씨가 숨죽인 목소 리로 물었다.

"그랬소. 블랙은 이중 첩자 노릇에 지쳤고, '그 사람'을 공개적으로 지지할 준비가 되어 있었소. 포터 부부가 죽으 면 바로 그럴 계획이었던 것 같소만. 하지만 우리 모두가 알다시피, '그 사람'은 어린 해리 포터 앞에서 몰락했소. 힘 은 사라지고, 끔찍할 만큼 약해져서 도망쳤어요. 그러니까 블랙은 정말이지 아주 고약한 처지가 된 거요. 그가, 블랙이, 배신자의 본색을 드러낸 바로 그 순간에 주인이 몰락했으니까. 목숨 걸고 도망치는 것밖에 선택의 여지가 없었죠."

"더럽고 역겨운 배신자 같으니!" 해그리드가 말했다. 목소리가 너무 커서 가게 안의 절반이 조용해졌다.

"쉿!" 맥고나걸 교수가 말했다.

"제가 그놈을 만났어요!" 해그리드가 이를 드러내며 소리쳤다. "그 사람들을 죄다 죽이기 전에 놈을 마지막으로 본 사람이 바로 저였을 거예요! 릴리와 제임스가 죽고 그 집에서 해리를 구한 게 저였으니까요! 아이를 폐허에서 꺼내온 직후였죠. 이마에는 큰 상처가 생기고 졸지에 부모님을 잃은 그 가엾은 꼬맹이를……. 그때 시리우스 블랙이 나타났어요, 평소에 타고 다니던 그 날아다니는 오토바이를 타고요. 저야 그놈이 거기서 뭘 하고 있었는지 전혀 몰랐죠. 그놈이 릴리와 제임스의 비밀 수호자라는 사실을 몰랐으니까요. 그냥 '그 사람'의 공격 소식을 듣고 자기가 할 수 있는 일이 있는지 보러 왔다고만 생각했죠. 창백해져서 몸을 떨고 있더라고요, 그놈이. 근데 제가 어쨌는지 아십니까? **제가 그 살인자, 배신자를 위로해 줬어요!**" 해그리드가 울부짖듯 말했다.

"해그리드, 제발!" 맥고나걸 교수가 말했다. "목소리 좀 낮춥시다!"

"그놈이 릴리와 제임스 때문에 속상한 게 아니라는 걸 제가 어떻게 알았겠어요? '그 사람' 때문이었다니! 그때 그놈이 말하더군요. '해리를 나한테 줘요, 해그리드. 내가 그 애의 대부예요. 내가 돌볼게요.' 하! 하지만 저는 블랙에게 덤블도어 교수님이 하신 지시가 있으니 안 된다고, 해리는 덤블도어 교수님의 말씀대로 이모와 이모부 집으로 가야 한다고 얘기했죠. 블랙은 계속 고집을 피우다가 결국 포기했고요. 저더러 자기 오토바이를 타고 해리를 데려다주라더군요. '나한테는 더 이상 필요 없을 거예요'라고 했어요. 그때 뭔가 수상한 일이 벌어지고 있다는 걸 알았어야 했는데. 그놈은 그 오토바이를 애지중지했거든요. 그걸 왜 저한테 줬겠어요? 왜 더 이상 필요가 없었을까요? 사실 그 오토바이는 추적당하기가 너무 쉬웠던 거예요. 덤블도어 교수님은 그놈이 포터 부부의 비밀 수호자라는 걸 아셨어요. 블랙은 그날 밤 목숨 걸고 도망쳐야 한다는 것도, 마법 정부가 자기를 찾는 건 시간문제라는 것도 알았던 거예요. *제가 그때 놈에게 해리를 넘겨줬으면 어떻게 됐겠냐고요, 네? 놈은 틀림없이 바다 한가운데로 날아가 오토바이에서 해리를 던져 버렸을 겁니다. 가장 친한 친구의 아들을요!* 하긴,

어둠의 편으로 넘어간 마법사에겐 더 이상 무엇도, 누구도 중요하지 않겠죠……."

해그리드가 이야기를 마치자 긴 침묵이 이어졌다. 로즈메르타 씨가 그래도 조금 만족스럽지 않느냐는 투로 입을 열었다. "하지만 종적을 감추지는 못했잖아요? 마법 정부가 다음 날 그자를 찾아냈으니까요!"

"아, 그랬다면 얼마나 좋았겠소." 퍼지가 씁쓸하게 말했다. "놈을 찾은 건 우리가 아니었어요. 꼬마 피터 페티그루라고, 포터의 또 다른 친구였지. 틀림없이 슬퍼서 이성을 잃은 게지. 게다가 블랙이 포터 부부의 비밀 수호자라는 걸 알았으니 직접 블랙을 잡으러 간 거요."

"페티그루라면…… 호그와트에서 항상 그 애들을 따라다니던 땅딸막한 소년 말인가요?" 로즈메르타 씨가 말했다.

"블랙과 포터를 영웅처럼 숭배했지요." 맥고나걸 교수가 말했다. "재능 면에서 결코 그 둘과 같은 수준은 아니었지만. 나는 때때로 그 아이를 매섭게 대했어요. 지금 그게 얼마나, 얼마나 후회스러운지 상상하실 수 있겠죠……." 그녀는 갑자기 코감기에라도 걸린 듯한 목소리가 됐다.

"자자, 미네르바." 퍼지가 다정한 목소리로 말했다. "페티그루는 영웅으로 죽었소. 목격자들이…… 물론 그들은 머글이었는데, 마법 정부에서 추후에 기억을 지웠지요. 그 머글들이 페티그루가 어떻게 블랙을 구석에 몰아넣었는지 말해 줬소. 페티그루는 흐느끼고 있었다더군요. '시리우스, 릴리와 제임스를! 네가 어떻게 그럴 수가!' 그런 다음 페티그루는 마법 지팡이로 손을 뻗었소. 뭐, 물론, 블랙이 더 빨랐지요. 그자가 페티그루를 산산조각으로 날려 버렸고……."

맥고나걸 교수가 코를 풀더니 쉰 목소리로 말했다. "멍청한 녀석…… 바보 같은 녀석……. 그 애는 예전부터 결투에 전혀 소질이 없었어요……. 마법 정부에 맡겼어야 했는데……."

"분명히 말하는데, 제가 꼬마 페티그루보다 먼저 블랙을 찾았다면 마법 지팡이 장난 따위는 하지 않았을 겁니다. 놈의 팔다리를 하나하나 뜯어 놨을 거라고요." 해그리드가 으르렁거렸다.

"알지도 못하면서 떠드는군, 해그리드." 퍼지가 날카롭게 말했다. "일단 구석에 몰린 블랙을 상대로는 마법 수사대의 특수 요원들만이 승산이 있었을 거야. 난 당시 마법 사고 및 재난부 차관이라 블랙이 그 사람들을 다 죽인 뒤 현장에 처음 도착한 사람 중 한 명이었네. 난, 난 결코 잊지 못할 걸세. 아직도 가끔씩 그 꿈을 꿔. 거리 한복판에 큰 구멍이 생겼지. 구멍이 어찌나 깊게 파였는지 그 밑에 있는 하수도관이 다 부서졌더군. 사방이 시체로 가득했지. 머글들은 비명을 질러 댔고. 그리고 블랙이 거기에 서서 웃고 있었네. 페티그루의 잔해…… 그 피범벅이 된 로브 더미와 신체 조각 앞에서……."

퍼지의 목소리가 갑자기 멈췄다. 다섯 명이 코 푸는 소리가 들렸다.

"뭐, 그렇게 된 거요, 로즈메르타." 퍼지가 탁한 목소리로 말했다. "블랙은 스무 명의 마법 수사대에게 끌려갔고 페티그루는 1급 멀린 훈장을 받았는데, 아마 녀석의 가엾은 어머니에게는 조금이나마 위안이 됐을 겁니다. 블랙은 그 이후로 쭉 아즈카반에 있었고."

로즈메르타 씨가 긴 한숨을 내쉬었다.

"그자가 미쳤다는 게 사실인가요, 총리님?"

"그렇다고 말할 수 있었으면 좋겠군요." 퍼지가 천천히 말했다. "주인의 몰락으로 잠깐 정신이 이상해진 건 확실한 것 같소. 페티그루와 그 모든 머글들을 죽인 건 구석에 몰려 절망한 자나 할 법한 짓이었으니까. 잔인하고…… 무의미한. 그런데 나는 마지막으로 아즈카반에 시찰을 나갔을 때 블랙을 만났소. 그곳 죄수들은 대부분 어둠 속에서 혼잣말을 중얼거리며 앉아 있어요. 분별력이 없지. 하지만 블랙은 어찌나 멀쩡해 보이던지 깜짝 놀랐소. 나한테 꽤 이성적으로 말하더군요. 무시무시했다오. 놈은 그저 지루해 보였을 뿐이었소. 그때 내가 신문을 가지고 있었는데, 놈이 아주 태연하게 나더러 신문을 다 봤느냐고 묻지 뭐요. 십자말풀이가 그립다더군. 그래, 나는 그자가 어떻게 디멘터들에게 영향을 받지 않았는지 경악할 지경이었소. 블랙은 그곳에서도 가장 엄중한 감시를 받고 있는 죄수 중 한 명이었는데 말이오. 디멘터들이 그자의 감방 문 앞을 밤낮으로 지키고 있었는데."

"근데 그자가 무엇 때문에 탈옥했다고 생각하세요?" 로즈메르타 씨가 물었다. "맙소사, 총리님. 블랙이 다시 '그 사람'에게 가려고 하는 건 아니겠죠?"

"감히 말하는데, 그게 그자의, 어…… 궁극적인 계획일 겁니다." 퍼지가 얼버무리듯 말했다. "그전에 블랙을 잡으면 좋겠지만. 솔직히 '그 사람'이 자기편 없이 혼자 있을 때와…… 가장 헌신적인 부하와 함께 있을 때는 상황이 다르니까. 그자가 얼마나 빠르게 되살아날지 생각하면 몸이 떨려요……."

유리가 나무에 부딪치면서 작게 달칵하는 소리가 났다.

누군가가 잔을 내려놓은 모양이었다.

"아시겠지만, 코닐리어스, 교장 선생님과 식사하려면 이제 그만 성으로 돌아가시는 게 좋겠습니다." 맥고나걸 교수가 말했다.

한 명 한 명, 해리 앞에 있는 발들에 다시 체중이 실렸다. 시야에 망토 자락이 휙 들어오는가 싶더니 로즈메르타 씨의 반짝이는 하이힐도 바 뒤로 사라졌다. 스리 브룸스틱스의 문이 다시 열렸다. 또 한 번 눈보라가 치더니 교수들이 사라졌다.

"해리?"

론과 헤르미온느의 얼굴이 탁자 아래 나타났다. 둘 다 말을 잃고 그를 빤히 바라보았다.

11장

파이어볼트

해리는 어떻게 허니듀크스 지하실로 가서 굴을 지나 성으로 돌아왔는지 또렷이 생각나지 않았다. 그가 아는 거라고는 돌아오는 길이 순식간처럼 느껴졌다는 것과, 자기가 뭘 하고 있는지 거의 알 수 없었다는 것뿐이었다. 조금 전 들은 이야기가 여전히 그의 머릿속에서 쿵쿵 울리고 있었다.

왜 아무도 말해 주지 않았을까? 덤블도어, 해그리드, 위즐리 씨, 코닐리어스 퍼지…… 왜 아무도 해리의 부모님이 가장 친한 친구의 배신으로 죽었다는 사실을 언급하지 않은 걸까?

퍼시가 근처에 앉아 있었기에 론과 헤르미온느는 엿들은 것에 대해 감히 이야기하지 못하고 저녁 식사 시간 내내 해리를 불안하게 지켜보았다. 위층의 붐비는 휴게실로 올라가니, 프레드와 조지가 학기 말이라 신이 났는지 여섯 개나 되는 똥폭탄을 터뜨려 놓았다. 그들이 호그스미드에게 갔었느냐고 물어볼까 봐 해리는 몰래 조용히 빈 기숙사 침실로 올라가 침대 옆 보관함으로 갔다. 그는 책들을 옆으로 밀고 찾던 것을 금방 찾아냈다. 2년 전 해그리드가 준 가죽 장정된 앨범이었다. 거기에는 어머니와 아버지의 마법 사진이 가득했다. 해리는 침대에 앉아 주위에 커튼을 치고 뭔가를 찾아서 페이지를 넘기기 시작했다. 그리고 마침내……

부모님의 결혼식 사진에서 멈췄다. 아버지가 활짝 웃으며 그에게 손을 흔들었다. 해리가 물려받은 단정치 못한 검은 머리카락이 사방으로 뻗쳐 있었다. 어머니는 행복에 겨운 채 아버지와 팔짱을 끼고 있었다. 그리고…… 그자가 틀림없었다. 부모님의 들러리……. 해리는 지금까지는 단 한 번도 그자에게 관심을 가져 본 적이 없었다.

같은 사람인 줄 몰랐다면, 해리는 아마 이 낡은 사진 속 인물이 블랙일 거라고는 짐작도 못 했을 것이다. 사진 속 인물은 야위지도 창백하지도 않았고, 잘생긴 얼굴로 활짝 웃고 있었다. 이 사진을 찍었을 때 이미 볼드모트의 부하였을까? 그때 벌써 옆에 있는 두 사람의 죽음을 계획하고 있었을까? 그 자신의 얼굴을 알아볼 수도 없게 만들 아즈카반에서의 12년이란 세월을 앞두고 있다는 사실을 알았을까?

'하지만 디멘터들은 이자한테 아무런 영향도 끼치지 않잖아.' 해리는 웃고 있는 잘생긴 얼굴을 뚫어지게 들여다보며 생각했다. '이자는 디멘터들이 가까이 다가와도 우리 엄마의 비명 소리를 들을 일이 없어.'

해리는 앨범을 탁 덮고 손을 뻗어 보관함에 다시 밀어 넣은 뒤 차례차례 로브와 안경을 벗었다. 그리고 침대에 누우면서 커튼이 자기 모습을 제대로 가려 주는지 확인했다.

침실 문이 열렸다.

"해리?" 론이 머뭇거리는 목소리로 조심스럽게 그를 불렀다.

하지만 해리는 잠든 척하며 가만히 누워 있었다. 그는 론이 다시 나가는 소리를 듣고 몸을 돌려 바로 누웠다. 눈은 크게 뜬 채였다.

전에는 알지 못했던 증오가 독약처럼 온몸으로 퍼져 나갔다. 앨범에서 사진을 꺼내 눈앞에 붙여 놓기라도 한 것처럼 어둠 속에서 그를 향해 웃는 블랙의 모습이 선명하게 보였다. 누가 영화를 틀어 놓기라도 한 듯 시리우스 블랙이 (네빌 롱보텀을 닮은) 피터 페티그루를 산산조각으로 터뜨려 버리는 광경이 보였다. (블랙의 목소리가 어떤지는 전혀 모르지만) 흥분해서 중얼거리는 나직한 목소리가 들렸다. "드디어 해냈습니다, 주인님……. 포터 부부가 저를 '비밀 수호자'로 선택했습니다……." 그런 다음 또 다른 목소리가 들렸다. 날카롭게 웃어 대는 목소리, 디멘터들이 다가올 때마다 해리의 머릿속에서 들려오던 웃음소리…….

"해리, 너…… 너 진짜 안 좋아 보여."

해리는 새벽까지 잠들지 못했다. 일어나 보니 침실에는 아무도 없었다. 그는 옷을 입고 나선형 계단을 지나 휴게실로 내려갔다. 페퍼민트 두꺼비를 먹으며 배를 문지르는 론과 탁자 세 개에 걸쳐 숙제를 펼쳐 둔 헤르미온느를 빼면 휴게실은 완전히 비어 있었다.

"다들 어디 갔어?" 해리가 물었다.

"집에 갔지! 크리스마스 연휴 첫날이잖아. 기억 안 나?" 론이 해리를 조심스레 바라보며 말했다. "점심시간 거의 다 됐어. 좀 이따 내가 가서 깨우려고 했는데."

해리는 벽난로 앞 의자에 털썩 주저앉았다. 창밖에는 아직도 눈이 내리고 있었다. 크룩섕스가 커다란 적갈색 깔개처럼 난로 앞에 몸을 쫙 뻗고 누워 있었다.

"저기, 너 정말 안 좋아 보여." 헤르미온느가 걱정스럽게 그의 얼굴을 들여다보며 말했다.

"난 괜찮아." 해리가 말했다.

"해리, 잘 들어." 헤르미온느가 론과 눈빛을 주고받으며 말했다. "어제 들은 이야기 때문에 분명 심란할 거야. 하지만 중요한 건, 어떤 멍청한 짓도 해서는 안 된다는 거야."

"어떤 짓?" 해리가 물었다.

"블랙을 찾으려고 한다거나." 론이 날카로운 목소리로 말했다.

해리가 잠든 동안 둘이서 이 말을 연습한 게 틀림없었다. 해리는 아무런 대꾸도 하지 않았다.

"안 그럴 거지? 응, 해리?" 헤르미온느가 물었다.

"블랙은 목숨을 걸 만한 가치도 없는 인간이야." 론이 말했다.

해리는 두 사람을 바라보았다. 그들은 전혀 이해하지 못하는 것 같았다.

"디멘터가 가까이 올 때마다 내가 뭘 보고 듣는지 알아?" 론과 헤르미온느는 걱정스러운 표정으로 고개를 저었다. "엄마가 비명을 지르면서 볼드모트에게 애원하는 소리가 들려. 너희도 너희 엄마가 그렇게 소리 지르는 걸 들으면,

살해당하기 직전의 소리를 들으면, 쉽게 잊지 못할 거야. 거기다 엄마의 친구인 줄 알았던 사람이 배신하고 볼드모트에게 가서 엄마가 있는 곳을 알려 줬다는 사실을 알게 되면…….”

“네가 할 수 있는 건 아무것도 없어!” 헤르미온느가 괴로운 표정을 지으며 목소리를 높였다. “디멘터들이 블랙을 잡으면 그자는 아즈카반으로 돌려보내질 거야. 그리고, 그리고 마땅한 처벌을 받을 거야!”

“퍼지 얘기 들었잖아. 블랙은 보통 사람들처럼 아즈카반의 영향을 받지 않아. 보통 사람들이랑은 달리 블랙한테는 그게 벌이 아니라고.”

“그래서 지금 무슨 말 하는 거야?” 론이 꽤 긴장한 표정으로 물었다. “네, 네가 직접 블랙을…… 블랙을 죽이고 싶다는 거야?”

“멍청한 소리 하지 마.” 헤르미온느가 겁에 질린 목소리로 말했다. “해리는 누굴 죽이고 싶어 하는 게 아니야. 그렇지, 해리?”

이번에도 해리는 대답하지 않았다. 그는 자신이 뭘 하고 싶은 건지 알 수 없었다. 그는 그저 블랙이 활보하고 다니는데 손 놓고 있어야 한다는 것이 견딜 수 없을 뿐이었다.

"말포이는 알고 있었어." 그가 불쑥 말했다. "마법약 시간에 그 자식이 나한테 했던 말 기억해? '나라면 직접 그놈을 잡았을 거야…… 복수하고 싶었을 거야.'"

"우리의 충고 대신 말포이의 충고를 듣겠다 이거냐?" 론이 맹렬하게 화를 내며 말했다. "잘 들어…… 블랙이 페티그루를 끝장낸 다음 페티그루의 어머니가 뭘 돌려받았는지 알아? 아빠가 말해 줬어. 1급 멀린 훈장이랑, 상자에 담긴 페티그루의 손가락이었대. 그게 사람들이 찾을 수 있었던 가장 큰 조각이었다고. 블랙은 미친놈이야, 해리. 그자는 위험해."

"말포이네 아빠가 개한테 말해 준 게 틀림없어." 해리가 론의 말을 들은 척도 하지 않고 말했다. "말포이네 아빠는 볼드모트의 최측근이었으니까."

"'그 사람'이라고 말해 줄래, 좀?" 론이 화를 내며 말을 끊었다.

"그러니까 틀림없이 말포이네는 블랙이 볼드모트의 부하였다는 걸 알고……."

"네가 페티그루처럼 산산조각 나는 걸 보고 싶어 죽겠는 거지! 정신 똑바로 차려. 말포이는 그냥 퀴디치에서 너와 맞붙기 전에 네가 알아서 죽어 주기를 바라는 거야."

"해리, *제발*." 헤르미온느가 눈물을 글썽이며 말했다. "*제발* 이성적으로 생각해. 블랙은 끔찍한, 아주 끔찍한 짓을 저질렀어. 그, 그렇다고 너 자신을 위험에 빠뜨리지는 마. 그게 블랙이 바라는 거야……. 아, 해리, 블랙을 찾으러 가면 그자에게 놀아나는 거야. 너희 엄마 아빠는 네가 다치기를 바라지 않으실 거야. 안 그래? 네가 블랙을 찾아 나서길 결코 바라지 않으실 거야!"

"난 그분들이 뭘 원하셨을지 영영 알 수 없어. 블랙 덕분에 부모님하고 말해 본 적이 한 번도 없으니까." 해리가 퉁명스럽게 말했다.

침묵이 흘렀다. 그 와중에 크룩섕스가 늘어지게 기지개를 켜며 발톱을 구부렸다 폈다 했다. 론의 주머니가 꿈틀거렸다.

"저기, 있잖아." 론이 화제를 돌리려는 기색이 역력한 목소리로 말했다. "이제 곧 연휴야! 크리스마스라고! 우리…… 우리 해그리드 보러 가자. 오랫동안 안 찾아갔잖아!"

"안 돼!" 헤르미온느가 재빨리 말했다. "해리는 성을 떠나면 안 되잖아, 론."

"그래, 가자." 해리가 몸을 바로 세워 앉으며 말했다. "가서 우리 부모님 얘기는 다 해 줬으면서 왜 블랙 얘기는 전혀 안 해 줬는지 물어봐야겠어!"

론도 블랙 얘기가 더 나올 거라고는 생각 못 한 게 분명했다.

"아니면 체스나 한판 하는 것도 좋겠다." 그가 얼른 말했다. "아니면 곱스톤이나. 퍼시가 한 세트 두고 갔······."

"아니, 해그리드 만나러 가자." 해리가 단호하게 말했다.

그래서 그들은 침실에서 망토를 가지고 초상화 구멍을 지나("거기 서, 싸우자, 이 겁쟁이 똥개들아!"), 텅텅 빈 성 안을 걸어가 오크나무 문 밖으로 나갔다.

그들은 반짝이는 가루 같은 눈에 얕은 자취를 남기며 천천히 나아갔다. 양말과 망토 자락이 다 젖어서 금방 얼어붙었다. 금지된 숲은 마법에 걸린 것처럼 보였다. 나무 한 그루 한 그루에 은빛이 어려 있었고, 해그리드의 오두막은 설탕을 입힌 케이크 같았다.

론이 문을 두드렸지만 아무런 대답도 돌아오지 않았다.

"나간 건 아니겠지?" 헤르미온느가 망토를 뒤집어쓰고 덜덜 떨면서 말했다.

론이 문에 귀를 갖다 댔다.

"이상한 소리가 나는데." 그가 말했다. "들어 봐. 팽인가?"

해리와 헤르미온느도 문에 귀를 가져다 댔다. 오두막 안에서 낮게 떨리는 신음이 연이어 들려왔다.

"가서 다른 사람을 데려오는 게 좋을까?" 론이 초조하게 말했다.

"해그리드!" 해리가 문을 쾅쾅 두들기며 소리쳤다. "해그리드, 안에 있어요?"

육중한 발소리가 가까이 다가오는 것 같더니 문이 삐걱 열렸다. 해그리드가 눈이 빨갛게 부은 채 문 앞에 서 있었다. 그의 가죽조끼 앞자락에 눈물이 철퍽철퍽 떨어졌다.

"들었구나!" 그가 소리치더니 해리를 와락 끌어안았다.

해그리드는 몸집이 보통 사람의 두 배는 되었으므로 이는 웃을 일이 아니었다. 론과 헤르미온느는 해그리드의 팔을 하나씩 잡고 그를 들어 올려, 해그리드의 몸무게에 눌려 쓰러지기 일보 직전이던 해리를 구출했다. 해리는 둘을 도와 오두막으로 들어갔다. 해그리드는 그들에게 몸을 내맡기고 의자로 가더니 탁자 앞에 털썩 주저앉아 걷잡을 수 없이 울음을 터뜨렸다. 엉킨 턱수염으로 흘러내린 눈물 때문에 얼굴이 번들거렸다.

"해그리드, 대체 무슨 일이에요?" 헤르미온느가 깜짝 놀라서 물었다.

해리는 공문처럼 보이는 편지가 탁자에 펼쳐져 있는 것

을 발견했다.

"이게 뭐예요, 해그리드?"

해그리드는 더 큰 소리로 흐느끼면서도 해리에게 편지를 내밀었다. 해리는 그것을 들고 소리 내어 읽었다.

해그리드 씨에게.

귀하의 수업에서 히포그리프가 학생을 공격한 건을 추가 조사한 결과, 이 유감스러운 사고에 귀하의 책임은 전혀 없다는 덤블도어 교수의 증언을 받아들이기로 했습니다.

"뭐, 그럼 잘된 거잖아요, 해그리드!" 론이 해그리드의 어깨를 탁 치며 말했다. 하지만 해그리드는 흐느낌을 멈추지 않고 거대한 손을 내저어 해리에게 계속 읽으라고 했다.

다만 문제의 히포그리프에 대해서는 우려를 표명할 수밖에 없습니다. 우리는 루시우스 말포이 씨의 공식 항의를 받아들이기로 결정했으며, 따라서 이 문제는 위험 생물 처분 위원회로 이관됩니다. 심리는 4월 20일에 열릴 예정이오니 지정된 날짜에 히포그리프와 함께 런던에 있는 위원회 사무실로 출석해 주시기 바랍니다. 그때까지 히포그리프는 묶어서 격리하십시오.

귀하의 동료……

그 뒤로 학교 이사들의 명단이 이어졌다.

"이런." 론이 말했다. "하지만 벅빅은 나쁜 히포그리프가 아니라면서요, 해그리드. 장담하는데, 잘 해결될……."

"넌 위험 생물 처분 위원회의 그 악독한 놈들을 몰라!" 해그리드가 소매로 눈물을 닦으며 잔뜩 쉰 목소리로 외쳤다. "그놈들은 흥미로운 생물들을 못 잡아먹어서 안달이란 말이야!"

해그리드의 오두막 한구석에서 갑작스럽게 들려온 소리에 해리, 론, 헤르미온느는 홱 돌아보았다. 히포그리프 벅빅이 구석에 드러누워서, 바닥에 온통 피를 줄줄 흘리는 무언가를 쩝쩝거리며 먹고 있었다.

"눈이 이렇게 내리는데 저 밖에 묶어 둘 수는 없었어!" 해그리드가 목이 멘 듯 말했다. "쟤 혼자! 크리스마스에!"

해리, 론, 헤르미온느는 서로를 바라보았다. 그들은 해그리드가 '흥미로운 생물'이라 부르고 다른 사람들은 '끔찍한 괴물'이라고 부르는 것들에 대해 단 한 번도 해그리드와 의견을 같이한 적이 없었다. 그렇지만 벅빅에게 특별히 해로운 구석은 없는 것 같았다. 사실, 해그리드의 평소 기준에 따르면 녀석은 상당히 귀여운 편이었다.

"반박의 여지가 없는 아주 강력한 변론을 제시해야겠네요, 해그리드." 헤르미온느가 자리에 앉아 해그리드의 거대한 팔뚝에 손을 올리며 말했다. "벅빅이 안전하다는 사실을 분명 입증하실 수 있을 거예요."

"그래 봤자 소용없어!" 해그리드가 계속 흐느꼈다. "처분 위원회의 그 악독한 놈들은 모두 루시우스 말포이의 손아귀에 있어! 그자를 두려워한다고! 게다가 내가 소송에서 지면 벅빅은……."

해그리드는 손가락으로 빠르게 목을 긋더니 큰 소리로 울부짖으며 양팔에 얼굴을 파묻었다.

"덤블도어 교수님한테 말씀드리면 어때요, 해그리드?" 해리가 물었다.

"덤블도어 교수님은 이미 나한테 많은 걸 해 주셨어." 해그리드가 신음했다. "저놈의 디멘터들을 성 밖에 붙들어 두는 것만으로도 일이 넘치서. 시리우스 블랙도 근처에 도사리고 있고……."

론과 헤르미온느가 재빨리 고개를 돌려 해리를 바라보았다. 블랙에 관한 진실을 말해 주지 않았다며 그가 해그리드를 책망하기 시작할 거라고 예상한 것 같았다. 하지만 해리는 이토록 비참하고 겁에 질려 보이는 해그리드에게 차마 그런 말을 할 수는 없었다.

"들어 보세요, 해그리드." 해리가 말했다. "포기하면 안 돼요. 헤르미온느 말이 맞아요. 아저씨한테는 그저 훌륭한 변론이 필요할 뿐이에요. 우리를 증인으로 부르실 수도 있고요."

"분명 전에 히포그리프 학대 사례에 대해 읽어 본 적이 있어요." 헤르미온느가 생각에 잠겨서 말했다. "그때는 히포그리프가 처벌받지 않았어요. 제가 찾아 드릴게요, 해그리드. 정확히 무슨 일이 있었는지 확인해 볼게요."

해그리드가 한층 큰 소리로 울부짖었다. 해리와 헤르미온느는 좀 거들라는 듯 론을 쳐다보았다.

"어…… 차라도 한잔 탈까?" 론이 말했다.

해리가 그를 뚫어지게 바라보았다.

"누가 기분이 안 좋으면 엄마가 항상 그렇게 하길래." 론이 어깨를 으쓱하며 중얼거렸다.

도와주겠다고 여러 차례 더 약속한 뒤에야 마침내 해그리드는 김이 모락모락 나는 머그잔을 앞에 두고 식탁보만 한 손수건에 코를 팽 풀며 말했다. "너희 말이 맞아. 이대로 포기할 순 없어. 정신 차려야지……."

멧돼지 사냥개 팽이 머뭇머뭇 탁자 밑에서 나와 해그리드의 무릎에 머리를 얹었다.

"최근엔 나도 제정신이 아니었어." 해그리드가 한 손으로 팽을 쓰다듬고 다른 손으로는 얼굴을 닦으며 말했다. "벅빅도 걱정되고 아무도 내 수업을 좋아하지 않고."

"우린 좋아해요!" 헤르미온느가 즉시 거짓말을 했다.

"네, 정말 멋진 수업이에요!" 론이 탁자 아래에서 손가락을 포개며(행운을 비는 것 외에, 어쩔 수 없이 거짓말해야 할 때 액막이를 위해 손가락으로 십자가를 만들기도 한다―옮긴이) 말했다. "어…… 플로버웜들은 어때요?"

"죽었어." 해그리드가 우울하게 말했다. "상추를 너무 많이 줘서."

"아, 이런!" 론은 입술을 씰룩거렸다.

"그리고 저놈의 디멘터들 때문에 기분이 더 끔찍해." 해그리드가 문득 몸을 떨면서 말했다. "스리 브룸스틱스에서 한잔하고 싶을 때마다 놈들을 지나가야 하다니. 꼭 아즈카반에 다시 간 것처럼 느껴지더라."

그는 말을 멈추더니 차를 꿀꺽꿀꺽 들이켰다. 해리, 론, 헤르미온느는 숨죽인 채 그를 지켜보았다. 해그리드가 아스카반에서 보냈던 그 짧은 시간을 언급하는 건 처음이었다. 잠시 망설이던 헤르미온느가 조심스럽게 입을 열었다.

"거기가 그렇게 끔찍해요, 해그리드?"

"너희는 상상도 못 할 거야." 해그리드가 조용히 말했다. "그런 데는 처음이야. 미치는 줄 알았어. 머릿속에 끔찍한 일들이 계속 떠올랐지…… 호그와트에서 퇴학당한 날…… 아빠가 돌아가신 날…… 노버트를 보내야 했던 날……."

해그리드의 눈이 그렁그렁해졌다. 노버트는 언젠가 해그리드가 카드 게임에 이겨서 얻은 아기 용이었다.

"조금 지나면 내가 누군지도 잘 기억나지 않아. 왜 사는지도 아예 모르겠고. 그냥 자다가 죽기만을 바랐지…… 놈들이 나를 내보내 줬을 때는 마치 다시 태어나는 것 같았어. 모든 게 한꺼번에 되돌아오더라. 세상 행복한 기분이었어. 디멘터들은 나를 놔주고 싶어 하지 않았지만."

"하지만 아저씨는 결백했잖아요!" 헤르미온느가 말했다.

해그리드가 콧방귀를 뀌었다.

"놈들에게 그게 중요할 것 같아? 신경도 안 쓸걸. 수백 명이 자기들과 함께 갇혀 있다면, 그 사람들의 행복을 다 빨아먹을 수만 있다면, 놈들은 죄가 있든 말든 관심도 없어."

해그리드는 잠깐 입을 다물고 찻잔을 뚫어지게 바라보

다가 조용히 말했다. "벅빅을 풀어 주는 것도 생각해 봤어……. 그냥 날려 보내는 거야……. 하지만 숨어 살아야 한다는 걸 히포그리프한테 어떻게 설명하겠어? 그리고…… 그리고 난 법을 어기는 게 무서워……." 해그리드가 눈을 들어 그들을 바라보았다. 그의 얼굴에 다시 눈물이 흘러내렸다. "아즈카반에는 절대 다시 가고 싶지 않아."

해그리드의 오두막에 갔던 일은 즐거움과는 거리가 멀었지만, 어쨌든 론과 헤르미온느가 원했던 효과는 있었다. 해리는 결코 블랙을 잊지 않았지만, 위험 생물 처분 위원회와의 소송에서 해그리드가 이기도록 도우려면 계속 복수만 곱씹고 있을 수는 없었다. 그와 론, 헤르미온느는 다음 날 도서관에 가서 벅빅을 변호하는 데 도움이 될 만한 책을 잔뜩 들고 빈 휴게실로 돌아왔다. 셋은 활활 타오르는 난롯불 앞에 앉아 사람을 습격한 짐승과 관련된 유명한 재판들이 실린 먼지투성이 책들을 천천히 넘기다가 가끔씩 뭔가 관련 있는 대목이 나오면 입을 열었다.

"여기 봐 봐…… 1722년에 있었던 사건……. 히포그리프가 유죄판결을 받았어. 으윽, 사람들이 히포그리프한테 한 짓 좀 봐. 역겨워……."

"이게 도움이 될지도 모르겠네. 봐. 1296년에 만티코어 가 어떤 사람을 사납게 공격했는데, 사람들이 만티코어를 놔줬대. 아, 아니다. 다들 가까이 가기 너무 무서워서 그런 거네……."

한편, 성안의 다른 곳들은 즐길 학생들이 거의 남아 있지 않은데도 전처럼 아름다운 크리스마스 장식으로 꾸며졌다. 호랑가시나무와 굵직한 겨우살이 띠 장식이 복도에 걸리고, 갑옷들마다 신비한 조명들이 빛났으며, 대연회장은 전처럼 황금색 별이 반짝이는 열두 그루의 크리스마스 트리로 가득 채워졌다. 먹음직스러운 강렬한 음식 냄새가 복도에 가득했고, 크리스마스이브 즈음에는 그 냄새가 더욱 강해져서 스캐버스조차 은신처인 론의 주머니에서 코를 내밀고 기대에 차서 킁킁거릴 정도였다.

크리스마스 날 아침, 해리는 론이 던진 베개를 맞고 잠에서 깼다.

"어이! 선물이다!"

해리는 안경을 쓴 뒤 눈을 가늘게 뜨고 아직 어둑어둑한 침대 밑을 내려다보았다. 작은 소포 더미가 눈에 띄었다. 론은 벌써 자기가 받은 선물 포장을 뜯고 있었다.

"엄마가 또 스웨터를 보냈네……. 이번에도 고동색…….

너도 왔나 봐."

해리에게도 왔다. 위즐리 부인은 앞에 그리핀도르 사자를 뜨개질해 넣은 진홍색 스웨터와 집에서 구운 민스 파이(말린 과일, 향신료 등을 넣어 만든 영국의 크리스마스 파이─옮긴이) 열두 개, 크리스마스 케이크, 땅콩 캐러멜 한 상자도 보내왔다. 이것들을 전부 옆으로 치우자 그 아래에 놓인 길고 가느다란 꾸러미가 보였다.

"그건 뭐야?" 론이 방금 포장을 뜯은 고동색 양말 한 켤레를 손에 들고 건너다보며 물었다.

"모르겠어……."

해리는 포장을 뜯다가 숨을 헉 들이켰다. 번쩍번쩍 빛나는 멋들어진 빗자루가 침대보 위로 굴러 나왔다. 론은 양말을 떨어뜨리더니 더 자세히 보기 위해 침대에서 뛰어내려왔다.

"믿을 수가 없어." 그가 쉰 목소리로 말했다.

파이어볼트였다. 다이애건 앨리에서 매일 보러 갔던 바로 그 꿈의 빗자루. 해리가 집어 들자 손잡이가 반짝반짝 빛났다. 해리는 파이어볼트가 부르르 진동하는 것을 느끼고 손을 놓았다. 빗자루는 공중에 받침대도 없이, 올라타기 딱 좋은 높이에 떠 있었다. 해리의 눈이 손잡이 윗부분의 황금색 등록 번호에서, 자작나무 잔가지로 이루어진 완벽할 정도로 매끄러운 유선형 꼬리로 옮겨 갔다.

"누가 보냈을까?" 론이 숨죽여 물었다.

"카드가 있는지 봐." 해리가 말했다.

론이 파이어볼트의 포장지를 북 찢었다.

"아무것도 없어! 세상에, 누가 너한테 이렇게 비싼 걸 사준 거야?"

"글쎄." 해리가 어안이 벙벙해져서 말했다. "장담하는데 더즐리 가족은 아닐 거야."

"내 생각엔 확실히 덤블도어야." 이제는 파이어볼트 주위를 빙빙 돌면서 그 멋진 모습을 하나하나 뜯어보던 론이 말했다. "투명 망토 보낼 때도 이름을 안 밝혔잖아……."

"하지만 투명 망토는 원래 우리 아빠 거였어." 해리가 말했다. "덤블도어 교수님은 그냥 전달만 해 준 거야. 나한테 수백 갈레온을 쓰지는 않을걸. 학생들한테 이런 물건을 막 줄 수는 없잖아."

"그래서 자기가 보냈다는 말을 안 하는 거지!" 론이 말했다. "말포이 같은 재수 없는 자식이 편애한다고 할까 봐. 아, 해리." 론이 큰 소리로 웃음을 터뜨렸다. "말포이 자식! 네가 이걸 탄 걸 보면 어떻게 나올까! 아주 앓아누울걸! 이

건 국제 표준 빗자루야, *국제 표준!*"

"믿을 수가 없어." 론이 해리의 침대에 주저앉아 말포이를 떠올리며 정신없이 웃어 대는 사이 해리는 파이어볼트를 손으로 쓸면서 중얼거렸다. "대체 누가……?"

"알겠다." 론이 웃음을 참으며 말했다. "누군지 알겠어. 루핀이야!"

"뭐?" 이번엔 해리가 웃음을 터뜨렸다. "*루핀?* 야, 루핀 교수님한테 이렇게 돈이 많았다면 새 로브를 사 입었겠지."

"그래, 하지만 널 좋아하잖아." 론이 말했다. "네 님부스가 박살 났을 때 학교를 비우기도 했고. 어쩌면 그 소식을 듣고 다이애건 앨리에 들러 이걸 사기로 했는지도 몰라."

"무슨 뜻이야, 학교를 비웠다니?" 해리가 물었다. "루핀 교수님은 시합 때 아팠잖아."

"글쎄, 병동에는 없더라고." 론이 말했다. "내가 병동에 있었잖아. 스네이프가 준 방과 후 징계 때문에 환자용 변기를 닦으러. 기억나?"

해리가 론에게 얼굴을 찡그렸다.

"루핀 교수님한테 이런 걸 살 여유가 있을 것 같지는 않은데."

"너희 둘 왜 웃어?"

가운 차림의 헤르미온느가 크룩섕스를 안고 막 들어왔다. 장식용 반짝이 끈을 목에 두른 크룩섕스는 꽤 심술궂어 보였다.

"그 녀석 데리고 들어오지 마!" 론이 얼른 침대 한가운데에서 스캐버스를 낚아채 잠옷 주머니에 넣으며 말했다. 하지만 헤르미온느는 듣고 있지 않았다. 그녀는 크룩섕스를 셰이머스의 빈 침대에 내려놓더니 입을 딱 벌리고 파이어볼트를 뚫어지게 바라보았다.

"와, *해리!* 이건 누가 보낸 거야?"

"모르겠어." 해리가 말했다. "카드 같은 것도 없었거든."

매우 놀랍게도 헤르미온느는 이 소식에 흥분하지도, 흥미로워하지도 않는 것 같았다. 그녀는 오히려 얼굴을 찌푸리며 입술을 깨물었다.

"왜 그래?" 론이 물었다.

"모르겠어." 헤르미온느가 천천히 말했다. "근데 좀 이상하지 않아? 내 말은, 이거 꽤 좋은 빗자루 같은데. 아냐?"

론은 어이가 없다는 듯 한숨을 쉬었다.

"꽤 좋다니? 이건 최고의 빗자루야, 헤르미온느." 그가 말했다.

"그러니까 틀림없이 정말 비쌀⋯⋯."

"아마 슬리데린 애들 빗자루를 다 합친 것보다도 비쌀걸." 론이 즐거운 듯 말했다.

"글쎄…… 누가 해리에게 그렇게 비싼 물건을 보내면서, 심지어 자기가 보냈다는 말도 안 하겠어?" 헤르미온느가 말했다.

"무슨 상관이야?" 론이 참지 못하고 말했다. "저기, 해리. 나 한번 타 봐도 돼? 응?"

"아직은 누구도 타서는 안 될 것 같아!" 헤르미온느가 날카롭게 외쳤다.

해리와 론이 그녀를 바라보았다.

"그럼 해리가 이걸로 뭘 해야 되겠냐? 바닥이라도 쓸까?" 론이 말했다.

하지만 헤르미온느가 대답하기도 전에 크룩섕스가 셰이머스의 침대에서 론의 가슴팍으로 곧장 뛰어올랐다.

"얘, 여기서, 데리고, 나가!" 크룩섕스의 발톱이 잠옷을 찢어발기고 스캐버스가 어깨 너머로 탈출하려고 격렬하게 발버둥치자 론이 고래고래 소리를 질렀다. 스캐버스의 꼬리를 잡고 크룩섕스를 걷어차려던 론은 실수로 해리의 침대 끝에 있던 짐 가방을 차 넘어뜨리고 말았다. 론은 발이 아파 그 자리에서 폴짝폴짝 뛰었다.

크룩섕스의 털이 갑자기 곤두섰다. 날카로운 금속성의 휘파람 소리가 방을 가득 채웠다. 버넌 이모부의 낡은 양말에서 빠져나온 휴대용 스니코스코프가 바닥에서 빙빙 돌며 빛나고 있었다.

"깜빡했네!" 해리가 허리를 구부려 스니코스코프를 집어 들고 말했다. "웬만하면 저 양말은 절대 안 신거든……."

스니코스코프가 해리의 손바닥에서 빙빙 돌며 휘파람 소리를 냈다. 크룩섕스는 그걸 보며 쉭쉭대고 야옹거렸다.

"저 고양이 여기서 데리고 나가는 게 좋을 거야, 헤르미온느." 론이 미친 듯이 화를 내며 말했다. 그는 해리의 침대에 앉아 발가락을 주무르고 있었다. "그것 좀 닥치게 못하냐?" 그가 해리에게 덧붙였다. 헤르미온느는 방에서 성큼성큼 걸어 나갔다. 크룩섕스의 노란 두 눈은 여전히 적의에 차서 론을 노려보고 있었다.

해리는 스니코스코프를 양말 안에 쑤셔 넣고 짐 가방에 도로 던져 넣었다. 이제 고통과 분노를 억누르는 론의 신음밖에 들리지 않았다. 스캐버스는 론의 손 안에서 잔뜩 웅크리고 있었다. 해리도 론의 주머니 밖으로 나온 녀석을 본 건 정말 오랜만이었다. 한때 그토록 뚱뚱했던 스캐버스가 지금은 매우 앙상해진 걸 보니 놀랍기도 하고 기분이 좋지 않았다. 털도 뭉텅뭉텅 빠진 듯했다.

"스캐버스 상태가 별로 안 좋아 보이는데?" 해리가 말했다.

"스트레스 받아서 그래!" 론이 말했다. "저 멍청하고 거대한 털 뭉치가 가만 놔두기만 하면 괜찮을 거야!"

하지만 해리는 쥐의 수명이 고작 3년이라던 '마법 동물원' 주인의 말을 떠올렸다. 스캐버스가 여태 한 번도 드러낸 적 없는 힘을 갖고 있는 게 아닌 한 그 수명이 다해 가고 있다는 느낌이 드는 건 어쩔 수 없었다. 또 재미없고 쓸모없다며 자주 불평하긴 했지만 스캐버스가 죽으면 론이 매우 슬퍼할 게 틀림없었다.

그날 아침 그리핀도르 휴게실의 크리스마스 분위기는 싸늘하게 식어 있었다. 헤르미온느는 크룩섕스를 자기 침실에 가둬 놓긴 했지만 녀석을 걷어차려 했던 론에게 무척 화가 나 있었다. 론은 크룩섕스가 또 한 번 스캐버스를 잡아먹으려 했다는 것에 계속 열을 냈다. 해리는 둘을 화해시키려다가 포기하고, 휴게실로 가지고 내려온 파이어볼트를 살피는 데 온 정신을 쏟았다. 무슨 이유 때문인지 그것도 헤르미온느를 짜증 나게 만드는 것 같았다. 헤르미온느는 아무 말 하지 않았지만, 그 빗자루까지 자기 고양이를 비난

하고 있다는 듯 계속 불쾌한 시선을 던졌다.

점심시간에 그들은 대연회장으로 내려갔다. 기숙사 식탁들은 다시 벽 쪽으로 옮겨져 있고 열두 명 자리가 마련된 식탁 하나만 연회장 한가운데 놓여 있었다. 덤블도어, 맥고나걸, 스네이프, 스프라우트, 플리트윅 교수가 거기에 앉아 있었다. 평소 입는 갈색 외투 대신 아주 낡고 곰팡이가 슨 듯한 연미복을 입은 건물 관리인 필치도 함께였다. 다른 학생은 세 명뿐으로, 굉장히 긴장한 표정의 1학년생 두 명과 시무룩한 얼굴의 슬리데린 5학년생 한 명이 앉아 있었다.

"메리 크리스마스!" 해리, 론, 헤르미온느가 식탁으로 다가오자 덤블도어가 말했다. "사람 수가 너무 적어서 기숙사 식탁을 사용하는 게 미련해 보이더구나……. 앉거라, 앉아!"

해리, 론, 헤르미온느는 식탁 끝에 나란히 앉았다.

"크리스마스 크래커(영국 아이들이 즐기는 크리스마스 장난감의 하나로, 세 칸으로 나뉘어 있으며 두 사람이 각각 한쪽 끝을 잡고 잡아당기면 포장이 뜯어지면서 가운데 칸에 있는 선물이 나오는데, 이때 포장지에 묻은 화학약품 때문에 펑 소리가 난다—옮긴이)일세!" 덤블도어가 기대에 차서 커다란 은색 크래커 한쪽 끝을 스네이프에게 내밀었다. 스네이프는 마지못해 그것을 잡아당겼다. 총소리 같은 빵 하는 소리와 함께 크래커가 분리되더니 박제된 대머리독수리가 얹힌 크고 뾰족한 여성용 마법사 모자가 나왔다.

해리는 보가트를 떠올리고 론과 시선을 주고받았다. 두 사람 모두 씩 웃었다. 스네이프는 입술을 꾹 다문 채 덤블도어 쪽으로 모자를 밀어 놓았다. 덤블도어는 여태 쓰고 있던 마법사 모자를 대번에 벗고 그것을 썼다.

"드실까요?" 덤블도어가 환하게 웃어 보이며 식탁에 앉은 사람들에게 제안했다.

해리가 구운 감자를 먹고 있을 때 대연회장 문이 다시 열렸다. 트릴로니 교수가 발에 바퀴라도 달린 듯 그들을 향해 미끄러져 왔다. 그녀는 크리스마스를 맞아 스팽글로 장식한 녹색 드레스를 입고 있었는데, 그 탓에 어느 때보다도 더 번쩍이는 대왕 잠자리처럼 보였다.

"시빌, 뜻밖이지만 기쁘군요!" 덤블도어가 일어나며 말했다.

"수정구슬을 들여다보고 있었답니다, 교장 선생님." 트릴로니 교수가 평소보다도 더 몽롱하고 한껏 아득하게 느껴지는 목소리로 말했다. "그런데 놀랍게도 혼자만의 오찬을 포기하고 여러분과 함께하는 제 모습이 보이더군요. 제가 누구라고 운명의 설득을 거부하겠어요? 그래서 곧바로 서둘러

탑에서 나왔답니다. 부디 늦은 걸 용서해 주세요…….”

“물론입니다, 물론이죠.” 덤블도어가 눈을 반짝반짝 빛내며 말했다. “의자를 하나 꺼내 드리리다.”

그러더니 그는 마법 지팡이를 사용해 정말로 허공에서 의자를 꺼냈다. 의자는 잠깐 동안 빙글빙글 돌다가 스네이프와 맥고나걸 교수 사이에 쿵 떨어졌다. 그러나 트릴로니 교수는 앉지 않았다. 그녀는 큼직한 눈으로 식탁을 두리번거리다가 갑자기 조그마한 비명 비슷한 소리를 내질렀다.

“감히 그럴 수는 없어요, 교장 선생님! 제가 앉으면 열세 명이 된답니다! 그보다 불길한 일은 없지요! 절대 잊지 마세요. 열세 사람이 같이 식사하면 처음 자리를 뜨는 사람이 가장 먼저 죽는다는 걸요!”

“그런 위험은 감수하겠습니다, 시빌.” 맥고나걸 교수가 참지 못하고 말했다. “앉아 주세요, 칠면조가 돌처럼 식어 갑니다.”

트릴로니 교수는 망설이다가 빈자리에 앉았다. 식탁에 벼락이라도 내리칠 것처럼 눈을 꾹 감고 입을 꽉 다문 채였다. 맥고나걸 교수가 커다란 숟가락을 가장 가까운 그릇에 꽂았다.

“곱창 요리 드시겠어요, 시빌?”

트릴로니 교수는 그 말을 못 들은 체하고 다시 눈을 뜨더니 또 한 번 주위를 둘러보았다. "한데 우리 루핀 교수님은 어디에 계신가요?"

"안타깝게도 그 불쌍한 친구가 또 아프답니다." 덤블도어가 모두에게 음식을 먹으라고 손짓하며 말했다. "하필 크리스마스 당일에 아프다니 참 안됐지요."

"하지만 당연히 미리 알고 계셨겠죠, 시빌?" 맥고나걸 교수가 눈썹을 치켜올리며 물었다.

트릴로니 교수는 아주 차가운 눈길로 맥고나걸 교수를 쏘아보았다.

"당연히 알고 있었답니다, 미네르바." 그녀가 조용히 말했다. "하지만 모든 걸 알고 있다는 것을 과시해서는 안 되는 법이랍니다. 저는 자주 제가 내면의 눈을 갖고 있지 않은 것처럼 행동해요. 다른 사람들이 긴장하지 않게 말이죠."

"그렇다면 많은 게 설명되는군요." 맥고나걸 교수가 비꼬듯 말했다.

갑자기 트릴로니 교수의 목소리가 훨씬 또렷해졌다.

"꼭 알아야겠다니 말해 드릴게요, 미네르바. 저는 루핀 교수가 우리와 함께하는 시간이 그리 길지 않으리라는 사실을 예측했답니다. 그분도 자신에게 시간이 별로 없다는 걸 아는 것 같아요. 제가 수정구슬점을 봐 주겠다고 하니 바로 도망쳐 버리더군요…….”

“왜 그랬는지 알 것 같네요.” 맥고나걸 교수가 굳은 목소리로 말했다.

“내 생각에는…….” 덤블도어가 유쾌하면서도 살짝 높아진 목소리로 입을 열었다. 그것으로 맥고나걸 교수와 트릴로니 교수의 대화는 끝이 났다. “루핀 교수가 그 어떤 위험에도 당면해 있는 것 같지 않군요. 세베루스, 루핀 교수에게 마법약을 또 만들어 줬나?”

“네, 교장 선생님.” 스네이프가 대답했다.

“잘했네.” 덤블도어가 말했다. “그러면 금방 낫겠군……. 데릭, 이 치폴라타 소시지 먹어 봤니? 정말 맛있단다.”

1학년생은 덤블도어가 직접 이름을 부르며 말을 걸자 얼굴이 새빨개지더니 떨리는 손으로 소시지가 담긴 접시를 받았다.

트릴로니 교수는 두 시간 뒤 크리스마스 정찬이 끝날 때까지 거의 평범한 사람처럼 행동했다. 크리스마스 음식으로 배가 터질 듯 부른 해리와 론은 여전히 크래커에서 나온 모자를 쓴 채 가장 먼저 식탁에서 일어났다. 트릴로니 교수가 요란한 비명을 내질렀다.

"애들아! 너희 중 누가 먼저 자리에서 일어났니? 누구야?"

"모르겠는데요." 론이 불편한 듯 해리를 보며 말했다.

"무슨 차이가 있을 것 같지는 않습니다만." 맥고나걸 교수가 차갑게 말했다. "도끼를 든 미치광이가 문 밖에 서서, 가장 먼저 현관홀에 나오는 사람을 죽이려고 기다리고 있는 게 아니라면 말이죠."

론마저 웃고 말았다. 트릴로니 교수는 크게 모욕당한 듯한 표정이었다.

"안 가?" 해리가 헤르미온느에게 물었다.

"응." 헤르미온느가 어물거렸다. "나는 맥고나걸 교수님하고 잠깐 할 얘기가 있어."

"아마 수업을 더 들을 수 있는지 알아보려는 거겠지." 론이 현관홀로 나가면서 하품을 했다. 도끼를 든 미치광이 따위는 없었다.

초상화 구멍에 도착하니 캐도건 경이 수도사 몇몇과 호그와트 전임 교장 몇 명, 자신의 뚱뚱한 조랑말과 함께 크리스마스 파티를 즐기고 있었다. 그는 면갑을 밀어 올리고 벌꿀술 한 병으로 해리와 론에게 건배를 제안했다.

"메리, 딸꾹, 크리스마스! 암호는?"

"겁쟁이 똥개." 론이 말했다.

"그대도 마찬가지네, 기사여!" 캐도건 경이 외치는 순간 그림이 앞으로 홱 젖혀지며 그들을 들여보내 주었다.

해리는 곧바로 기숙사 침실로 올라가 파이어볼트와 헤르미온느가 생일 선물로 준 빗자루 손질 용품 세트를 챙겼다. 그것들을 가지고 내려가 파이어볼트에 손볼 데가 있는지 찾아볼 생각이었다. 하지만 잔가지 하나 구부러지지 않았고, 손잡이는 이미 너무 반짝거려서 광을 내는 게 무의미해 보였다. 그와 론은 그냥 앉아, 온갖 각도에서 파이어볼트를 감상했다. 그때 초상화 구멍이 열리더니 헤르미온느가 맥고나걸 교수와 함께 들어왔다.

맥고나걸 교수는 그리핀도르의 담임 교수였지만 해리가 여태 휴게실에서 그녀를 본 건 아주 심각한 발표를 하려고 왔을 때 한 번뿐이었다. 해리와 론은 같이 파이어볼트를 쥔 채 그녀를 뚫어지게 바라보았다. 헤르미온느는 그들을 빙 둘러 가서 의자에 앉더니 가장 가까이 있던 책을 집어 들고 그 뒤로 얼굴을 숨겼다.

"그래, 그거로구나?" 맥고나걸 교수가 말하더니 눈을 빛내며 난롯가로 다가와 파이어볼트를 뚫어지게 바라보았다. "그레인저 양이 방금 네가 빗자루를 받았다고 알려 주었다, 포터."

해리와 론은 헤르미온느를 돌아보았다. 위아래가 뒤집힌 책 위로 그녀의 이마가 점점 빨갛게 물들어 가고 있었다.

"잠깐 이리 줘 보겠니?" 맥고나걸 교수는 그렇게 말하면서도 대답을 기다리지 않고 파이어볼트를 그들의 손에서 가져갔다. 그녀는 손잡이에서부터 잔가지 끝까지 파이어볼트를 조심스럽게 살펴보았다. "흠. 그런데 편지도 전혀 없었다고, 포터? 카드도? 어떤 종류의 메시지도 없었어?"

"네." 해리는 멍하니 대답했다.

"그렇구나……." 맥고나걸 교수가 말했다. "흠, 미안하지만 이건 내가 가져가야겠다, 포터."

"뭐, 뭐라고요?" 해리가 허둥지둥 일어나며 물었다. "왜요?"

"저주가 걸렸는지 확인해 봐야지." 맥고나걸 교수가 말했다. "물론 나는 전문가가 아니지만, 아마 후치 선생님과 플리트윅 교수님이 분해해 보시면 알 거다."

"분해한다고요?" 론은 맥고나걸 교수가 제정신이 아니라는 듯 그 말을 반복했다.

"길어야 몇 주야." 맥고나걸 교수가 말했다. "저주에 걸리지 않았다는 걸 확인하면 돌려주마."

"빗자루는 아무 문제 없어요!" 해리가 소리쳤다. 그의 목소리가 살짝 떨리고 있었다. "정말이에요, 교수님."

"그건 네가 알 수 있는 일이 아니다, 포터." 맥고나걸 교수가 나름 다정한 목소리로 말을 이었다. "좌우간 이걸 타고 날아 보기 전에는 말이야. 누가 손대지 않았다는 것을 확인하기 전까지는, 유감이지만 빗자루를 타 보는 건 불가능하다. 소식은 계속 전해 주마."

맥고나걸 교수가 몸을 돌려 파이어볼트를 들고 초상화 구멍으로 나가자 그녀의 등 뒤에서 구멍이 닫혔다. 해리는 플리트우드의 끝내주는 손잡이 광택제 깡통을 두 손으로 움켜쥐고 그녀의 뒷모습을 뚫어지게 바라보고 있었다. 론이 헤르미온느에게 벌컥 화를 냈다.

"대체 맥고나걸한테는 왜 쪼르르 달려간 거야?"

헤르미온느가 책을 옆으로 치웠다. 얼굴은 아직도 빨갰지만 그녀는 일어나서 도전적으로 론을 마주 바라보았다.

"왜냐하면…… 맥고나걸 교수님도 나랑 같은 생각이서. 해리한테 저 빗자루를 보낸 사람이 시리우스 블랙일지도 모르기 때문이야!"

(제3권 《해리 포터와 아즈카반의 죄수 2》에서 계속됩니다.)

강동혁은 서울대학교 영문학과와 사회학과를 졸업하고 같은 학교 대학원에서 영문학 석사학위를 받았다. 옮긴 책으로는 《신비한 동물사전 원작 시나리오》, 《일곱 건의 살인에 대한 간략한 역사》, 《레스》, 《이 소년의 삶》 등이 있다.

해리 포터와 아즈카반의 죄수 1(후플푸프 기숙사 에디션)

초판 1쇄 인쇄 2022년 6월 8일
초판 1쇄 발행 2022년 7월 11일

지은이 | J.K. 롤링
옮긴이 | 강동혁
발행인 | 강봉자, 김은경

펴낸곳 | (주)문학수첩
주소 | 경기도 파주시 회동길 503-1(문발동 633-4) 출판문화단지
전화 | 031-955-9088(마케팅부), 9532(편집부)
팩스 | 031-955-9066
등록 | 1991년 11월 27일 제16-482호

홈페이지 | www.moonhak.co.kr
블로그 | blog.naver.com/moonhak91
이메일 | moonhak@moonhak.co.kr

ISBN 978-89-8392-924-2 04840
        978-89-8392-901-3 (세트)

* 파본은 구매처에서 바꾸어 드립니다.